华东理工大学优秀教材出版基金资助图书

电工电子实验教程

张雪芹　阮建国　宋继荣　主编

華東理工大學出版社
EAST CHINA UNIVERSITY OF SCIENCE AND TECHNOLOGY PRESS

图书在版编目(CIP)数据

电工电子实验教程/张雪芹,阮建国,宋继荣主编. —上海:华东理工大学出版社,2008.9
ISBN 978-7-5628-2424-4

Ⅰ.电... Ⅱ.①张...②阮...③宋... Ⅲ.①电工技术-实验-高等学校-教材②电子技术-实验-高等学校-教材
Ⅳ.TM-33 TN-33

中国版本图书馆 CIP 数据核字(2008)第 104543 号

电工电子实验教程

主　　编 / 张雪芹　阮建国　宋继荣
责任编辑 / 周　颖
责任校对 / 徐　群
封面设计 / 王晓迪
出版发行 / 华东理工大学出版社
地　址:上海市梅陇路 130 号,200237
电　话:(021)64250306(营销部)
传　真:(021)64252707
网　址:www.hdlgpress.com.cn
印　　刷 / 常熟华顺印刷有限公司
开　　本 / 787mm×1092mm　1/16
印　　张 / 11.75
字　　数 / 298 千字
版　　次 / 2008 年 9 月第 1 版
印　　次 / 2008 年 9 月第 1 次
印　　数 / 1-6050 册
书　　号 / ISBN 978-7-5628-2424-4/TM·6
定　　价 / 19.80 元

前　言

电工电子实验是工科院校电工学、电工技术与电子技术及相关课程的实践性环节，是整个教学过程的重要组成部分。

本书内容丰富，覆盖面广，实验内容除涉及电路、电机、模拟电子技术和数字电子技术等4个部分，还包括常用仪器仪表介绍、Multisim仿真软件介绍和基本实验技能介绍。实验项目中既有验证型实验，又有设计型和综合型实验；既有硬件实验，又有软件实验。同时，每个实验均包含多个实验题目，并提供可选实验。实验教师可以根据专业及学时的不同，以及学生实验能力的不同，对实验内容进行组合，以满足不同层次实验教学的需要。

本书中的基本实验部分已使用了十多年，新增了综合型、设计型实验、可编程逻辑器件(CPLD)实验及计算机仿真实验。本书可以与张南主编的《电工学(少学时)》(高等教育出版社出版)及其他电工、电子教材配套使用。

本书实验1～4,6～10,14～17,26以及附录2由张雪芹编写，实验19～25,27由阮建国编写，实验5,11～13,18以及附录1由宋继荣编写，附录3～8由朱奇编写。全书由张雪芹统稿。

本书编写中得到华东理工大学电工电子教研室和电子信息实验中心多位同仁以及研究生董婷和邓倩岚的支持和帮助，张万顺副教授审阅了本书的全部内容，并提出了许多宝贵的意见和建议，在此深表感谢。

由于作者的水平有限，书中的错误和不妥之处难免存在，敬请广大读者批评指正。

编　者

2008.6 于华东理工大学

目　录

实验注意事项

一、接线前,学生应检查实验用导线是否完好。实验中严禁使用破损了的导线。

二、实验过程中必须一人操作,一人监督。负责监督的学生随时准备拉闸断电,防止事故。操作人员必须单手操作,防止触电引起人身事故。

三、实验中所有接线必须先自行核对,然后请教师检查。未经同意不得接通电源。如未经教师许可而擅自通电造成设备损坏,必须赔偿,责任由肇事者自负;如经检查后造成设备损坏的责任归教师。

四、所有接线的连接应十分牢固,防止实验过程中线头脱落造成碰线、短接。接线时遇到需要将导线直接压在螺丝下时,应注意不能使线头露出过长,否则容易引起碰线故障。

五、在电路通电情况下,不可用手接触电路中不绝缘的金属导线或连接点。

六、实验中若要更改接线,须“先断电,后动线”。临时断开的导线必须完全拆除,严禁导线一端悬空。

七、实验中如遇到事故或发现反常现象,要立即切断电源,并报告教师,经查明原因排除故障后方可继续进行实验,损坏仪器后要填写损坏报告单,按“实验注意事项四”处理。

八、不得用电流表及万用表的电阻、电流挡去测量电压,电烙铁在使用时应妥善放在散热支架上,以防止烫坏物品。

九、实验时要认真仔细,爱护公物,注意安全,不要随便动用与本实验无关的仪器设备。

十、实验完毕后,应该由指导教师检查实验结果,然后再切断电源、拆除接线,并经实验室工作人员检查确认设备完好无损后方可离开实验室。

十一、实验室的各类器材不得擅自带出,私人的各类无线电器材元件未经允许一律不得带进实验室。

实验预习与实验报告的要求

一、实验预习要求

实验前应认真阅读实验教材，了解实验目的、实验内容和实验注意事项，并复习相关原理。为了确保达到预习要求，每次实验前，教师将对学生进行口头或书面检查。凡没有达到要求的学生，均不得参加本次实验。

实验预习应包括以下内容：

1. 明确实验目的，了解实验的内容和实验的操作步骤；
2. 掌握与实验内容有关的定性分析和定量计算；
3. 了解实验仪器和设备的使用方法以及注意事项；
4. 回答指定的预习思考题；
5. 对部分实验，根据实验要求自行拟定实验数据记录表格。

二、实验报告撰写要求

实验报告是实验工作的全面总结，是教师考核学生实验成绩的主要依据。实验报告的重点是实验数据的整理与分析。实验报告要求字迹清楚，回答问题简明扼要，有条有理，数据表格工整，电路图不准随手乱画，实验曲线、波形一律画在方格纸上，剪贴于报告上相应位置。实验数据要求准确到三位有效数字(首位非零、非 1)，首位为 1 时，后接三位数，末位四舍五入。实验报告主要包括以下各项：

1. 记录实验电路(包括元器件参数)、实验数据与波形以及实验过程中出现的故障及解决的方法等；
2. 对原始记录进行必要的分析、整理，包括实验数据与估算结果的比较，产生误差的原因及减小误差的方法，实验故障原因的分析等；
3. 回答实验思考题。

基本实验技能和要求

本课程实验要求学生科学、规范操作，掌握电工电子基本的实验技能，包括以下几点。

一、基本实验技能

1. 接线

(1) 合理安排仪表元件的位置，接线该长则长、该短则短，尽量做到接线清楚、容易检查、操作方便。

(2) 接线要牢固可靠。

(3) 先接电路的主回路，再接并联支路。

(4) 为了安全起见，接线时通常最后接电源部分，拆线时应先拆电源部分。操作中严禁带电拆、接线。

2. 合理读取数据点

应通过预操作，掌握被测曲线趋势和找出特殊点：凡变化急剧的地方取点密，变化缓慢处取点疏。应使取点尽量少而又能真实反映客观情况。

3. 正确、准确地读取测量仪表指示值

(1) 合理选择量程，对指针式仪表应力求使指针偏转大于 2/3 满量程时较为合适，同一量程中，指针偏转越大越准确。

(2) 对指针式仪表，在测量仪表量程与表面分度一致时，可以直接读取读数作为测量值。如果不一致，则先记下指针指示的格数，再进行换算，并注意读出足够的有效数字。

二、仪器设备的基本使用方法

1. 了解设备的名称、用途、铭牌规格及面板旋钮情况。使用时各旋钮应放在正确位置，禁止无意识地乱拨动旋钮。

2. 明确仪器设备使用的极限值

(1) 要注意使用设备的最大允许的输出值，如调压器、稳压电源有最大输出电流限制，电机有最大输出功率限制，信号源有最大输出功率及最大信号电流限制。

(2) 要注意测量仪表仪器最大允许的输入量，如电流表、电压表和功率表要注意最大的电流值或电压值。万用表、数字万用表、数字频率计、示波器等的输入端都规定有最大允许的输入值，不得超过，否则会损坏设备。对多量程仪表(如万用表)要正确使用量程，千万不能用欧姆挡测量电压或用电流挡测量电压等。

3. 学会判断仪器设备是否工作正常

有自校功能的可通过自校信号对设备进行检查，如示波器有自校正弦波或方波，频率计有自校标准频率。

三、故障分析与检查排除

1. 实验中常见故障

(1) 连线:连线错,接触不良,断路或短路;

(2) 元件:元件错或元件值错,包括电源输出错;

(3) 参考点:电源、实验电路、测试仪器之间公共参考点连接错误等等。

2. 故障检查方法

故障检查方法很多,一般是根据故障类型,确定部位、缩小范围,在小范围内逐点检查,最后找出故障点并给予排除。简单实用的方法是用万用表在通电状态下用电压挡或断电状态下用电阻挡检查电路故障。

(1) 带电检查法:用万用表的电压挡(或电压表),在接通电源情况下,根据实验原理,如果电路某两点应该有电压,而万用表测不出电压;或某两点间不应该有电压,而万用表测出了电压;或所测电压值与电路原理不符,则故障即在此两点间。

(2) 断电检查法:用万用表的电阻挡(或欧姆表),在断开电源情况下,根据实验原理,如果电路某两点应该导通无电阻(或电阻极小),而万用表测出开路(或电阻极大);或某两点应该开路(或电阻很大),但测得的结果为短路(或电阻极小),则故障即在此两点间。

第 1 部分 电工技术实验

实验 1 电路元件伏安特性的测绘

1.1 实验目的

1. 学会识别常用电路元件的方法。
2. 掌握线性电阻、非线性电阻元件伏安特性的测绘。
3. 掌握实验台上直流电工仪表和设备的使用方法。

1.2 预备知识

任何一个二端元件的特性可用该元件两端施加的电压 U 与通过该元件的电流 I 之间的函数关系 $I = f(U)$ 来表示，即用 I-U 平面上的一条曲线来表征，这条曲线称为该元件的伏安特性曲线。

1. 线性电阻器的伏安特性曲线是一条通过坐标原点的直线，如图 1-1 中曲线 a 所示，直线的斜率等于该电阻的值。

2. 通常将白炽灯视为线性电阻，但实际工作时灯丝处于高温状态，其灯丝电阻随着温度的升高而增大，一般灯泡的"冷电阻"与"热电阻"的阻值可相差几倍至十几倍。白炽灯的伏安特性如图 1-1 中曲线 b 所示。

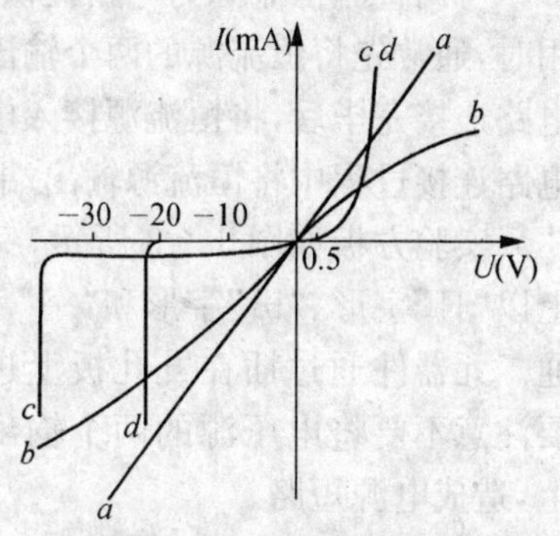

图 1-1 伏安特性曲线

3. 半导体二极管是非线性元件。当向二极管施加正向电压时，如果正向电压低于死区电压（一般的锗管约为 0.2 V，硅管约为 0.5 V），正向电流几乎为零，二极管工作在"死区"。随着正向电压逐渐升高，电流急剧上升，二极管"导通"。当向二极管施加反向电压时，反向电压从零一直增加到几十至上千伏时，其反向电流很小，二极管工作在"截止状态"。但当反向电压加得过高，超过管子的极限值，则击穿二极管，导致管子损坏。二极管的伏安特性如图 1-1 中曲线 c 所示，从曲线中可以看出，二极管具有单向导电性。

4. 稳压二极管是一种特殊的半导体二极管，其正向特性与普通二极管类似，但其反向特性较特别，如图 1-1 中曲线 d 所示。在反向电压开始增加时，其反向电流几乎为零，但当电压增加到某一数值时，稳压管反向击穿，电流突然增加，并且其端电压基本维持恒定，当外加的反向电压继续升高时其端电压仅有少量增加稳压管工作在反向击穿区，其击穿是可逆的。

5. 理想的直流电压源输出固定幅值的电压，输出电流大小取决于它所连接的外电路。因此它的伏安特性曲线是平行于电流轴的直线，如图 1-2(a)中实线所示。实际电压源可以用一个理想电压源 U_S 和内电阻 R_0 相串联的电路模型来表示。实际电压源的端电压 U 和电流 I 的关系式为：$U = U_S - R_0 \times I$。实际电压源的伏安特性曲线如图 1-2(a)中虚线所示。

6. 理想的直流电流源输出固定幅值的电流，其端电压的大小取决于外电路，它的伏安特性曲线是平行于电压轴的直线，如图 1-2(b)中实线所示。实际电流源可以用一个理想电流源 I_S 和电阻 R_i 相并联的电路模型来表示。实际电流源的输出电流 I 和电压 U 的关系式为：$I = I_S - U/R_i$。实际电流源的伏安特性曲线如图 1-2(b)中虚线所示。

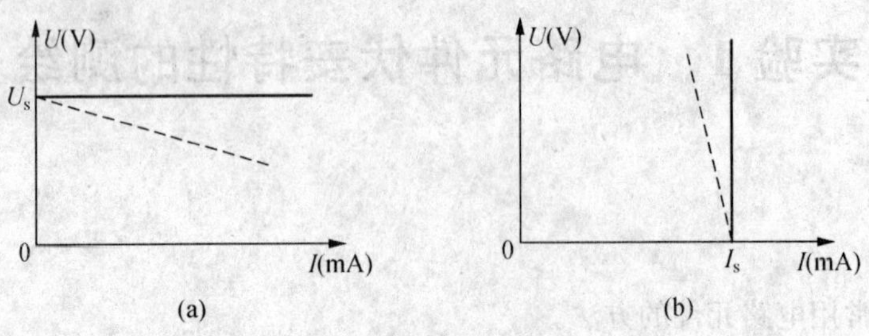

图 1-2　电压源和电流源伏安特性曲线

1.3　实验设备

(1) 可调直流稳压电源　(2) 可调直流恒流源　(3) 万用表　(4) 电阻箱　(5) 实验方板和器件

可调直流稳压电源为电路提供连续可调的直流电压。使用时输出端不能短路。在实验中使用时，通常先根据实验要求调节好所需输出电压，然后关闭待用。等电路连接完毕后，再将直流稳压电源接入电路，并打开电源。这样可以避免电压过高烧坏实验器件，或者电路连接过程中将稳压电源输出端短路。

可调直流恒流源为电路提供连续可调的直流电流。使用时输出端不能开路。在实验中使用时，通常先将恒流源的两个输出端短路，根据实验要求调节好所需输出电流后，关闭待用。等电路连接完毕后，将恒流源接入电路，再打开电源。这样可以避免电流过大损坏实验器件，或者电路连接过程中将恒流源输出端开路。

实验方板如图 1-3 所示，又称“九孔板”。板面上以“日”字形、“田”字形和“一”字形相连的孔内部导通。元器件通过插在九孔板上进行连接。使用时需要注意不要将电压源的两个输出端接在相连通的孔上，造成电源短路。

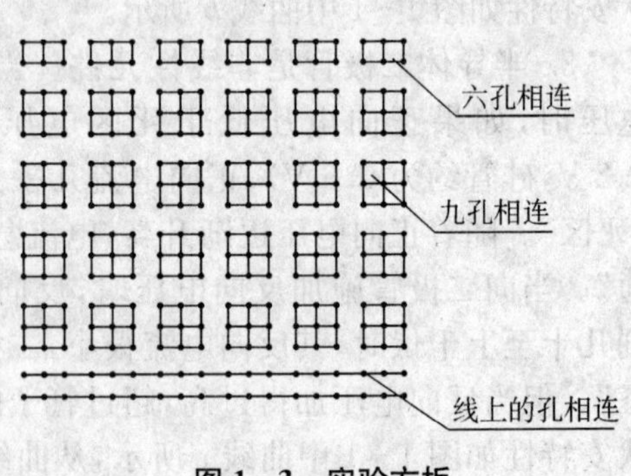

图 1-3　实验方板

万用表使用时要注意测量的是交流还是直流信号，注意选择量程，特别要注意不要用电流挡去测量电压，否则会烧坏万用表。

可调直流稳压电源和可调直流恒流源及万用表的具体使用方法参见附录。

1.4　实验内容

1.4.1　必做实验

实验 1-1　测量线性、非线性元器件的伏安特性

1. 测量线性电阻元件的伏安特性

(1) 按图 1-4 接线，U_S 为直流稳压电源，使用时先将直流稳压电源输出电压调至 0 V。

(2) 调节直流稳压电源输出电压,使电压 U_S 分别为 0 V, 2 V, 4 V, 6 V, 8 V, 10 V,依次测量电流 I 和负载 R_L 两端电压 U,数据记入表 1-1 中。

(3) 断开电源,将直流稳压电源输出电压置零。

表 1-1　线性电阻元件实验数据

U_S(V)	0	2	4	6	8	10
I(mA)						
U(V)						
$R=U/I$(Ω)						

2. 测量非线性电阻元件的伏安特性

(1) 按图 1-5 接线,实验中所用的非线性电阻元件为 12 V/0.1 A 小灯泡。

(2) 调节直流稳压电源输出电压旋钮,使其输出电压分别为 0 V, 0.5 V, 1 V, 2 V, 3 V, 4 V, 5 V, 6 V,依次测量电流 I 及灯泡两端电压 U,将数据记入表 1-2 中。

(3) 断开电源,将直流稳压电源输出电压复零。

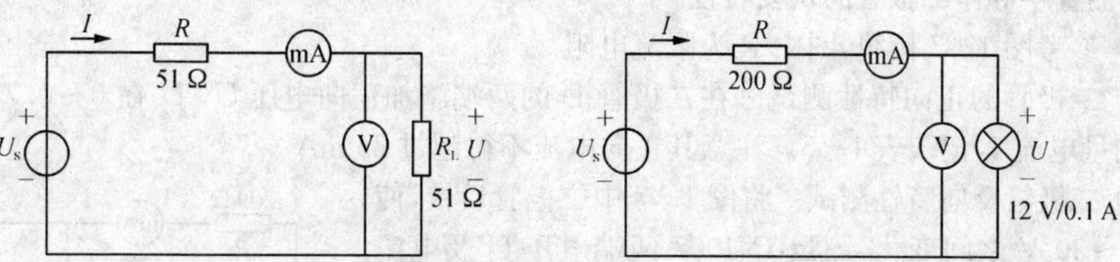

图 1-4　线性电阻元件的实验线路　　**图 1-5　非线性电阻元件的实验线路**

表 1-2　非线性电阻元件实验数据

U_S(V)	0	0.5	1	2	3	4	5	6
I(mA)								
U(V)								
$R=U/I$(Ω)								

3. 测量稳压管的伏安特性

(1) 正向特性测试。按图 1-6(a)接线,图中 R 为限流电阻。在 2CW51 两端施加正向电压 U, U 在 0～0.75 V 之间取值,测量电流 I,记入表 1-3 中。

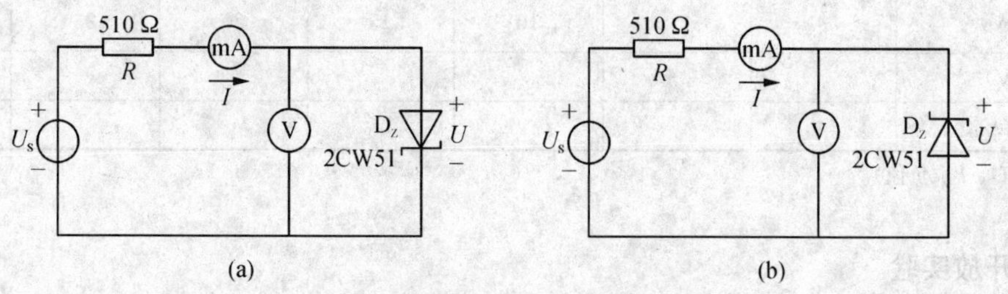

图 1-6　稳压管元件的实验线路

(2) 反向特性测试。将 2CW51 反接,如图 1-6(b)所示。直流稳压电源的输出电压 U_S 从

0～20 V 逐渐增加，测量 2CW51 两端的电压 U 及电流 I，记入表 1－4，由 U 的变化可看出其稳压特性。

注意：测量时，为了减小电压表并联对反向电流测量值的影响，每次稳压管两端的电压值 U 调好后，应将并联在稳压管两端的电压表除去后再测量电流。

表 1－3　稳压管正向特性实验数据

U(V)	0.10	0.30	0.50	0.60	0.70	0.75
I(mA)						

表 1－4　稳压管反向特性实验数据

U_S(V)	0	1	3	5	10	15	20
U(V)							
I(mA)							

（注：反向时 U、I 取负值）

4. 测量半导体二极管的伏安特性

(1) 参考图 1－7 接线，图中 R 为限流电阻。

(2) 二极管的正向特性测试。在二极管 D 的两端施加正向电压 U，U 在 0～0.75 V 之间变化，测量电流 I，记入表 1－5。注意其正向电流不得超过 35 mA。

(3) 二极管反向特性测试。将图 1－7 中二极管反接，使 U_S 在 0～30 V 之间变化，测量 IN4007 两端电压 U 及电流 I，记入表 1－6。（注：由于 IN4007 反向耐压为1 000 V，所以实验中无法做到反向击穿）。

注意：测量时，为了减小电压表并联对反向电流测量值的影响，每次二极管两端的电压值 U 调好后，应将并联在二极管两端的电压表除去后再测量电流。

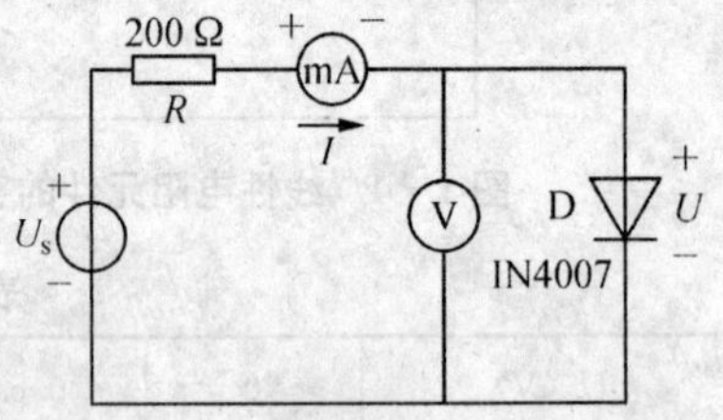

图 1－7　二极管元件的实验线路

表 1－5　二极管正向特性实验数据

U(V)	0.10	0.30	0.50	0.60	0.70	0.75
I(mA)						

表 1－6　二极管反向特性实验数据

U_S(V)	0	5	10	15	20	25	30
U(V)							
I(mA)							

（注：反向时 U、I 取负值）

1.4.2　开放实验

实验 1－2　测量直流电压和电流源的伏安特性

1. 测量直流电压源的伏安特性

(1) 理想直流电压源的伏安特性测试

将直流稳压电源视作理想电压源。参考图 1－8 接线。直流稳压电源的输出电压调节为 $U_S = 10\,V$，改变电阻箱 R_L 的值，使其分别为 100 Ω，51 Ω，22 Ω，10 Ω，5.1 Ω，1 Ω，测量相应的电流 I 和直流电压源端电压 U，自拟表格记录。

(2) 测量实际直流电压源的伏安特性

将直流稳压电源 U_S 与电阻 R_0 相串联模拟实际直流电压源。参考图 1－9 接线，参照上面的方法测量相应的实际电压源的端电压 U 和电流 I，自拟表格记录。

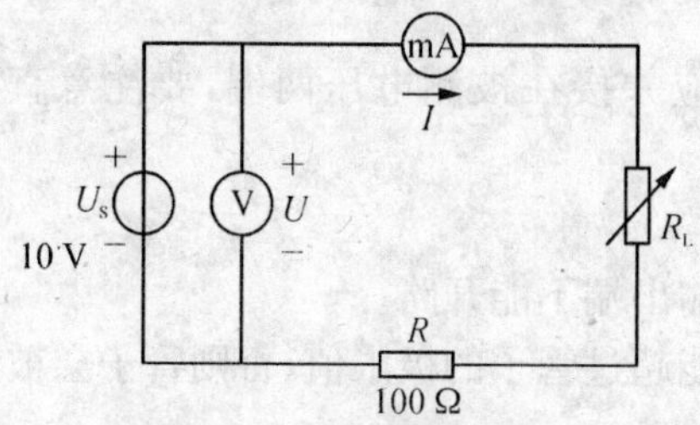

图 1－8　电压源实验线路

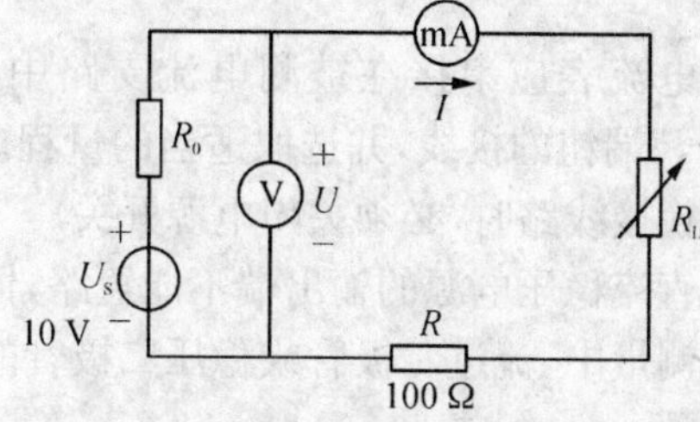

图 1－9　实际电压源实验线路

2. 测量直流电流源的伏安特性

(1) 测量理想直流电流源的伏安特性

将直流恒流电源视作理想电流源。参考图 1－10 接线，调节直流稳电源的输出电流为 $I_S = 24\,mA$，改变 R_L 的值分别为 300 Ω，200 Ω，100 Ω，50 Ω，22 Ω，测量相应的电流 I 和电压 U，自拟表格记录。

(2) 测量实际直流电流源的伏安特性

将电流源与电阻 R_i 并联来模拟实际电流源。参考图 1－11 接线，参照上面的方法测量相应的实际电流源的端电压 U 和电流 I，自拟表格记录。

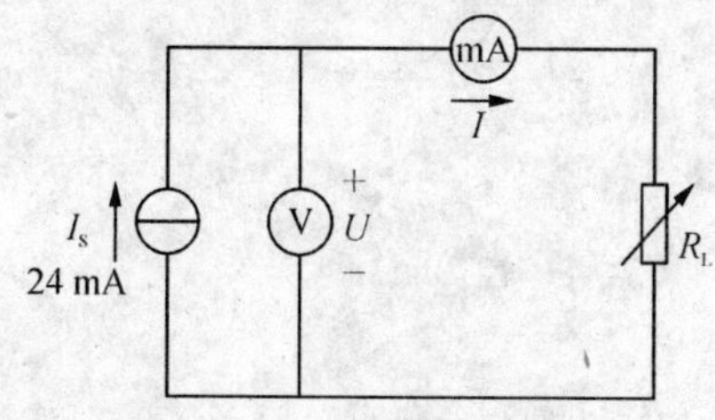

图 1－10　电流源实验线路

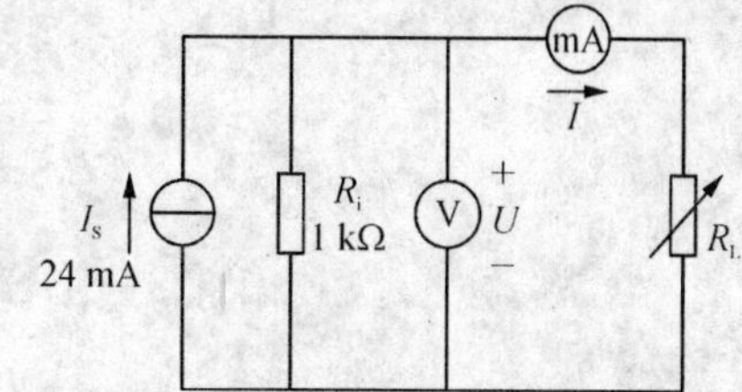

图 1－11　实际电流源实验线路

1.5　预习思考题

1. 阅读附录，学习可调直流稳压电源、可调直流恒流源及万用表的使用方法。

2. 电阻器与二极管的伏安特性有何区别？线性电阻与非线性电阻的概念是什么？

3. 设某器件伏安特性曲线的函数式为 $I = f(U)$，试问在逐点绘制曲线时，其坐标变量应如何放置？

4. 通常直流稳压电源的输出端是否允许短路，直流恒流源的输出端是否允许开路，为什么？

1.6　分析与总结

1. 根据各实验数据，分别在方格纸上绘制出光滑的伏安特性曲线。（其中二极管和稳压管

的正、反向电压可取为不同的比例尺）

2. 根据实验结果，总结、归纳被测各元件的特性。

3. 从伏安特性曲线看欧姆定律，它对哪些元件成立？对哪些元件不成立？

4. 电压源与电流源的外特性为什么呈下降变化趋势，稳压源和恒流源的输出在任何负载下是否保持恒值？

1.7 实验注意事项

1. 电流表应串接在被测电流支路中，电压表应并接在被测电压两端，要注意直流仪表“+”、“−”端钮的接线，并选取适当的量程。

2. 换接线路时，必须关闭电源开关。

3. 直流稳压电源的输出端不能短路，恒流源的输出端不能开路。

4. 测量中，流过二极管或稳压二极管的电流不能超过管子的极限值，否则管子会被烧坏。

实验 2　基尔霍夫定律和叠加定理验证

2.1　实验目的

1. 验证基尔霍夫电流定律(KCL)和电压定律(KVL)。
2. 验证叠加定理,加深对该定理的理解。
3. 加深对电流和电压参考方向的理解。

2.2　预备知识

1. 基尔霍夫电流定律(KCL)

KCL 指出,对电路中任一结点,在任一瞬间,流入结点的电流总和等于流出该结点的电流总和,即:

$$\sum I_{入} = \sum I_{出}$$

基尔霍夫电流定律也可表示为:

$$\sum I = 0$$

即:在任一结点上,各电流的代数和为 0。此时若流入结点的电流为正,则流出结点的电流为负,反之亦然。基尔霍夫电流定律反映了电流的连续性。说明了结点上各支路电流的约束关系。

2. 基尔霍夫电压定律(KVL)

KVL 指出,从回路的任意一点出发,沿回路绕行一周回到原点时,在绕行方向上,各部分电位升的和等于各部分电位降的和,即:

$$\sum V_{升} = \sum V_{降}$$

基尔霍夫电压定律也可表示为:

$$\sum U = 0$$

即:从回路的某点出发,沿回路绕行一周,回到原点时,在绕行方向上各部分电压降的代数和为 0。基尔霍夫电压定律说明了电路回路中各段电压之间的关系。

3. 叠加定理

对于多个电源作用的线性电路(由线性元件构成的电路称线性电路),任一支路的电流,都可以认为是由各个电源单独作用时分别在该支路中产生的电流的代数和。对于各个元件上的电压都可以认为是由各个电源单独作用时分别在该元件上产生的电压的代数和。

所谓电源单独作用,是指只保留一个电源作用,而使其余电源为零(理想电压源短接,理想电流源开路),但内阻仍保留。

4. 电压、电流的实际方向与正参考方向的对应关系

为了分析、计算电路的方便,当电压、电流实际方向难以确定时,可先假定一个正方向(并不一定与实际方向一致)，通过分析计算，若结果为正，则表示假定方向与实际方向一致；反之，相反。

实验中测量的电压、电流的实际方向，由电压表、电流表的“正”端所标明。在测量电压、电流时，若电压表、电流表的“正”端与参考方向的“正”方向一致，则该测量值为正值，否则为负值。

2.3 实验设备

(1) 可调直流稳压电源 (2) 可调直流恒流源 (3) 万用表 (4) 实验方板和器件

2.4 实验内容

本实验可采用 Multisim 仿真软件完成，也可自行搭接线路完成。

2.4.1 必做实验

实验 2-1 验证基尔霍夫定律

1. 验证基尔霍夫电流定律(KCL)

(1) 按图 2-1 接线，U_{S1}、U_{S2} 由直流稳压电源提供。

(2) 以结点 b 为例，依次测出电流 I_1、I_2 和 I_3，数据记在表 2-1 内。

(3) 根据 KCL 定律计算 $\sum I$，将结果填入表 2-1，验证 KCL。

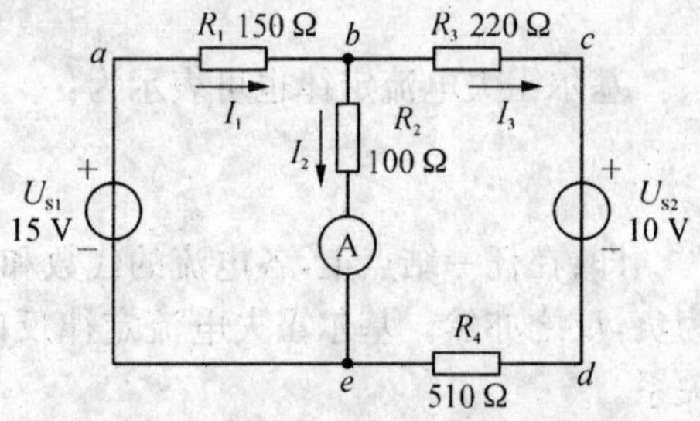

表 2-1 验证 KCL 实验数据

I_1(mA)	I_2(mA)	I_3(mA)	$\sum I$

图 2-1 验证基尔霍夫定律实验线路

2. 验证基尔霍夫电压定律(KVL)

(1) 实验线路如图 2-1 所示。

(2) 依次测出回路 1(绕行方向：*beab*)和回路 2(绕行方向：*bcdeb*)中各部分的电压值，数据记在表 2-2 内。

(3) 根据 KVL 定律，计算 $\sum U$，将结果填入表 2-2，验证 KVL。

表 2-2 验证 KVL 实验数据

回路 1 (*beab*)	U_{be}(V)	U_{ea}(V)	U_{ab}(V)		$\sum U$
回路 2 (*bcdeb*)	U_{bc}(V)	U_{cd}(V)	U_{de}(V)	U_{eb}(V)	$\sum U$

实验 2-2 线性电压源电路叠加定理验证

1. 电压源电路

按图 2-2 接线，取直流稳压电源 $U_{S1} = 10\ \text{V}$，$U_{S2} = 15\ \text{V}$，电阻 $R_1 = 330\ \Omega$，$R_2 = 100\ \Omega$，$R_3 = 51\ \Omega$。

(1) 当 U_{S1}、U_{S2} 两电源共同作用时，测量各支路电流和各元件上的电压值。

选择合适的电流表和电压表量程及接入电路的极性。接入电源 U_{S1}，U_{S2}，测量电流 I_1，I_2，I_3 和电压 U_1，U_2，U_3。根据图2-2中各电流和电压的参考方向，确定被测电流和电压的正负号后，将数据记入表2-3中。

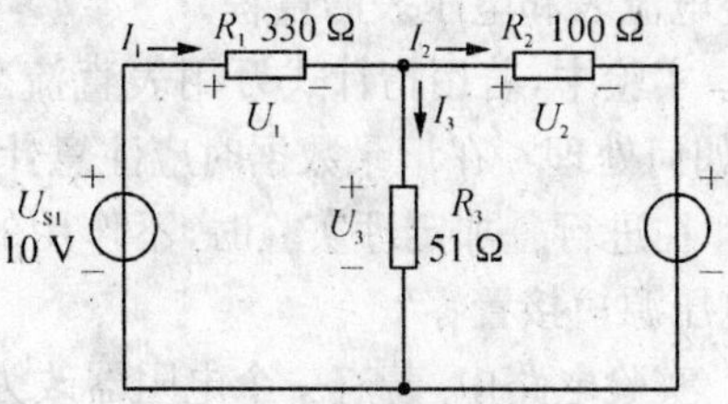

图2-2　验证线性电压源电路叠加定理的实验线路

(2) 当电源 U_{S1} 单独作用时，测量各电流和电压的值。

将 U_{S2} 除源，U_{S1} 电源单独作用，重复上述实验步骤，将测量数据记入表2-3中。

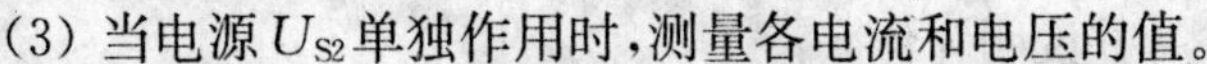

(3) 当电源 U_{S2} 单独作用时，测量各电流和电压的值。

将 U_{S1} 除源，U_{S2} 电源单独作用，重复上述实验步骤，将测量数据记入表2-3中。

(4) 按表2-3中的数据计算验证叠加定理。

注意：除源是指 U_{S1}、U_{S2} 处用短接线代替，而不是将稳压电源本身短路。

2. 电压源、电流源共存电路

将图2-2中的 U_{S2} 用10 mA恒流源 I_{S2} 代替，重复实验2-2中(1)～(4)的测量过程，数据记录表格参照表2-3自拟。

注意：U_{S1} 单独作用时，应将 I_{S2} 开路。

表2-3　叠加定理实验数据表

电　源	电流(A)			电压(V)		
U_{S1}、U_{S2} 共同作用	I_1	I_2	I_3	U_1	U_2	U_3
U_{S1} 单独作用	I'_1	I'_2	I'_3	U'_1	U'_2	U'_3
U_{S2} 单独作用	I''_1	I''_2	I''_3	U''_1	U''_2	U''_3
验证叠加定理	$I'_1+I''_1$	$I'_2+I''_2$	$I'_3+I''_3$	$U'_1+U''_1$	$U'_2+U''_2$	$U'_3+U''_3$

2.4.2　开放实验

实验2-3　非线性电路叠加定理验证

将图2-2中 R_1(330 Ω)换成二极管1N4007，重复实验2-2中(1)～(4)的测量过程，数据记录表格参照表2-3自拟，验证在非线性电路中叠加定理是否成立？

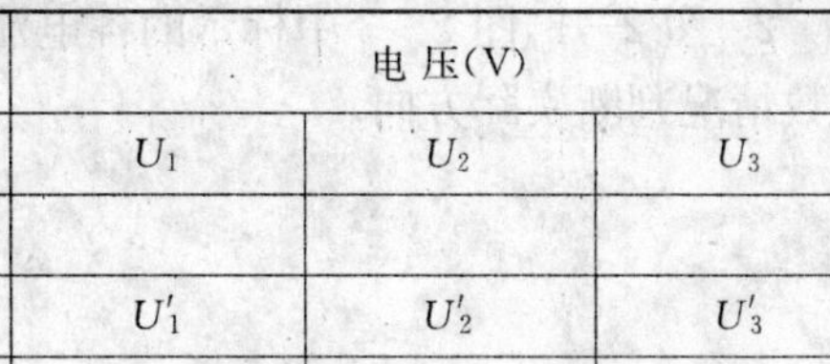

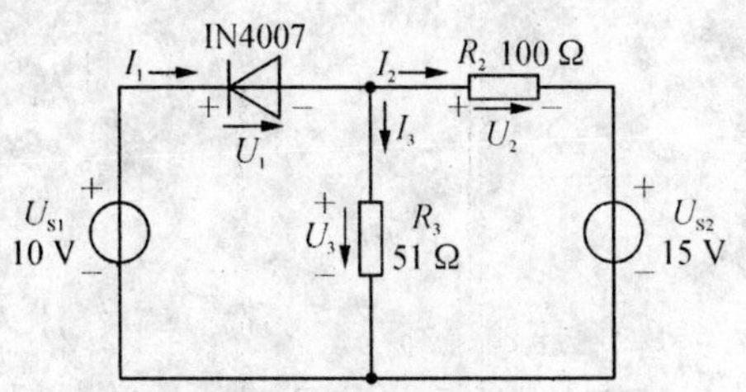

图2-3　验证非线性电路叠加定理的实验线路

2.5　预习思考题

1. 根据图2-2的电路参数，估算待测的电流 I_1，I_2，I_3 和各电阻上的电压值，以便实验测量时，可正确地选定电流表和电压表的量程。

2. 实验中，若用指针式万用表直流毫安挡测各支路电流，在什么情况下可能出现指针反偏，应如何处理？在记录数据时应注意什么？若用直流数字毫安表进行测量，则会有什么显示？

3. 在进行叠加定理实验时，不作用的电压源、电流源怎样处理，为什么？可否直接将不作用的电压源短接置零？

4. 实验电路中，若有一个电阻器改为二极管，试问叠加定理的叠加性还成立吗？为什么？

2.6 分析和讨论

1. 用数字式测量仪表测量电压、电流时，如果数据前出现负号，意义是什么？

2. 计算表 2-2 中的 $\sum U$ 是否为零，并说明为什么？

3. 根据图 2-2 中给定的电路参数和电流、电压参考方向，分别计算两电源共同作用和单独作用时各支路电流和电压的值，和实验数据进行相对照，并加以总结和验证。

4. 通过对实验数据的计算，判别图 2-2 中三个电阻上的功率是否也符合叠加原理，为什么？

2.7 实验注意事项

1. 使用指针式仪表时，要特别注意指针的偏转情况，及时调换表的极性，防止指针打弯或损坏仪表。

2. 图 2-2，图 2-3 中标示的各电流和电压的方向为参考方向，测量时要根据测量仪表的读数情况判断实际方向。

实验3 电源等效变换及戴维宁定理

3.1 实验目的

1. 验证电压源与电流源等效变换的条件。
2. 验证戴维宁定理和诺顿定理的正确性，加深对定理的理解。
3. 掌握测量有源二端网络等效参数的一般方法。

3.2 预备知识

1. 直流电压源与直流电流源的等效变换

一个实际的电源，就其外部特性而言，既可以看成是一个电压源，又可以看成是一个电流源。若视为电压源，则可用一个理想的电压源 U_S 与一个电阻 R_0 相串联的模型来表示；若视为电流源，则可用一个理想电流源 I_S 与一个电阻 R_i 相并联的模型来表示。如果这两种电源具有相同的外特性，即能向相同负载提供相同的电流和电压，则称这两个电源是等效的(如图 3-1 所示)。一个电压源与一个电流源等效变换的条件为：

$$I_S = U_S/R_0,\ R_0 = R_i$$

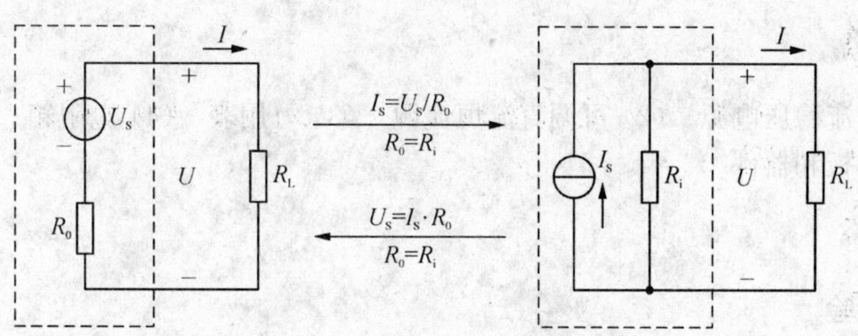

图 3-1 电压源与电流源等效变换

2. 戴维宁定理和诺顿定理

戴维宁定理指出：任何一个线性有源二端网络，总可以用一个理想电压源 U_{S0} 和内阻 R_0 相串联的支路来等效。

诺顿定理指出：任何一个线性有源二端网络，总可以用一个理想电流源 I_S 和内阻 R_0 相并联的支路来等效。

其中，U_{S0} 为有源二端网络的开路电压，I_S 为有源二端网络的短路电流，R_0 为有源二端网络中除去所有电源后的等效电阻。U_{S0}，I_S 和 R_0 称为有源二端网络的等效参数。

3. 有源二端网络等效参数的测量方法

(1) 开路电压 U_{ab} 的测定方法

当有源二端网络的等效电阻 R_0 与万用表电压挡的内阻相比可以忽略不计时，可以用电压表直接测量该网络的开路电压 U_{ab}，如图 3-2 所示。

当有源二端网络的等效电阻 R_0 较大时，用电压表直接测量开路电压的误差较大，这时需要采用补偿法测量开路电压。有关补偿法的相关内容可自行查阅，这里不做叙述。

（2）等效电阻 R_0 的测定方法

等效电阻 R_0 的测定可采用开路电压、短路电流法。在有源二端网络输出端开路时，用电压表直接测其输出端的开路电压 U_{ab}，然后再将其输出端短路，串入电流表测其短路电流 I_{SC}。

$$R_0 = \frac{U_{ab}}{I_{SC}}$$

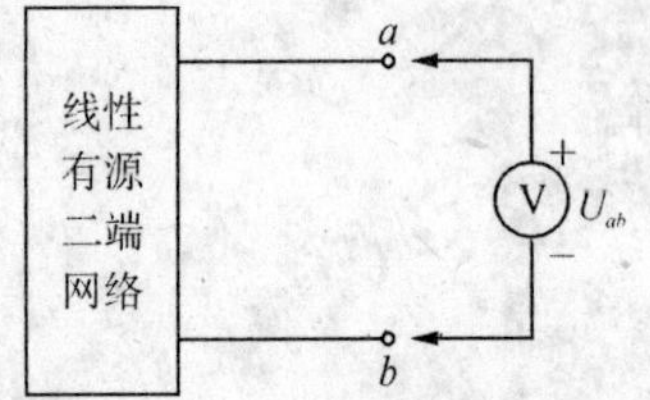

图3－2　直接测量开路电压的电路

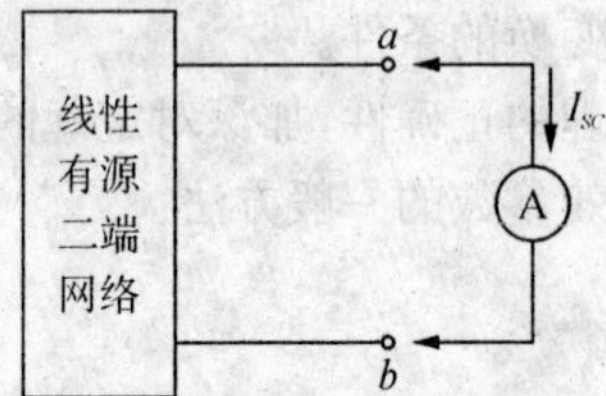

图3－3　测定短路电流的电路

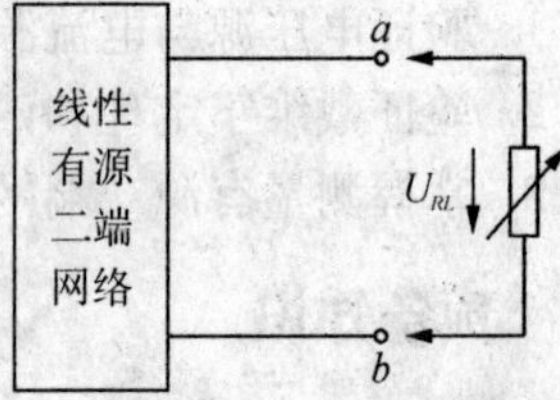

图3－4　半偏法测入端等效电阻

图 3－3 为测量有源二端网络短路电流 I_{SC} 的电路。这种方法简便，但对于不允许直接短路的二端网络是不能采用的。此时可采用半偏法或(半电压法)测 R_0。

所谓半偏法，是先测出有源二端网络的开路电压 U_{ab}，再按图 3－4接线，R_L 为电阻箱的电阻，调节 R_L，使其两端电压 U_{RL} 为开路电压 U_{ab} 的一半，即 $U_{RL} = \frac{1}{2}U_{ab}$，此时 R_L 的数值即等于 R_0。这种方法克服了前两种方法的局限性，在实际测量中被广泛采用。

3.3　实验设备

（1）可调直流稳压电源　（2）可调直流恒流源　（3）万用表　（4）电阻箱

（5）实验方板和器件

3.4　实验内容

3.4.1　必做实验

实验 3－1　验证电压源与电流源等效变换的条件

按图 3－5(a)线路接线，记录线路中两表的读数：$I=$ ________，$U=$ ________。然后按图 3－5(b)接线，调节恒流源的输出电流 I_S，使两表的读数与图 3－5(a)中的数值相等，记录 $I_S=$ ________，验证等效变换条件的正确性。

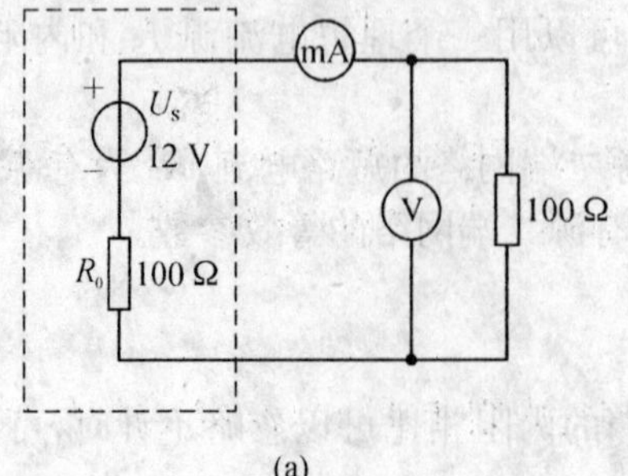

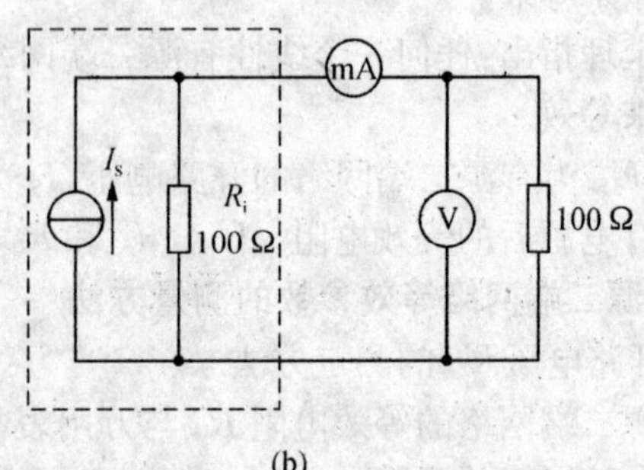

图 3－5　电源等效变换

实验 3-2 有源二端网络和戴维宁等效电源外特性测试

1. 测量有源二端网络的开路电压 U_{ab} 和等效电阻 R_0

按图 3-6 接线（不接入负载 R_L），取 $U_S = 25\text{ V}$，$R_1 = 150\,\Omega$，$R_2 = R_3 = 100\,\Omega$，参照实验原理与说明，用直接测量法测量开路电压 U_{ab}，用开路电压、短路电流法测量短路电流 I_{SC}，并计算等效电阻 R_0，将测量结果记录下来。

$U_{ab}=$ ________；$I_{SC}=$ ________；$R_0=$ ________。

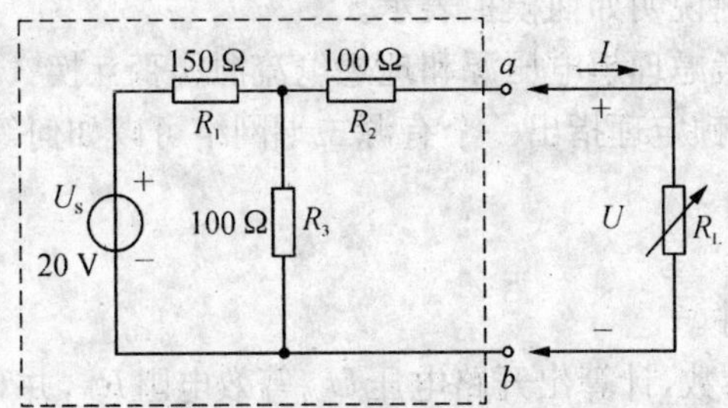

图 3-6 有源二端网络实验线路

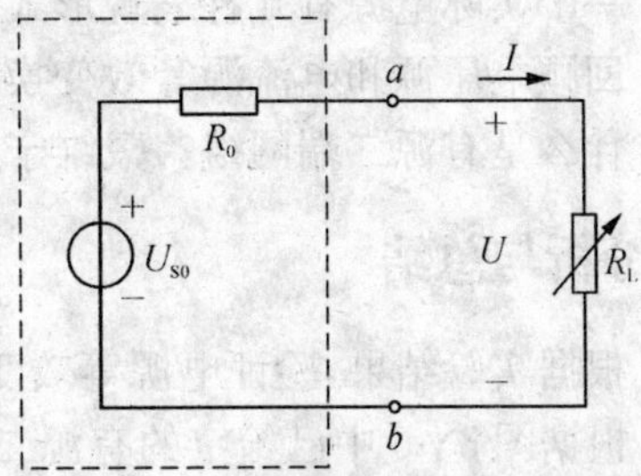

图 3-7 戴维宁等效电源电路

2. 测定有源二端网络的外特性

参照图 3-6，在有源二端网络的 a，b 端上接入电阻箱作为负载电阻 R_L，R_L 分别取表 3-1 中所列的各值，测量相应的端电压 U 和电流 I，记入表 3-1 中。

表 3-1 有源二端网络及戴维宁等效电路外特性实验数据

负载电阻 $R_L(\Omega)$		0	51	100	150	200	330	开路
有源二端网络	U_{ab}(V)							
	I(mA)							
戴维宁等效电源	U_{ab}(V)							
	I(mA)							

3. 测定戴维宁等效电源的外特性

按图 3-7 接线，图中 U_{S0} 和 R_0 为图 3-6 中有源二端网络的开路电压 U_{ab} 和等效电阻 R_0，U_{S0} 从直流稳压电源取得。在 a、b 端接入负载电阻 R_L，R_L 分别取表 3-1 中所列的各值，测量相应的端电压 U 和电流 I，记入表 3-1 中。

3.4.2 开放实验

实验 3-3 诺顿等效电源外特性测试

该实验用于测定诺顿等效电源的外特性。实验电路参考图 3-8。R_0 和 I_S 取实验 3-2 中步骤 1 所测得的等效电阻 R_0 和短路电流值 I_{SC}，仿照实验 3-2 的步骤 3 测量其外特性，对诺顿定理进行验证。数据可记录在表 3-2 中，并和表 3-1 中的数据进行比较。

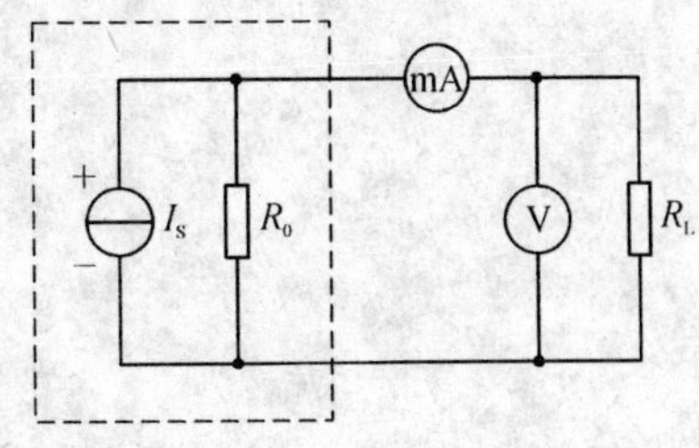

图 3-8 诺顿等效电源电路

表 3-2　诺顿等效电源的外特性

$R_L(\Omega)$	0	51	100	150	200	330	开路
$U(V)$							
$I(mA)$							

3.5　预习思考题

1. 一个实际电源有几种表现形式，画图分别说明如何模拟表示。

2. 回顾电压源和电流源等效变换的条件，考虑理想电压源和理想电流源能否互换？

3. 什么是有源二端网络？戴维宁定理和诺顿定理指出一个有源二端网络可以如何等效？

3.6　分析与总结

1. 根据实验结果，验证电源等效变换的条件。

2. 根据图 3-6 中已给定的有源二端网络参数，计算出开路电压 U_{ab} 等效电阻 R_0，并和实验结果相比较。

3. 根据表 3-1 中各电压和电流的值，分别绘出有源二端网络和戴维宁等效电源的外特性曲线，可得出什么结论？

3.7　实验注意事项

1. 换接线路时，必须关闭电源开关。

2. 直流仪表接入时，应注意极性与量程。

实验 4　简单正弦电路的研究

4.1　实验目的

1. 研究 RC、RL 串联电路中电压、电流的基本关系；
2. 研究 RLC 串联电路中电压关系和阻抗特性；
3. 学习用实验方法测试 R，L，C 串联谐振电路的幅频特性曲线；
4. 加深理解电路发生谐振的条件、特点，掌握电路品质因数的物理意义及其测定方法。

4.2　预备知识

1. *RC* 串联电路

RC 交流电路如图 4-1 所示，则

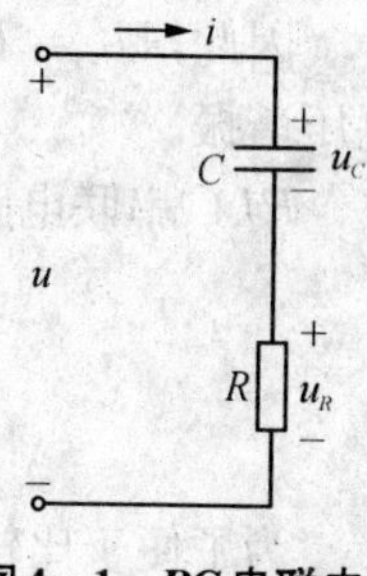

图 4-1　***RC* 串联电路**

总阻抗：$Z = R - \mathrm{j}X_C = R - \mathrm{j}\dfrac{1}{\omega C}$，$X_C = \dfrac{1}{\omega C}$

电压 u 与电流 i 相位差：$\varphi = \arctan\dfrac{-X_C}{R}$

电路呈现容性状态，总电压 u 滞后于电流 i。电容上的电压 u_C 滞后电流 i 90°，电阻上的电压 u_R 与电流 i 相位相同。

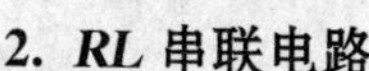

2. *RL* 串联电路

RL 交流电路如图 4-2 所示，则

总阻抗：$Z = R + \mathrm{j}X_L = R + \mathrm{j}\omega L$，$X_L = \omega L$

电压 u 与电流 i 相位差：$\varphi = \arctan\dfrac{X_L}{R}$

电路呈现感性状态，总电压 u 超前于电流 i。电感上的电压 u_L 超前流过电感的电流 i 90°。电阻上的电压 u_R 与流过电阻的电流 i 相位相同。

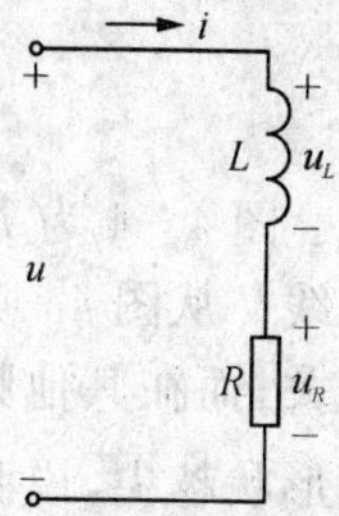

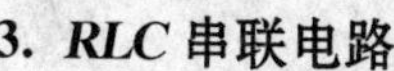

图 4-2　***RL* 串联电路**

3. *RLC* 串联电路

在图 4-3 所示的 RLC 串联电路中，电路中的各个电压满足以下关系：

$$\dot{u} = \dot{u}_R + \dot{u}_L + \dot{u}_C$$

电路的总阻抗为：

$$Z = R + \mathrm{j}\omega L - \mathrm{j}\frac{1}{\omega C} = R + \mathrm{j}\left(\omega L - \frac{1}{\omega C}\right) = R + \mathrm{j}X$$

当 $X > 0$，即 $\omega L > \dfrac{1}{\omega C}$ 时，电路呈现感性状态；当 $X < 0$，即 $\omega L < \dfrac{1}{\omega C}$ 时，电路呈现容性状态；当 $X = 0$，即 $\omega L = \dfrac{1}{\omega C}$ 时，电路呈现电阻性状态，此时电路发生串联谐振，谐振频率为：

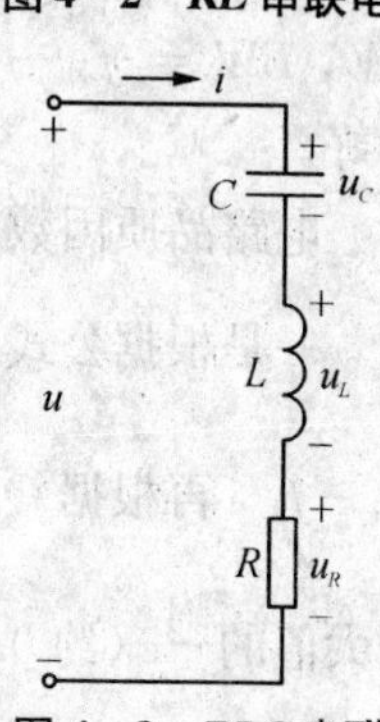

图 4-3　***RLC* 串联电路**

$$f_0 = \frac{1}{2\pi\sqrt{LC}}$$

此即为产生串联谐振的条件。可见改变 L、C 或电源频率 f 都可以实现谐振。

当电路产生串联谐振时，具有以下特征：

(1) $\dot{U}$与$\dot{I}$相位相同，即 $\varphi = 0$。

(2) 电路的阻抗最小，电路中的电流达到最大值，即：

$$Z_0 = R + \mathrm{j}\left(\omega L - \frac{1}{\omega C}\right)_{\omega=\omega_0} = R$$

$$I = I_0 = \frac{U}{R}$$

(3) 谐振时的感抗或容抗称为特征阻抗，特征阻抗与电阻的比值称为电路的品质因数，用 Q 来表示。谐振时电感线圈上的电压 U_L 等于电容上的电压 U_C，电路的品质因数 Q 为

$$Q = \frac{U_L}{U} = \frac{U_C}{U} = \frac{\omega_0 L}{R} = \frac{1}{\omega_0 CR} = \frac{\sqrt{L/C}}{R}$$

因此，$U_L = U_C = QU$。当 $Q \gg 1$ 时，U_L 和 U_C 将远大于端口电压 U，因此串联谐振又称为电压谐振。

RLC 串联电路中的电流与外加电压角频率 ω 之间的关系称为电流的幅频特性，即：

$$I(\omega) = \frac{U}{\sqrt{R^2 + \left(\omega L - \frac{1}{\omega C}\right)^2}}$$

为了便于比较，将上式中的电流及频率均以相对值 I/I_0 及 f/f_0 表示，则

$$\frac{I}{I_0} = \frac{1}{\sqrt{1 + Q^2\left(\frac{f}{f_0} - \frac{f_0}{f}\right)^2}}$$

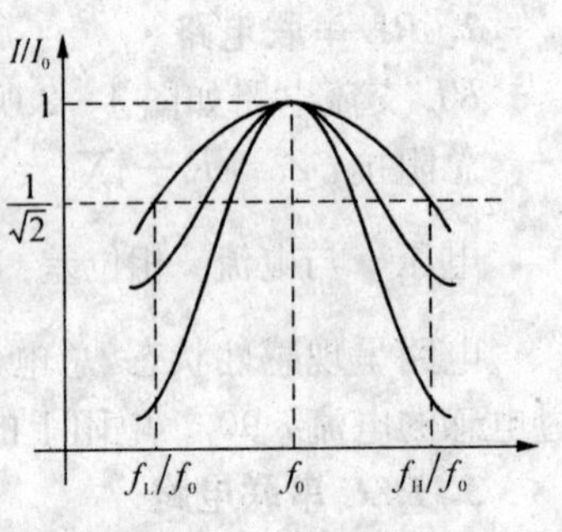

图 4-4 串联谐振曲线

图 4-4 为 I/I_0 与 f/f_0 的关系曲线，又称通用串联谐振曲线。从图 4-4 中可以看出，谐振时电流 I_0 的大小与 Q 值无关，而在其他频率下，Q 值越大，电流越小，串联谐振曲线的形状越尖，说明选择性越好。曲线中 $I/I_0 = 1/\sqrt{2}$ 时，对应的频率 f_H（上限频率）和 f_L（下限频率）之间的宽度为通频带 BW，$BW = f_H - f_L$。Q 值越大，通频带越窄，电路的选择性越好。

电路品质因数 Q 值通常有两种测量方法：

一是根据公式 $Q = \frac{U_L}{U} = \frac{U_C}{U}$ 测定，另一方法是通过测量谐振曲线的通频带宽度 $BW = f_H - f_L$，再根据 $Q = \frac{f_0}{f_H - f_L}$ 求出 Q 值，式中 f_0 为谐振频率，f_H 和 f_L 是失谐时，幅度下降到最大值的$\frac{1}{\sqrt{2}}$（约 0.707）倍时的上、下频率点。

4.3 实验设备

(1) 函数信号发生器 (2) 交流毫伏表 (3) 双踪示波器 (4) 实验方板和器件

函数信号发生器是使用最广的通用信号源，可以提供频率和幅值可调的正弦波、锯齿波和方波。输出信号的电压幅值可以通过幅值调节旋钮和衰减开关调节，由交流毫伏表读取其大小。输出信号的频率可以通过频率调节旋钮连续调节，通过信号发生器的频率显示窗口读取。信号发生器的输出端不允许短接。

交流毫伏表用于测量交流输入、输出信号的有效值。交流毫伏表只对交流电压响应，并且灵敏度比较高，可测量很小的交流电压。使用时，交流毫伏表工作在其频率范围内，测量时一般将量程开关放到较大位置，再根据实测值逐挡减小量程，避免损坏仪器。

示波器是电子测量中的重要测量工具，它用于显示被测信号的波形、大小、周期和相位，可以观测波形的动态变化过程。

函数信号发生器、交流毫伏表和示波器的具体使用参见附录。

4.4　实验内容

4.4.1　必做实验

实验 4-1　仪器的连接和使用

按图 4-5 连接函数信号发生器、交流毫伏表和示波器。函数信号发生器输出频率 $f=1\ \text{kHz}$ 的信号，调节幅值输出旋钮，用示波器和交流毫伏表监测该信号的波形和大小。

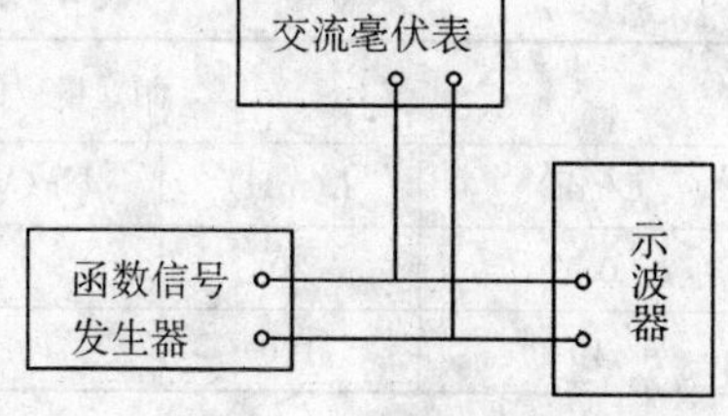

图 4-5　仪器连接图

实验 4-2　RC 串联电路中电压、电流的基本关系研究

按图 4-6 接线，调节函数信号发生器，使其输出 $f=1\ \text{kHz}$，$U=1\ \text{V}$ 的正弦信号，用双踪示波器观察并记录总电压 u 和总电流 i 的波形，其相位关系为：________。

注意：

1. 因为电流 i 的波形难以用示波器测量，而电阻 R 上的电压波形 u_R 与 i 一致，因此实验时实际测量的是 u 和 u_R 的波形。

2. 在使用双踪示波器观察相位关系时，要将双通道的基准调节一致。

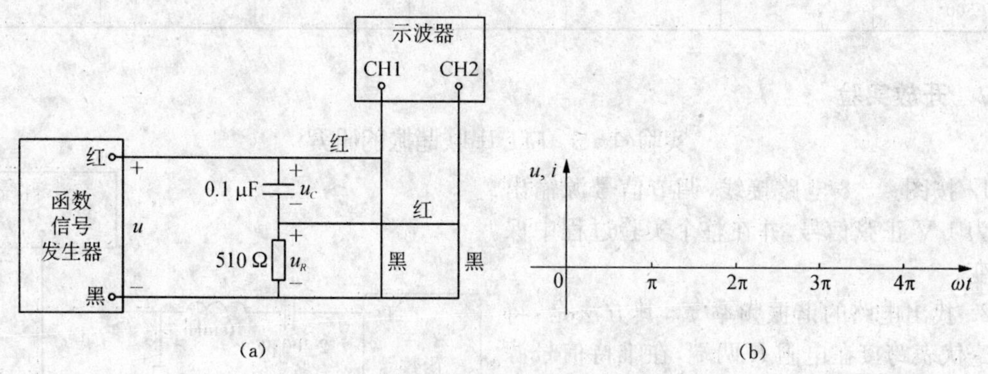

图 4-6　*RC* 实验电路

实验 4-3　RL 串联电路中电压、电流的基本关系研究

将图 4-6 中的电容 C 换成 $L=100\ \text{mH}$ 的电感线圈，重复实验 4-2 的内容。自行记录波形和相位关系。

实验 4-4 RLC 串联电路电压与阻抗特性的研究

1. 按图 4-7 连线。调节函数信号发生器，使其输出 $f=1\,\text{kHz}$，$U=1\,\text{V}$ 的正弦交流电，用交流毫伏表分别测量 U_C、U_R 和 U_L，并将数据记录在表 4-1 中。

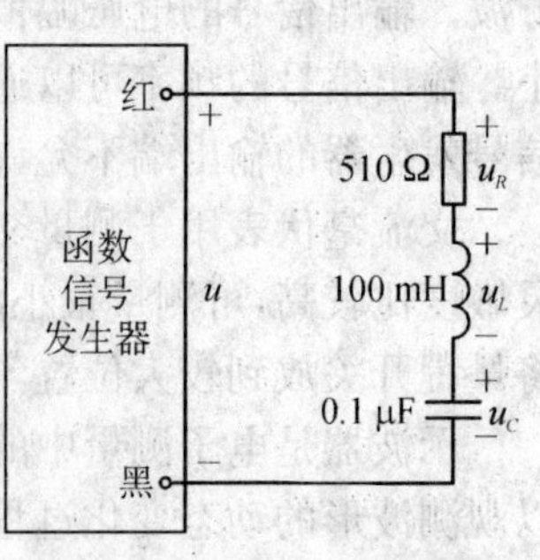

图 4-7 RLC 串联电路

2. 信号源输出电压 $f=1\,\text{kHz}$，$U=1\,\text{V}$，电容、电感数值按表 4-2 的数值变化，用交流毫伏表分别测量 U_C、U_R 和 U_L，并通过计算得到各频率点时的 X_C、X_L 与 I 之值，记入表 4-2 中。

3. 信号源输入电压 $U=1\,\text{V}$，$C=0.1\,\mu\text{F}$，$L=100\,\text{mH}$，频率按表 4-3 的数值变化，用交流毫伏表分别测量 U_C、U_R 和 U_L，并通过计算得到各频率点时的 X_C、X_L 与 I 之值，记入表4-3中。

表 4-1 RLC 电路实验数据

U(V)	U_R(V)	U_L(V)	U_C(V)
1			

表 4-2 元件参数变化时 RLC 电路实验数据

测 量 值					计 算 值		
C(μF)	L(mH)	U_R(V)	U_L(V)	U_C(V)	I(A)	X_L(Ω)	X_C(Ω)
0.1	20						
10	100						

表 4-3 不同频率时 RLC 电路实验数据

测 量 值				计 算 值		
f(Hz)	U_R(V)	U_L(V)	U_C(V)	I(A)	X_L(Ω)	X_C(Ω)
200						
500						

4.4.2 开放实验

实验 4-5 RLC 串联谐振的研究

1. 按图 4-8 电路接线，调节信号源输出电压为 1 V 正弦信号，并在整个实验过程中保持不变。

2. 找出电路的谐振频率 f_0，其方法是：将交流毫伏表跨接在电阻 R 两端，在维持信号源的输出幅度不变条件下，令信号源的频率由小逐渐变大；当 U_R 的读数为最大时，在函数信号发生器频率显示窗口读得频率值即为电路的谐振频率 f_0，并测量 U_R、U_L、U_C 之值，记入表

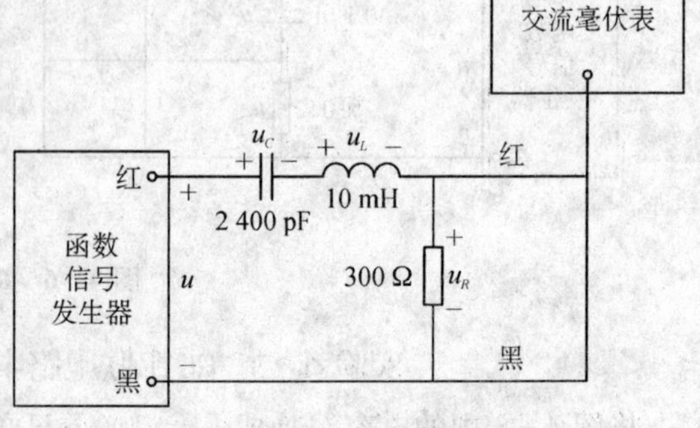

图 4-8 RLC 串联谐振电路

4-4中。

注意:在测量 U_C 和 U_L 数值前,应及时改换毫伏表的量限,而且在测量 U_C 与 U_L 时毫伏表的"+"端接 C 与 L 的公共点。

表 4-4　*RLC* 串联谐振电路实验数据

R(kΩ)	f_0(kHz)	U_R(V)	U_L(V)	U_C(V)	I_0(mA)	Q
0.30						
1						

3. 在谐振点 f_0 两侧(f_0-30 kHz, f_0+30 kHz)各取六个频率点,逐点测出不同频率下 U_R 值,记入表格中。先取 $R=0.33$ kΩ,后取 $R=1$ kΩ,重复步骤 2、3 的测量过程。

注意:测试频率点的选择应在靠近谐振频率附近多取几点,在变换频率测试时,应调整信号输出幅度,使其维持在 1 V 输出不变。

表 4-5　*RLC* 串联谐振曲线测试实验数据

		f_0										
1	f(kHz)											
	U_R(V)											
	I(mA)											
2	f(kHz)											
	U_R(V)											
	I(mA)											

注:① $R=0.30$ kΩ　② $R=1$ kΩ

4.5　预习思考题

1. 阅读附录,学习函数信号发生器、交流毫伏表和示波器的使用方法。
2. 电容电路中,电压与电流的相位关系如何? 电感电路中,电压与电流的相位关系如何?
3. 容抗和感抗与哪些物理量有关?
4. 如何判别 *RLC* 串联电路是否发生谐振?
5. 根据图 4-8 所给出的参数,估算电路发生谐振时的频率。

4.6　分析与讨论

1. *RC* 电路中,总电压超前总电流还是滞后总电流,用相量图给出分析过程。
2. 在 *RLC* 串联电路中,为何 $U \neq U_R + U_L + U_C$?
3. 电路发生串联谐振时,为什么输入电压不能太大?
4. 谐振时,比较输出电压 U_o 与输入电压 U_i 是否相等? 试分析原因。
5. 谐振时,对应的 U_C 与 U_L 是否相等? 如有差异,原因何在?
6. 通过本次实验,总结、归纳串联谐振电路的特性。

4.7　实验注意事项

1. 测试频率点的选择应在靠近谐振频率附近多取几点,在变换频率测试时,应调整信号输出幅度，使其维持在 1 V 输出不变。

2. 在测量 U_C 和 U_L 数值前，应及时改换毫伏表的量限，而且在测量 U_C 与 U_L 时毫伏表的“+”端接 C 与 L 的公共点。

实验 5　RC 一阶电路

5.1　实验目的

1. 加深理解 RC 电路过渡过程的规律及电路参数对过渡过程的理解。
2. 学会测定 RC 电路的时间常数的方法。
3. 观测 RC 充放电电路中电流和电容电压的波形图。

5.2　预备知识

电路中除了“稳态”，还存在过渡过程。譬如，RC 串联电路中电容器的充电过程。电路在过渡过程中的工作状态称为“暂态”，过渡过程称为暂态过程。研究暂态过程可以采用实验分析法，利用示波器观察暂态过程中电压和电流(响应)随时间变化的规律，并研究电路的时间常数对暂态过程快慢的影响。

1. RC 电路的充电过程

在图 5-1 电路中，设电容器上的初始电压为零，当开关 S 向“2”闭合瞬间，由于电容电压 u_C 不能跃变，电路中的电流为：$i=\dfrac{U_S}{R}$。此后，电容电压随时间逐渐升高，直至 $u_C=U_S$。电路中电流随时间逐渐减小，最后 $i=0$，充电过程结束。充电过程中的电压 u_C 和电流 i 均随时间按指数规律变化。u_C 和 i 的数学表达式为：

$$u_C(t)=U_S(1-e^{-\frac{t}{RC}}) \tag{5-1}$$

$$i=\frac{U_S}{R}\cdot e^{-\frac{t}{RC}}$$

式(5-1)为 RC 电路对应的一阶微分方程的解。

电容充电曲线如图 5-2 所示。理论上，电容器充电需要无限长的时间才能完成，工程上当 $t=5RC$ 时，u_C 达到 $99.3\%U_S$，充电过程近似结束。

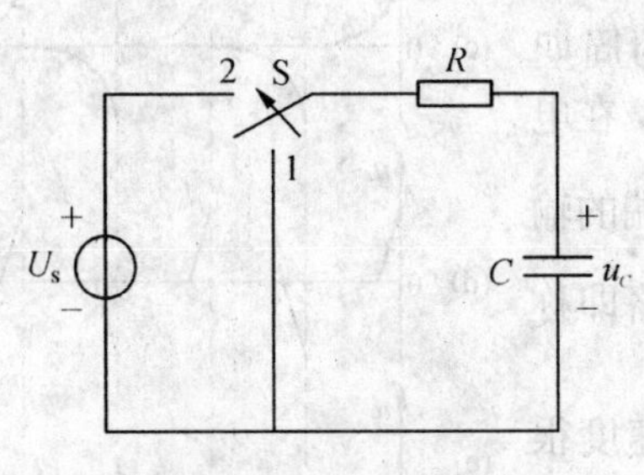

图 5-1　RC 一阶电路

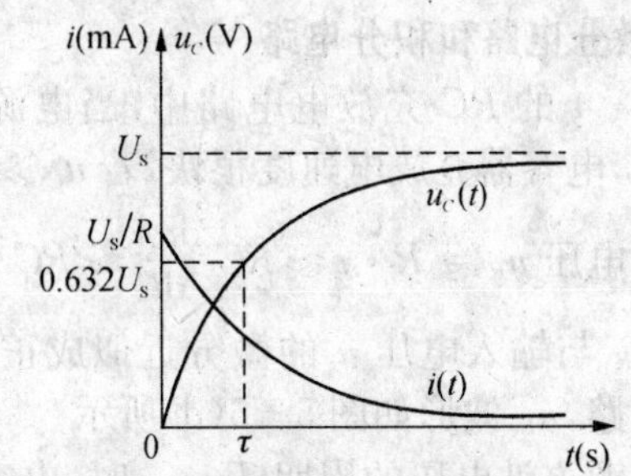

图 5-2　RC 充电时电压和电流的变化曲线

2. RC 电路的放电过程

在图 5-1 电路中，若电容 C 已充有电压 U_S，将开关 S 向“1”闭合，电容器通过电阻 R 进行放电，放电开始时的电流为 $\frac{U_S}{R}$，放电电流的实际方向与充电时相反，放电时的电流 i 与电容电压 u_C 随时间均按指数规律衰减为零，电流和电压的数学表达式为：

$$u_C(t) = U_S e^{-\frac{t}{RC}}$$

$$i = -\frac{U_S}{R} \cdot e^{-\frac{t}{RC}}$$

式中，U_S 为电容器的初始电压。这一暂态过程为电容放电过程，放电曲线如图 5－3 所示。

3. *RC* 电路的时间常数

RC 电路的时间常数用 τ 表示：$\tau = RC$。τ 的大小决定了电路充放电时间的快慢。对充电而言，时间常数 τ 是电容电压 u_C 从零增长到 63.2%U_S 所需的时间；对放电而言，τ 是电容电压 u_C 从 U_S 下降到 36.8%U_S 所需的时间，如图 5－2、图 5－3 所示。

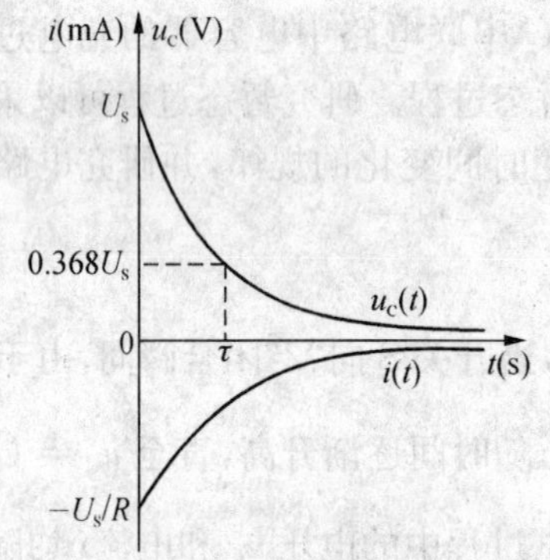

图 5－3　*RC* 放电时电压和电流的变化曲线

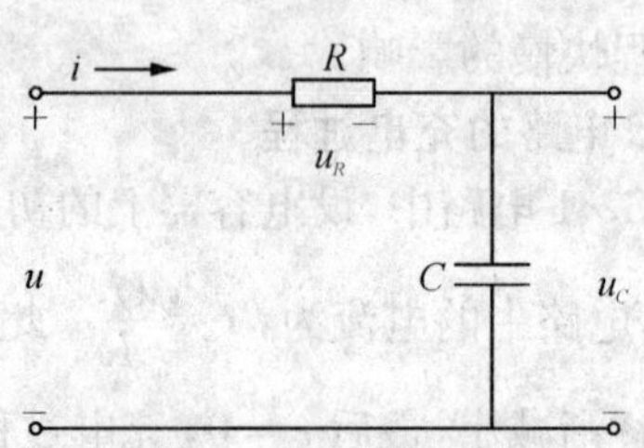

图 5－4　*RC* 充放电电路

4. *RC* 充放电电路中电流和电容电压的波形图

在图 5－4 中，将周期性方波电压加于 RC 电路，当方波电压的幅度上升为 U_m 时，相当于一个直流电压源 U 对电容 C 充电，当方波电压下降为零时，相当于电容 C 通过电阻 R 放电，图 5－5(a)和(b)给出方波电压与电容电压的波形图，图 5－5(c)给出电流 i 的波形图，它与电阻电压 u_R 的波形相似。

5. 微分电路和积分电路

图 5－4 的 RC 充放电电路中，当电源方波电压的周期 $T \gg \tau$ 时，电容器充放电速度很快，若 $u_C \gg u_R$，$u_C \approx u$，在电阻两端的电压 $u_R = R \cdot i \approx RC\frac{du_C}{dt} \approx RC\frac{du}{dt}$，电阻两端的输出电压 u_R 与输入电压 u 的微分近似成正比，此时电路即称为微分电路，u_R 波形如图 5－5(d)所示。

当电源方波电压的周期 $T \ll \tau$ 时，电容器充放电速度很慢，又若 $u_C \ll u_R$，$u_R \approx u$，在电阻两端的电压 $u_C = \frac{1}{C}\int i dt = \frac{1}{C}\int \frac{u_R}{R} dt \approx \frac{1}{RC}\int u dt$，电容两端的输出电压 u_C 与输入电压 u

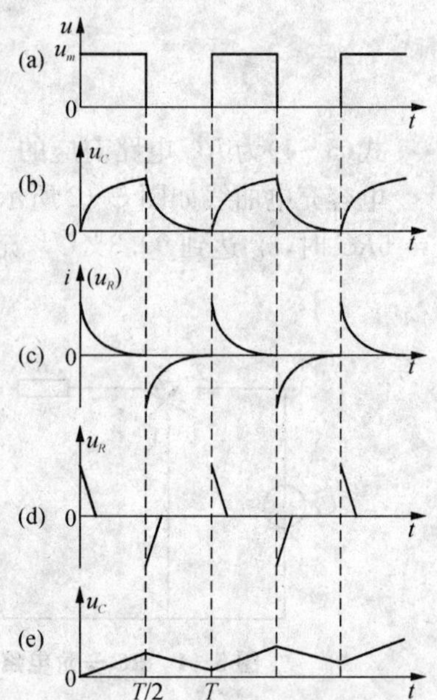

图 5－5　*RC* 充放电电路的电流和电压波形

的积分近似成正比，此时电路称为积分电路，u_C 波形如图 5－5(e)所示。

5.3　实验设备

(1) 函数信号发生器　(2) 双踪示波器　(3) 动态电路实验板

注意：实验中信号源的接地端与示波器的接地端要连在一起(称共地)，以防外界干扰而影响测量的准确性。

5.4　实验内容

实验5－1　RC积分电路

1. 按图5－6连接电路，调节信号发生器，使其输出 $U_m = 3\,V$，$f = 1\,kHz$ 的方波激励信号，用示波器观察激励与响应(u_C)的变化规律，测算出时间常数 τ，并用方格纸按1∶1的比例描绘波形。

2. 改变电容值，使 $C = 0.01\,\mu F$、$0.1\,\mu F$，用示波器定性地观察 u_C 的变化，并描绘波形。

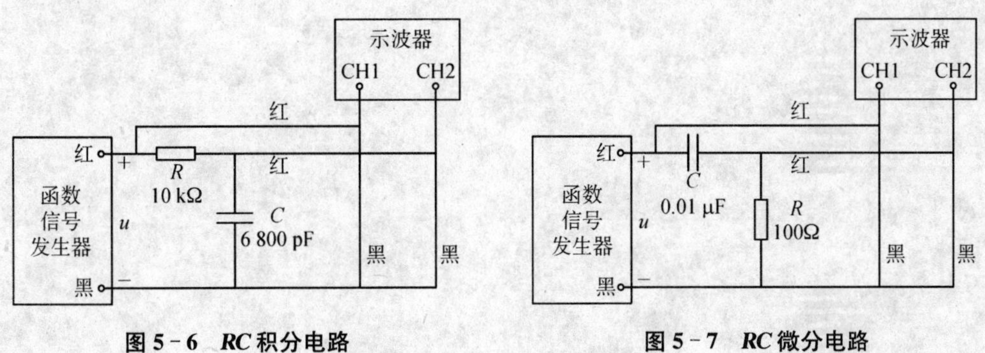

图5－6　RC积分电路　　**图5－7　RC微分电路**

实验5－2　RC微分电路

1. 令 $C = 0.01\,\mu F$，$R = 100\,\Omega$，组成如图5－7所示的微分电路。在同样的方波激励信号($U_m = 3\,V$，$f = 1\,kHz$)作用下，观测激励与响应(u_R)的波形，并用方格纸按1∶1的比例描绘波形。

2. 改变 R 的值，用示波器定性地观察 u_R 的变化，并描绘波形。当 R 增至 $1\,M\Omega$ 时，观察输入输出波形有何本质上的区别?

5.5　预习思考题

1. 什么样的电信号可作为RC一阶电路零输入响应、零状态响应和完全响应的激励信号?

2. 已知RC一阶电路 $R = 10\,k\Omega$，$C = 0.1\,\mu F$，试计算时间常数 τ，并根据 τ 值的物理意义，拟定测量 τ 的方案。

3. 何谓积分电路和微分电路，它们必须具备什么条件? 它们在方波序列脉冲的激励下，其输出信号波形的变化规律如何?

5.6　分析与讨论

1. 总结示波器测定时间常数 τ 的方法。

2. 根据实验观察结果，归纳、总结微分电路和积分电路的特点。

5.7 实验注意事项

信号源的接地端与示波器的接地端要连在一起(称共地)，以防外界干扰而影响测量的准确性。

实验 6　并联交流电路

6.1　实验目的

1. 了解日光灯工作原理，学习装接日光灯电路。
2. 以日光灯为例，研究并联电容器对提高功率因数的作用。
3. 明确交流电路中各电量之间的关系。

6.2　预备知识

1. 日光灯的构造及工作原理

一般日光灯电路由灯管、辉光启辉器和镇流器组成。

日光灯管是一根普通的真空玻璃管。灯管的两端各有一根灯丝，管的内壁涂有一层薄而均匀的荧光粉，管内充有惰性气体和少量水银。当灯丝通电后受热发射电子，这时如果灯管两端施加足够的电压，管内的惰性气体就电离放电，致使灯管温度升高，管内的水银汽化电离，发射出紫外线被管壁上荧光粉吸收转变为可见光。

辉光启辉器的结构如图 6－1 所示。其内部有一个充满惰性气体的玻璃泡。玻璃泡内有一对触片，其中一个是固定的静触片，另一个是用双金属片制成 U 形动触片。当在启辉器两端施加适当电压，玻璃泡内的惰性气体电离，在两触片的间隙中产生辉光放电。动触片受热膨胀与静触片相碰。相碰后，由于触片间的间隙消失，辉光启辉器不再起辉，放电停止，动触片复位，动静触片断开。使用中，通常还需在启辉器玻璃泡的两根引出线上并联电容，以减小触头动作时产生的火花。

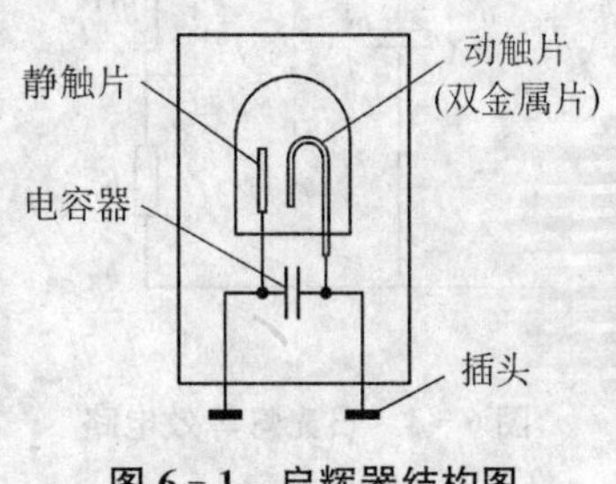

图 6－1　启辉器结构图

镇流器实际上是一个绕在铁芯上的线圈（其感抗为 X_L），它串联在日光灯电路中用以限制并稳定灯管的电流，故称镇流器。此外镇流器还有一个很重要的作用，就是当启辉器动静触片突然断开时，在镇流器两端感应出一个足以击穿灯管中气体的高压。

日光灯起燃过程如下：当电源接通后，外施电压通过镇流器和灯管两端的灯丝，加到启辉器上，引起启辉器辉光放电，使其动静两个触片相碰而构成通路，如图 6－2(a)所示。电流经过这个通路使灯管中灯丝发热而发射电子。之后启辉器的动静触片相碰后辉光停止，热源消失，动触片很快恢复到原来的断路状态，电路的电流突然中断。在这一瞬间，镇流器两端感应出足以击穿灯管气体的高电压，使日光灯灯管内气体电离放电，灯管就点亮了，此时电流通路如图 6－2(b)所示，灯管点亮后，灯管两端的电压降低至约 50～110 V 范围内，这样低的电压不致使辉光启辉器再起辉。

2. 日光灯电路的电路模型

日光灯电路中镇流器可以看成电阻 R_1 与电感 L 串联，日光灯管可以看成电阻 R，整个日光灯电路可以看成电阻与电感串联的电路，如图 6－3 虚线右部所示。如果以电流 $\dot{I}_L$ 为参考相

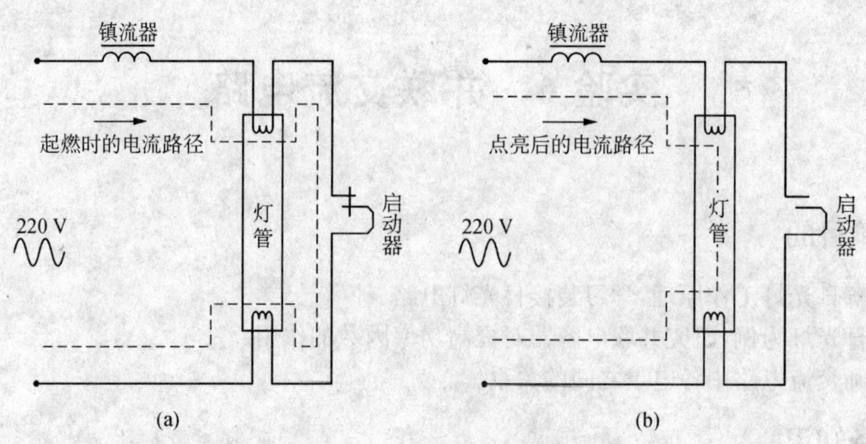

图 6-2　日光灯起燃过程

量，则电路中电压、电流的相位关系如图 6-4 所示。可以看出电压超前电流，电路呈感性。

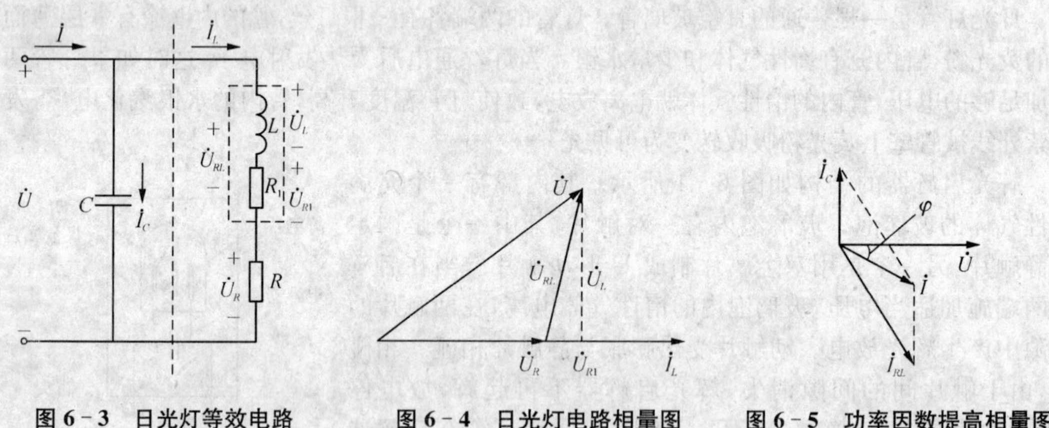

图 6-3　日光灯等效电路　　**图 6-4　日光灯电路相量图**　　**图 6-5　功率因数提高相量图**

3. 功率因数的提高

在工程中，许多电气设备都是由铁心线圈构成，如电动机、日光灯的镇流器等，大多属于感性负载。当电路工作时，感性负载和电源之间会进行能量"吞吐"，在电路中形成无功功率，造成功率因数低下。当负载功率因数低时，一方面电源利用率不高，另一方面供电线路损耗加大。因此我国电力部门规定，当负载（或单位供电）的功率因数低于 0.85 时，必须对其进行改善和提高。提高功率因数的方法，除改善负载本身的工作状态、设计合理外，由于工业负载基本都是感性负载，因此常用的方法是在负载两端并联电容器组，使电源与感性负载之间的能量互换，转换为感性负载与电容之间的能量"吞吐"，用以补偿无功功率，提高线路的功率因数。

日光灯电路的功率因数在 0.3～0.4，在应用中，通常采用在日光灯电路两端并联电容以提高功率因数，如图 6-3 虚线左部所示。并联电容后，电压和电流的相位关系如图 6-5 所示。在负载电压一定的情况下，随着电容越大，流过电容支路的电流就越大，功率因数角 φ 角随着电容的增大而减小。但是，当 φ 角过零后，如果电容继续增大，φ 会随着电流 $\dot{I}_C$ 的增大继续增大，功率因数反而下降，此时称为过补偿。在工程应用中，应该避免过补偿。

6.3　仪器设备

1. 实验所使用的仪器设备

实验所使用的仪器设备为组件式、模块化结构。如图 6－6(a)～(f)所示。其中日光灯灯板 1 含开关、启辉器和一个灯座，日光灯灯板 2 含镇流器、电容箱和一个灯座。

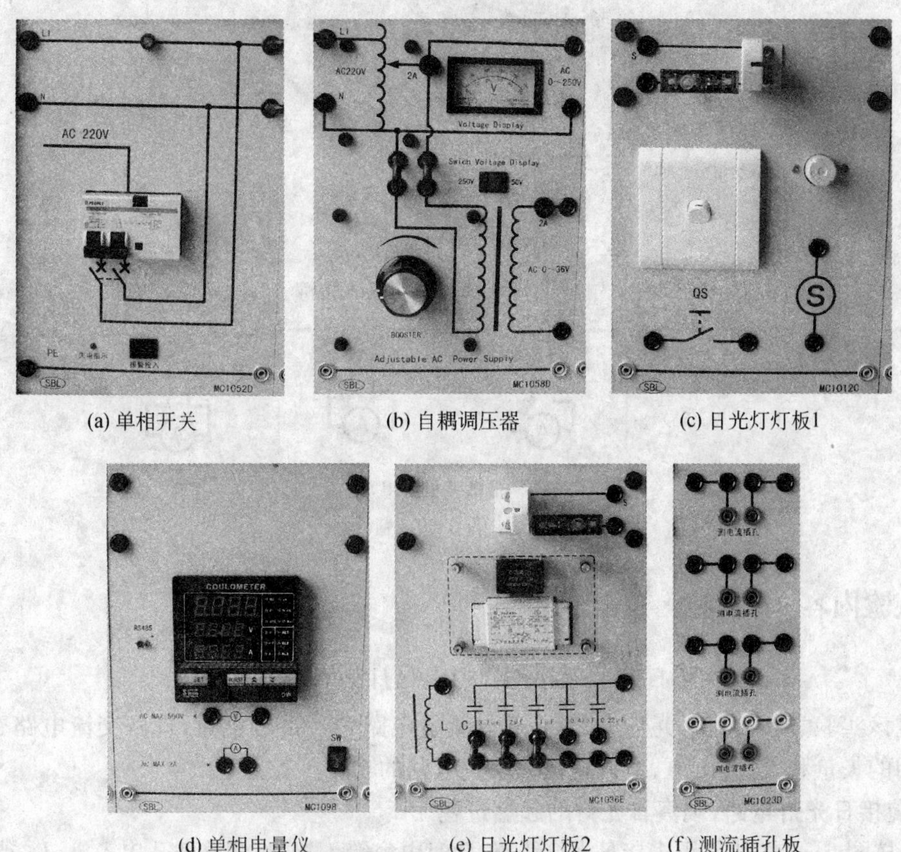

(a) 单相开关　　(b) 自耦调压器　　(c) 日光灯灯板1

(d) 单相电量仪　　(e) 日光灯灯板2　　(f) 测流插孔板

图 6－6　日光灯电路实验组件

单相电量仪是一个组合式测量仪表，可测试交流电压、电流、工频、功率因素、无功功率、视在功率、有功功率、相位角等参数。电压测量范围为 0～500 V，电流测量范围为 0～2 A。在图 6－6(d)中，标示“V”的插孔用于测量电压，标示“A”的插孔用于测量电流。测量功率因数、功率和相位时，电压插孔要并联接入被测电路两端，电流插孔要串联接入被测线路中。

电量仪有三排显示，最上排巡回显示工频(Hz 灯亮)、功率因素(PF 灯亮)、无功功率(VAR 灯亮)、视在功率(VA 灯亮)、有功功率(W/KW 灯亮)、相位角(φ 灯亮)等参数，默认显示为工频(Hz 灯亮)；第二、第三排分别显示电压、电流测量值。仪表上的“SET”键为功能转换键。当要转换最上排显示窗口的参数显示时，只要轻按“SET”键即可。

2. 测流插孔板的使用

为了方便地将电流表串联在线路中，实验中采用测流插孔板。测量前，先用测流插孔板替代电流表接入电路；当需要测量某支路的电流时，再接入电流表进行电流测量。测量电流时使用专用的测试线。专用测试线及测流插孔板使用方法如图 6－7 所示。为了使用一块电流表测量多处电流，通常在接线时，在需要测量电流的多条支路中预先分别串入一组测电流插孔，测量时，再在相应测量支路接入电流表。

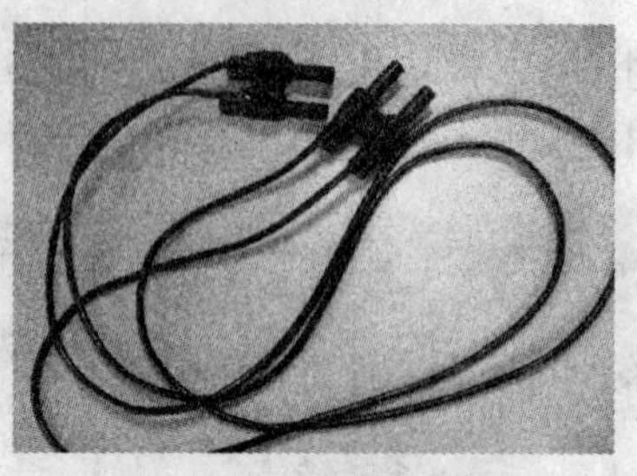

(a) 专用电流测试线

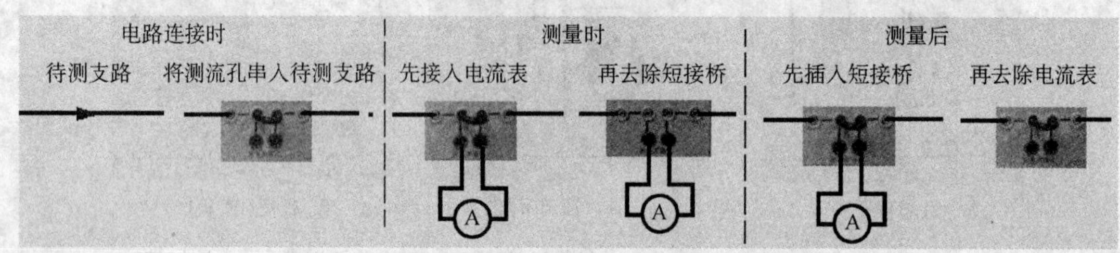

(b) 测流插孔板使用方法

图 6-7

6.4 实验内容

实验 6-1 装接日光灯电路并测量各部分电量

通过该实验学会装接日光灯电路，并通过测量电路中各部分电量，理解交流电路中各部分电压之间的矢量和关系，电压、电流相位关系及电路的功率因数。

1. 装接日光灯电路，观察日光灯的起燃过程

(1) 按图 6-8 实线所示搭接日光灯线路，此时电容箱不接，将测流插孔串入 I，I_{RL} 待测支路；

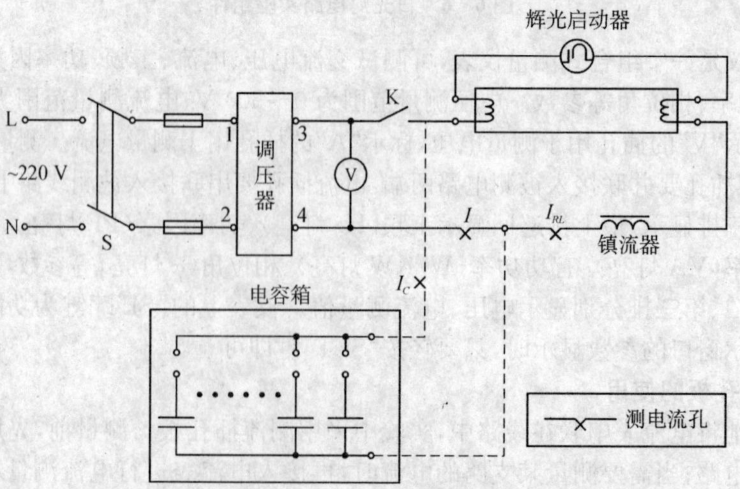

图 6-8 日光灯和电容箱的并联电路

（2）调节自耦调压器，使输出电压 $U=220$ V。

注意：自耦调压器使用时输入输出端不能接反，火线和零线不能接反，调节电压时从零开始逐步上升。

（3）合上开关K，观察日光灯的启动过程。此后调压器的输出值应保持220 V不变。

2. 测量电路中各部分电量

测量电源电压 U，日光灯管两端的电压 U_R，镇流器两端的电压 U_{RL}，电流 I，电路有功功率 P，功率因数 $\cos\varphi$ 以及电压电流的相位差 φ，数据记录于表6－1中。

表6－1　日光灯电路中的各部分电量

U(V)	U_R(V)	U_{RL}(V)	I(mA)	P(W)	$\cos\varphi$	φ(°)

实验6－2　研究并联电容器对提高功率因数的作用

在日光灯电路两端并联电容，如图6－8虚线所示。按表6－2调节电容箱中的电容量，取9个实验点，测量端电压 U 及电流 I，I_C，I_{RL}。测量电流 I 时，同时测量电路的功率因数 $\cos\varphi$ 以及总电压和总电流的相位差 φ，记录于表6－2中，并注意与表6－1中的数据进行比较。

表6－2　并联电容对电路中各电流的影响

C(μF)	1	2	3	3.47	3.7	3.92	4.7	5.7	6.7
I_{RL}(mA)									
P(W)									
I_C(mA)									
I(mA)									
φ(°)									
$\cos\varphi$									

注：为了使实验数据不受电源电压变动的影响，每次取数据时，要使 U 始终保持220 V。

6.5　预习思考题

1. 弄清日光灯的工作原理，了解启辉器、镇流器在日光灯电路中的作用。

2. 思考如何用万用表判别灯管、启辉器和镇流器的好坏？

3. 掌握日光灯电路的电路模型，根据图6－3，从理论上分析该电路中各部分电压之间的关系，电压、电流的相位关系。

4. 在日光灯电路并联电容后，根据图6－3，理论上分析，随着电容的增大，电路中各电流的变化趋势以及电压、电流的相位关系。

5. 了解功率因数低下的危害。从理论上分析为什么在日光灯电路的两端并联电容能够提高功率因数？

6.6　分析与总结

1. 根据各实验数据，分别在方格纸上绘制出光滑的 I_C，I_{RL} 和 I 曲线。根据曲线分析 I_C，I_{RL} 和 I 三条曲线各自的特点。

2. 根据表 6－1 回答，电源电压、灯管两端电压、镇流器两端电压三者是什么关系？

3. 在做功率因数提高实验时，随着电容器容量的不断增加，电路总电流的变化规律为由大变小再变大，分析原因。

4. 把电容器与 $R-L$ 电路并联可改善负载的功率因数，如果把电容器与 $R-L$ 电路串联起来能否改善负载功率因数，为什么？实际中能否采用，为什么？

5. 实验中，功率因数的提高可以从哪些量的变化中体现出来？

6.7 实验注意事项

1. 本实验为强电实验，须严格按《实验注意事项》操作。

2. 灯管一定要与镇流器串联后接到电源上，切勿将灯管直接接到 220 V 电源上。

3. 单相电量仪作电流表测电流时，千万不能用来测电压，否则损坏电量仪。

实验 7　三相交流电路

7.1　实验目的

1. 掌握三相四线制电源和三相负载的连接方法。
2. 掌握相电压和线电压，相电流和线电流之间的关系。
3. 掌握三相四线制供电系统中中线的作用。
4. 了解三相电路功率的单瓦计及两瓦计的测量方法。

7.2　预备知识

目前，民用电和工业用电中多采用三相四线制供电系统。三相四线制供电系统可以分三路向用户提供工频 50 Hz、大小相等、相位互差 120°的正弦交流电。接入电力系统的负载的联结方式有两种，根据需要可接成星形（又称“Y”形）或三角形（又称“△”形）。

1. 三相对称电源联结成三相四线制供电线路时，其线电压 U_L 和相电压 U_P 都是对称的。线电压超前相应的相电压 30°。线电压与相电压的大小关系是

$$U_L = \sqrt{3}U_P$$

2. 三相对称负载作 Y 形联结时，线电压 U_L 是相电压 U_P 的 $\sqrt{3}$ 倍。线电流 I_L 等于相电流 I_P，即：

$$U_L = \sqrt{3}U_P,\ I_L = I_P$$

在这种情况下，流过中线的电流 $I_N = 0$，可以省去中线。

三相不对称负载作 Y 形联结时，倘若中线断开，会导致三相负载两端的电压不对称，致使有的相的相电压过高，负载遭受损坏；有的相的相电压过低，负载不能正常工作。在这种情况下，必须采用三相四线制接法，而且中线必须牢固连接，以保证三相不对称负载的每相相电压维持对称不变。

3. 三相对称负载作△形联结时，线电流 I_L 是相电流 I_P 的 $\sqrt{3}$ 倍，线电压 U_L 等于相电压 U_P，即：

$$I_L = \sqrt{3}I_P,\ U_L = U_P。$$

当三相不对称负载作△形联结时，$I_L \neq \sqrt{3}I_P$，但 $U_L = U_P$，加在三相负载上的电压仍是对称的，对各相负载工作没有影响。

4. 三相电路的功率

在三相负载中，不论采用 Y 形或△形联结，总的有功功率等于各相有功功率之和，即：

$$P = P_1 + P_2 + P_3 = U_{P1}I_{P1}\cos\varphi_1 + U_{P2}I_{P2}\cos\varphi_2 + U_{P3}I_{P3}\cos\varphi_3$$

若三相负载对称，三相有功功率计算式可简化为：

$$P = 3U_P I_P \cos\varphi$$

式中，U_P、I_P 为相电压和相电流，$\cos\varphi$ 为每相功率因数。如果以线电流和线电压表示三相有功功率，则对三相对称负载，不论采用 Y 形或△形联结，三相有功功率为：

$$P=\sqrt{3}U_{\mathrm{L}}I_{\mathrm{L}}\cos\varphi$$

式中，U_{L}、I_{L} 为线电压、线电流。同理，三相对称负载的无功功率和视在功率分别为：

$$Q=\sqrt{3}U_{\mathrm{L}}I_{\mathrm{L}}\sin\varphi$$

$$S=\sqrt{3}U_{\mathrm{L}}I_{\mathrm{L}}$$

7.3 仪器设备

实验所使用的仪器设备为组件式、模块化结构。如图 7-1(a)～(f)所示。其中测流插孔板为两块。

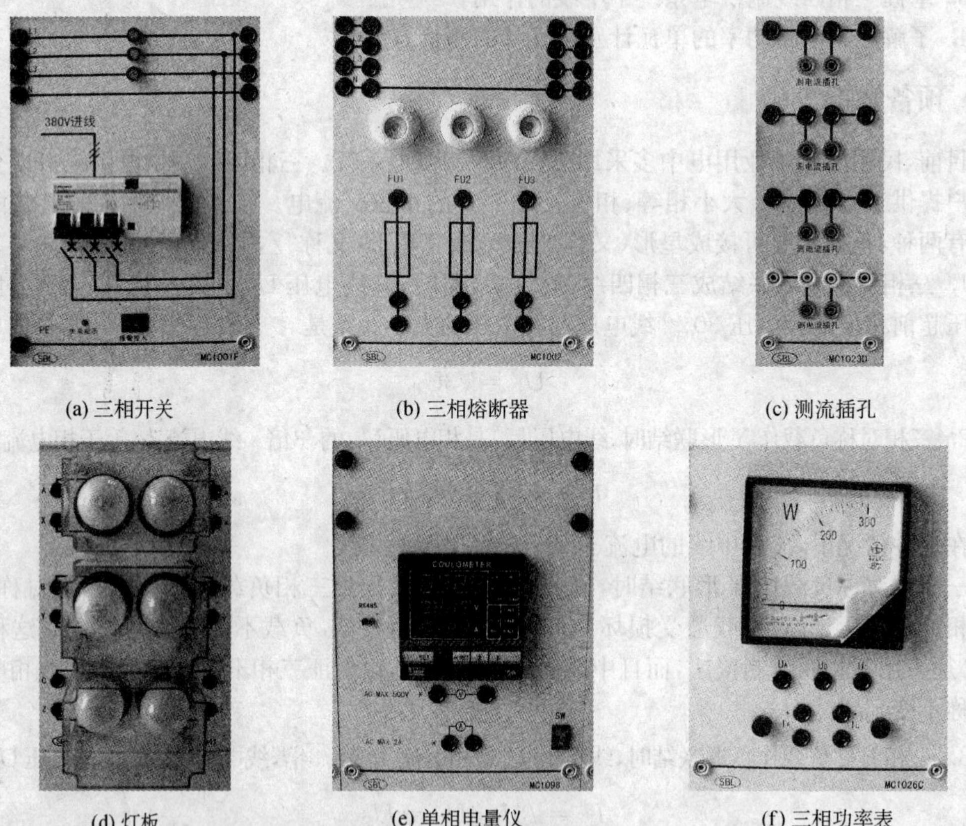

(a) 三相开关　(b) 三相熔断器　(c) 测流插孔

(d) 灯板　(e) 单相电量仪　(f) 三相功率表

图 7-1　三相电路实验组件

注意：通常三相四线制供电系统提供的三相线电压为 380 V，相电压为 220 V。本实验中三相线电压降为 220 V，相电压为 127 V。

7.4 实验内容

7.4.1 必做实验

实验 7-1　负载的星形联结

1. 星形接法平衡负载

将三只额定功率 15 W，额定电压 220 V 的白炽灯泡按图 7-2 中实线接成星形三相平衡负载，然后按有中线和无中线两种情况进行实验。

(1) 有中线。接入中线，线路接好后合上三相电源闸刀，测量各电压和电流，记入表7-1中。

(2) 无中线。断开中线，观察灯泡的亮度有无变化，重复测量各电压和电流，记入表7-1中。

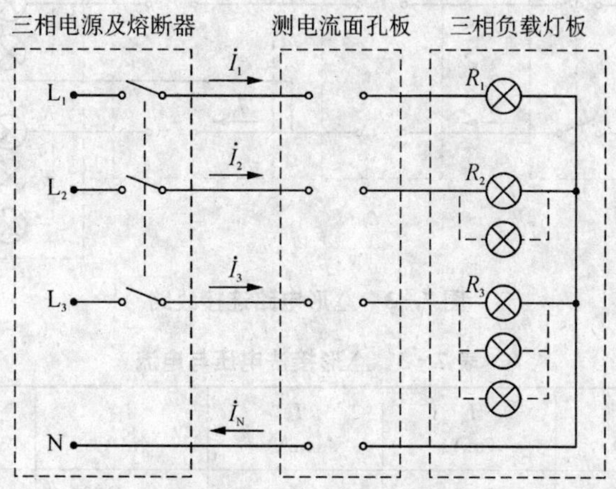

图7-2　星形电路连接线路

注意：测量电流时，单相电量仪必须接上专用的电流测试线(如图6-7所示)。

表7-1　星形接法平衡负载下电压与电流

	U_{12} (V)	U_{23} (V)	U_{31} (V)	U_1 (V)	U_2 (V)	U_3 (V)	I_1 (mA)	I_2 (mA)	I_3 (mA)	I_N (mA)
有中线										
无中线										

注：U_{12}、U_{23}、U_{31}是线电压；U_1、U_2、U_3 是负载两端的电压。

2. 星形接法不平衡负载

如图7-2虚线所示，L_1 相灯泡仍为15 W，将 L_2 相改为两只15 W并联，L_3 相改为三只15 W并联。仍按有中线和无中线两种情况测量各电压和电流，填入表7-2。

表7-2　星形接法不平衡负载电压与电流

	U_{12} (V)	U_{23} (V)	U_{31} (V)	U_1 (V)	U_2 (V)	U_3 (V)	I_1 (mA)	I_2 (mA)	I_3 (mA)	I_N (mA)
有中线										
无中线										

实验7-2　负载的三角形联结

1. 三角形接法平衡负载

按图7-3实线部分接线。R_{12}、R_{23}和R_{31}都为15 W灯泡，组成△形接法的平衡负载，测量各相电流和线电流，填入表7-3中。

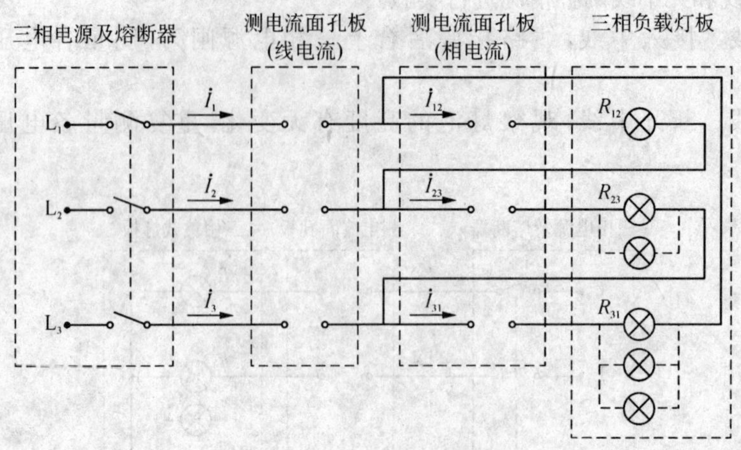

图 7-3　△形电路连接线路

表 7-3　△形接法电压与电流

电源 负载	I_1 (mA)	I_2 (mA)	I_3 (mA)	I_{12} (mA)	I_{23} (mA)	I_{31} (mA)
平衡负载						
不平衡负载						

2. 三角形接法不平衡负载

将 R_{12}、R_{23} 和 R_{31} 分别改为 15 W、30 W(两只 15 W 并联)和 45 W 灯泡(三只 15 W 并联)，如图 7-3 中虚线所示。注意相序不要弄错，再一次测量各电流值，填入表 7-3 中。

7.4.2　开放实验

实验 7-3　三相电路的功率测量

三相电路功率测量可采用单瓦计法、两瓦计法和三瓦计法。

单瓦计法：对于三相对称电路，只要用一个单相功率表测量出一相电路的功率，然后将其读数乘以 3 就是三相电路的总功率，其原理图如图 7-4 所示。

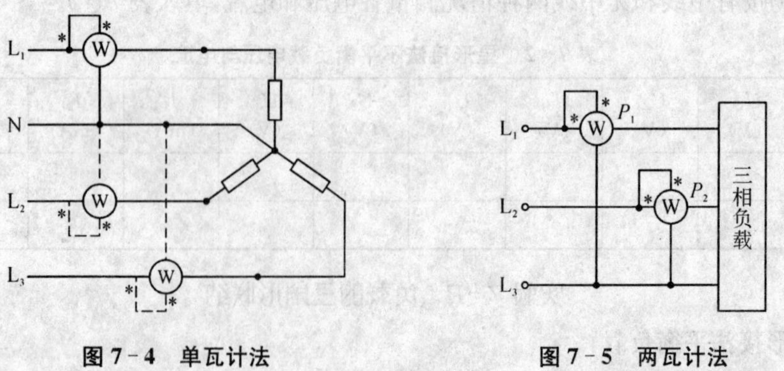

图 7-4　单瓦计法　　图 7-5　两瓦计法

两瓦计法：以三相电路中任一线为基准，用一个单相功率表分别测另两线与基准线之间的功率后叠加起来，即为三相电路的总功率，$\sum P = P_1 + P_2$ (P_1、P_2 本身不含任何意义)。其原理图如图 7－5 所示。

三瓦计法：用功率表分别测量每相负载的功率，然后叠加起来，即为三相电路的总功率。若负载为感性或容性，且当相位差 $\varphi > 60°$ 时，线路中的一只功率表指针将反偏（数字式功率表将出现负读数），这时应将功率表电流线圈的两个端子调换（不能调换电压线圈端子），其读数应记为负值。

（1）对于有中线三相对称负载，使用单相电量仪（单瓦计法）测电路的三相总功率。电量仪上的电压端连线并联在任一相线和中线之间，电流端连线串联在该相中，数据记于表 7－4 中。

（2）对于无中线对称/不对称三相负载，使用三相功率表测量三相负载功率。三相功率表上的“U_A”，“U_B”，“U_C”连接三相电源上的“L_1”，“L_2”，“L_3”。“I_A”插孔串入一组电流回路；“I_C”插孔串入另一组电流回路。接法如图 7－6 所示，此时相当于两瓦计法，数据记于表 7－4 中。注意：该方法对于有中线情况，功率表的读数没有任何意义。

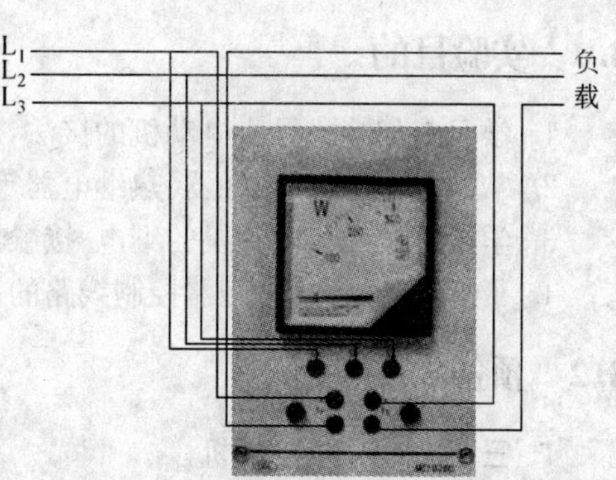

图 7－6　用三相功率表测量功率的接线示意图

表 7－4　三相负载功率的测量

负载情况	单瓦计法			计算值	两瓦计法	计算值
	P_{12} (W)	P_{23} (W)	P_{31} (W)	$\sum P$ (W)	P (W)	ΣP (W)
Y 形平衡负载					/	/
Y 形不平衡负载	/	/	/	/		

7.5　预习思考题

1. 在 Y 形接法中，U_{12}、U_1、I_1、I_N 各代表什么量？
2. 在△形接法中，U_{12}、I_1、I_{12} 各代表什么量？

7.6　分析与总结

1. 说明电源中线的作用。为什么照明电路中必须有中线？
2. 总结 Y 形接法和△形接法中线电压、相电压及线电流、相电流之间的关系。
3. 根据实验结果，用 10 mA/mm 的比例尺，画出 Y 形接法不平衡负载时的电流相量 $\dot{I}_1$，$\dot{I}_2$ 和 $\dot{I}_3$，并用作图法求出中线电流 $\dot{I}_N$，然后与实验时测得的 $\dot{I}_N$ 相验证。

7.7　实验注意事项

1. 本实验为强电实验，须严格按《实验注意事项》操作。
2. 一组电流插孔在电路中起一根导线的作用，切记不能把电流插孔与电源和电灯并联连接造成短路。
3. 功率表的电流线圈和电压线圈皆为多量程，必须保证被测电流和电压都不得超过功率表的相应量程，才可保证功率表的使用安全。

实验 8 异步电动机的继电-接触器控制

8.1 实验目的

1. 学习三相笼式异步电动机的接法，观察异步电动机的起动和运行情况。
2. 掌握按钮、交流接触器、热继电器等常见低压控制电器的基本功能。
3. 学习装接异步电动机的继电-接触器控制电路。
4. 了解设计继电-接触器控制线路的基本规则，并能设计简单的线路。

8.2 预备知识

1. 三相笼式异步电动机

三相笼式异步电动机是工业中使用最为广泛的动力设备，它用于将电能转换为机械能。三相异步电动机作为负载，其三相定子绕组可以接成三角形联结，也可以接成星形联结。生产厂家通常将三相定子绕组的 6 个端子引到电动机外部的接线盒上，如图 8－1(a)所示。

一台三相交流异步电动机的接法取决于电动机的额定电压和供电电源，如果电动机铭牌上标明额定电压 380 V，电网线电压 380 V 时，采用三角形联结；如果电动机铭牌标明额定电压 220 V/380 V，电网线电压 220 V 时，采用三角形联结；电网电压 380 V 时，采用星形联结。星形和三角形联结的示意图如图 8－1(b)、(c)所示。

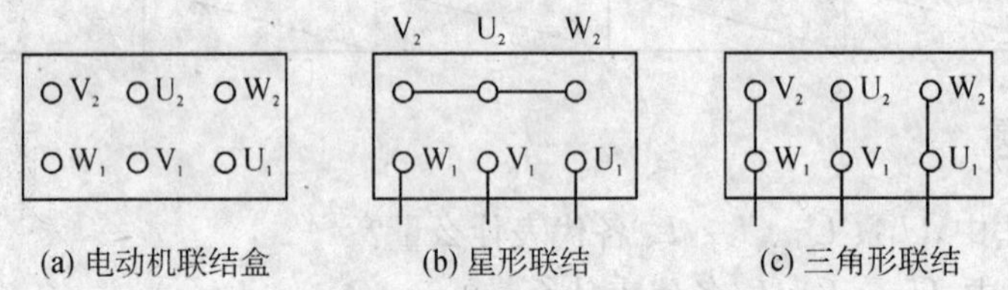

(a) 电动机联结盒 (b) 星形联结 (c) 三角形联结

图 8－1 三相异步电动机接线盒及接线示意图

2. 常用低压控制电器

(1) 按钮。按钮用以接通或断开电流较小的电路。通常分为动合按钮、动断按钮和组合按钮。动合按钮是指按钮未受到压力时，其触点是断开的，而当对按钮施加压力时，其触点闭合；动断按钮的动作过程则相反。组合按钮在按压过程中，动断触点先断开，然后动合触点再接通。

(2) 交流接触器。交流接触器由一个铁芯线圈吸引衔铁动作，一般它有三个主触点和若干个辅助触点。主触点接在主电路中，对电动机起接通或断开电源的作用。线圈和辅助触点接在控制电路中，可按自锁或连锁的要求来连接，亦可起接通或断开控制电路某分支的作用。接触器还可起失压保护作用，选用接触器时应注意它的额定电流、线圈电压及触点数量。

(3) 热继电器。热继电器主要由发热元件和动断触点组成。发热元件接在主电路中，动断触点接在控制电路中。当电动机长期过电流运行时，主电路中的发热元件发热使接在控制电路中的动断触点断开，因而接触器线圈断电，使电动机主电路断开，起到过载保护作用。选用热继电器时，应使其整定电流与电动机的额定电流基本一致。

3. 三相笼式异步电动机的继电-接触器控制

在工业生产过程中，常常需要对三相笼式异步电动机进行自动控制，如启动、停车、正反转和调速等，这就需要设计专门的控制电路。由按钮、交流接触器、热继电器等控制电器组成的异步电动机控制系统称为异步电动机继电-接触器控制系统。继电-接触器控制线路往往分为主电路和控制电路。主电路指从电源经闸刀开关、熔断器、接触器主触点到电动机的线路，主电路的电源线一般较粗；由按钮、接触器、继电器等控制器件组成的线路为控制电路，控制电路使用的导线一般比较细。现在实际线路中闸刀开关和熔断器多用集两者功能为一体的空气开关所取代。一般的继电接触控制电路都有短路、过载和失压保护功能。

8.3 仪器设备

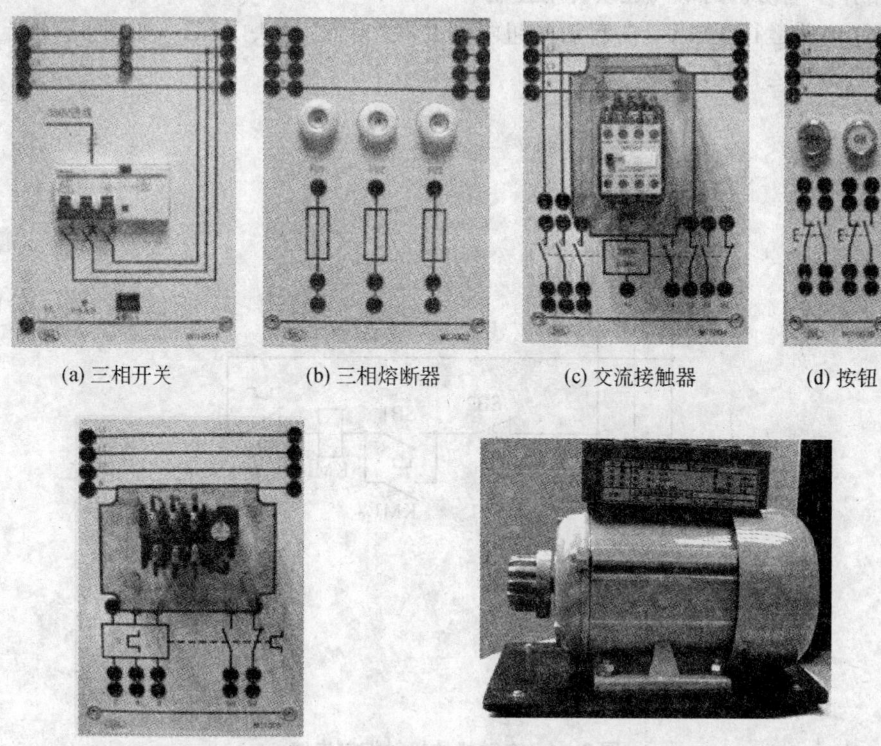

(a) 三相开关　(b) 三相熔断器　(c) 交流接触器　(d) 按钮

(e) 热继电器　(f) 电动机

图 8-2　三相异步电动机电路实验组件

实验所使用的仪器设备为组件式、模块化结构。如图 8-2(a)～(f)所示。其中按钮板和交流接触器板为两块。

8.4 实验内容

8.4.1 必做实验

实验 8-1　三相异步电动机的连接、起动和运行

1. 观察和熟悉异步电动机和各个电器的铭牌、型号、构造及其动作原理

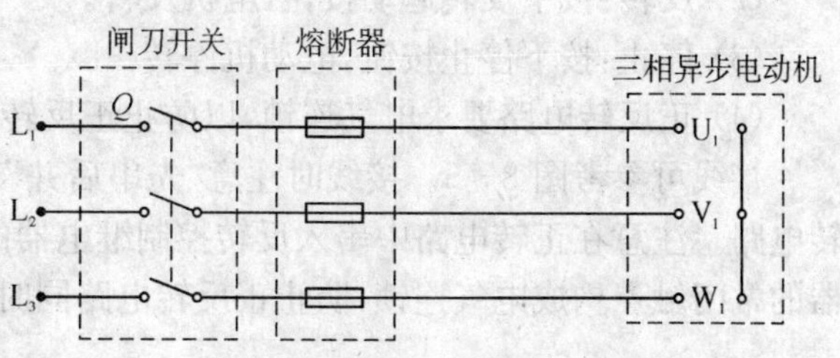

图 8-3　电动机的实验线路

2. 观察电动机的起动

按图 8－3 将电动机接成星形连接，合上三相开关，观察电动机的起动。

3. 观察电动机的反转

断开电源开关，使电动机停转。对调三根电源线中的任意两根，合上电源开关，观察电动机的旋转方向是否改变。

实验 8－2 三相异步电动机的交流继电-接触器控制

1. 三相异步电动机的点动控制

按图 8－4 接线，此时不接入与启动按钮并联的"自保"触头 $KM1_2$，观察电动机的点动控制情况。

2. 三相异步电动机的单向连续转动控制

点动控制电路运行正常后，在起动按钮两端并联"自保"触头 $KM1_2$，如图 8－4 所示，观察电动机的单向连续运行情况。

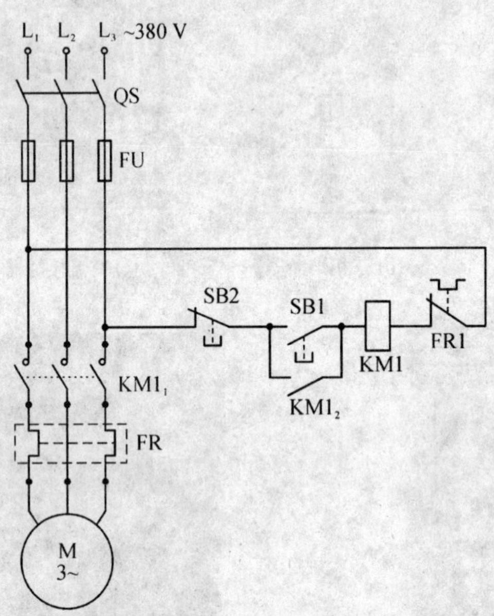

图 8－4 电动机的接触控制电路

3. 三相异步电动机的正反转控制

三相异步电动机的正反转控制要求如下。

(1) 正转：按下正转起动按钮，电机正转。

(2) 反转：按下反转起动按钮，电机反转。

(3) 停止：按下停止按钮，电动机停转。

(4) 正反转电路要求电气连锁，以防止正反转电路同时接通，造成电源两相短路事故。

接线可参考图 8－5。接线时注意"先串后并"的原则。即，先连接正转电路，再并联连接反转电路。注意在正转电路中串入反转控制继电器的常闭触点，在反转电路中串入正转控制继电器的常闭触点构成电气连锁，防止正反转电路同时接通，造成事故。

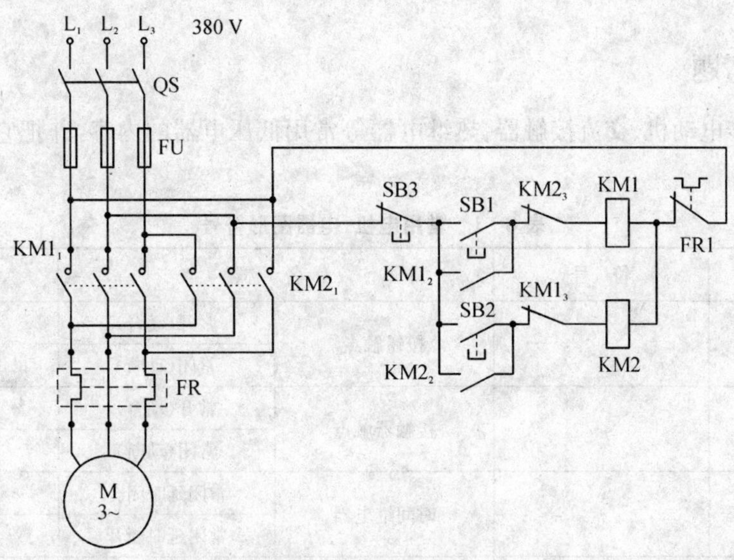

图 8-5　异步电动机的正反转控制电路

8.4.2　开放实验

实验 8-3　异步电动机的连锁控制

在生产实践中，为了保证皮带运输机正常运行，不至于发生被运货物的堆积，通常要求第 1 台电动机（副机 M1）开动后，第 2 台电动机（主机 M2）才能开动；停车时，必须第 2 台电动机（主机 M2）先停车，第 1 台电动机（副机 M1）才能停车。示意图如图 8-6所示。

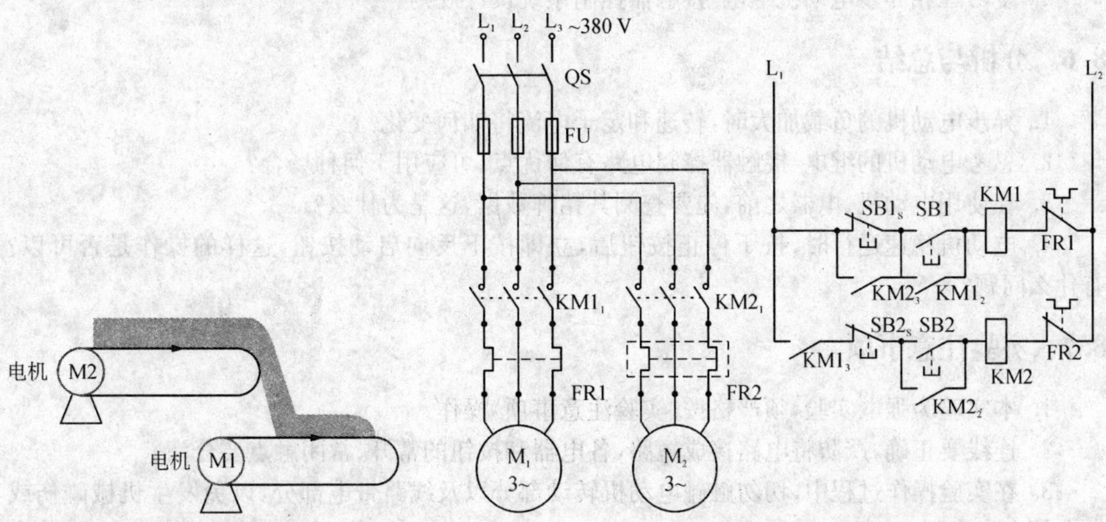

图 8-6　皮带运输机工作示意图　　**图 8-7　两台电动机的连锁控制电路**

为了满足副机 M1 开动后，主机 M2 才能开动设计要求，应将副机接触器的动合触点 $KM1_3$ 串联接入主机控制电路。为了满足主机 M2 先停车，副机 M1 才能停车的设计要求，应将副机停车按钮 $SB1_S$ 与主机接触器的动合触点 $KM2_3$ 并联。控制电路如图 8-7 所示。这样开车时，只有副机 M1 起动，$KM1_3$ 闭合，主机接触器 KM2 才能通电。停车时只有主机 M2 先停车，$KM2_3$ 断开，副机停车按钮 $SB1_S$ 才能使副机接触器线圈 KM1 断电。从而达到了副机先开、主机先停的目的。

8.5 预习思考题

1. 复习异步电动机、交流接触器、热继电器等常用低压电器的内容，并把它们的符号填入表8-1。

表8-1 常用电机、电器图形符号

<table>
<tr><th>名 称</th><th>符 号</th><th colspan="2">名 称</th><th>符 号</th></tr>
<tr><td rowspan="2">三相笼式
异步电动机</td><td rowspan="2"></td><td rowspan="2">按钮触点</td><td>常开(动合)</td><td></td></tr>
<tr><td>常闭(动断)</td><td></td></tr>
<tr><td rowspan="2">单相变压器</td><td rowspan="2"></td><td rowspan="2">接触器触点</td><td>常开(动合)</td><td></td></tr>
<tr><td>常闭(动断)</td><td></td></tr>
<tr><td rowspan="2">三相开关</td><td rowspan="2"></td><td rowspan="2">时间继电器</td><td>常闭延时闭合</td><td></td></tr>
<tr><td>常闭延时断开</td><td></td></tr>
<tr><td rowspan="2">熔断器</td><td rowspan="2"></td><td rowspan="2">触 点</td><td>常开延时断开</td><td></td></tr>
<tr><td>常闭延时闭合</td><td></td></tr>
<tr><td rowspan="2">信号灯</td><td rowspan="2"></td><td rowspan="2">行程开关触点</td><td>常开(动合)</td><td></td></tr>
<tr><td>常闭(动断)</td><td></td></tr>
<tr><td rowspan="2">接触器、继电器
吸引线圈</td><td rowspan="2"></td><td rowspan="2">热继电器 KH</td><td>热元件</td><td></td></tr>
<tr><td>常闭触点</td><td></td></tr>
</table>

2. 复习三相异步电动机继电-接触器控制系统设计规则。

8.6 分析与总结

1. 异步电动机的负载加大时，转速和定子电流将如何变化?

2. 思考电动机的继电-接触器控制电路有何优点，可应用于何种场合?

3. 在使用电动机、电器之前，先要查阅其铭牌数据，这是为什么?

4. 电动机稳速运行时，按下停止按钮后，立即按下反向启动按钮，这样的操作是否可以?有什么问题?

8.7 实验注意事项

1. 本实验为强电实验，须严格按《实验注意事项》操作。

2. 连线要正确，严防将电路接成短路，各电器和按钮的常开、常闭触点要分清。

3. 在实验操作过程中，切勿触碰电动机转动部分以及线路带电部分，以免发生机械碰伤或触电等人身事故。

4. 实验过程中，切勿使衣服、头发等物触及电动机转动部分，以免发生人身事故。

第2部分　电子技术实验

实验9　单管放大电路的研究(一)

9.1　实验目的

1. 学习放大电路静态工作点的测量和调试方法。
2. 掌握静态工作点对动态性能的影响。
3. 测量电压放大倍数,比较负载电阻不同时对放大倍数的影响。
4. 了解分压式偏置电路中集电极电阻和旁路电容的作用。
5. 学习三极管元器件的判别。

9.2　预备知识

三极管是放大电路的核心元器件,通过放大电路可以把弱小电流或电压信号加以放大。对放大电路的基本要求是:具有合适的静态工作点、有足够的放大倍数(电压、电流、功率)和尽可能小的波形失真。

静态工作点是指放大电路没有输入信号时,在给定电路参数下,晶体管各极直流电流、电压的数值(I_B, I_C, U_{CE})。静态工作点是否合适,对放大器的性能和输出波形都有很大影响。静态工作点过低,放大器容易产生截止失真,如图9-1(a)所示。如果静态工作点偏高,放大器加入交流信号后容易产生饱和失真,如图9-1(b)所示。改变电路的参数,如基极电阻R_B、集电极电阻R_C和电源电压U_{CC}等都会引起静态工作点的变化。通常采用在输入信号有效值一定的情况下改变电阻R_B,使静态工作点位于晶体管输出特性曲线的中点,即:

$$U_{CE} \approx \frac{1}{2} U_{CC}$$

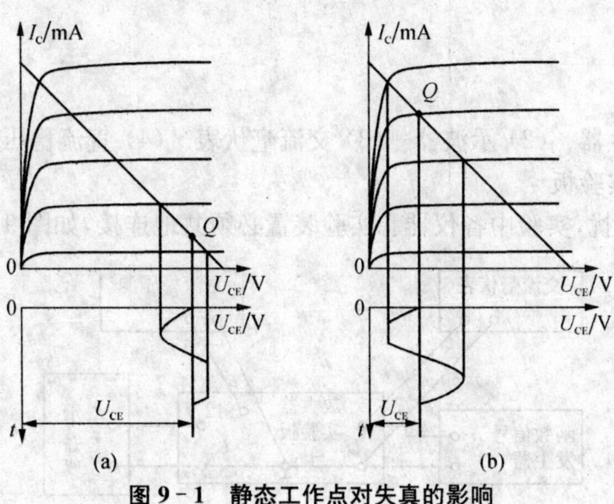

图9-1　静态工作点对失真的影响

这时放大电路具有最大动态范围。静态工作点可由直流电压表、电流表测得，也可单独使用电压表测取 U_{RC}、U_{RE}、U_{CE}值，间接求得 I_B、I_C。需要说明的是，如果信号幅值很小，静态工作点偏高或偏低也不一定会失真。但是如果输入信号的幅值较大，静态工作点应该靠近负载线的中点。

放大电路的动态分析是指放大电路在有信号输入（$u_i \neq 0$）时的工作状态。动态分析主要是计算电压放大倍数 A_u、输入电阻 r_i 和输出电阻 r_o 等。

分压式偏置电路是一种常见的基本放大电路，如图 9－3 所示。它的偏置电路采用 R_{B1} 和 R_{B2} 组成分压电路。当在放大器的输入端加入输入信号后，其输出端可以得到一个反相、放大的输出信号。分压式偏置电路在发射极接有反馈电阻 R_E，对稳定静态工作点有较好的效果。R_E 越大稳定效果越好，但是 R_E 太大，其两端的交流压降将增加，减小放大电路输出电压的幅度，降低放大倍数。为此常在 R_E 两端并联一个较大的电容 C_E，使交流旁路。C_E 称为交流旁路电容，容量一般为几十到几百微法。

该分压式偏置电路的静态工作点，可以由下式估算：

设流过偏置电阻的电流远远大于基极电流 I_B，则：

$$V_B = R_{B2} I_2 \approx \frac{R_{B2}}{R_{B1}+R_{B2}} U_{CC},\ I_C \approx I_E = \frac{V_B - U_{BE}}{R_E},\ U_{CE} \approx U_{CC} - I_C(R_C + R_E)$$

式中，V_B 为三极管基极电位，I_C、I_E 分别为集电极和发射极电流，U_{CC}为直流电源电压。该电路的交流电压放大倍数为：

$$A_u = -\beta \frac{R_C \mathbin{/\mkern-6mu/} R_L}{r_{BE}}$$

输入电阻为：

$$r_i = R_{B1} \mathbin{/\mkern-6mu/} R_{B2} \mathbin{/\mkern-6mu/} r_{BE}$$

输出电阻为：

$$r_o \approx R_C$$

本实验主要研究负载变化对放大倍数的影响。输入、输出电阻的测量将在单管放大电路实验(二)中学习。

9.3 仪器设备

(1) 函数信号发生器 (2) 示波器 (3) 交流毫伏表 (4) 直流稳压电源 (5) 万用表 (6) 单管放大器实验板

注意：为了防止干扰，实验中各仪器和实验装置必须共地连接，如图 9－2 所示。

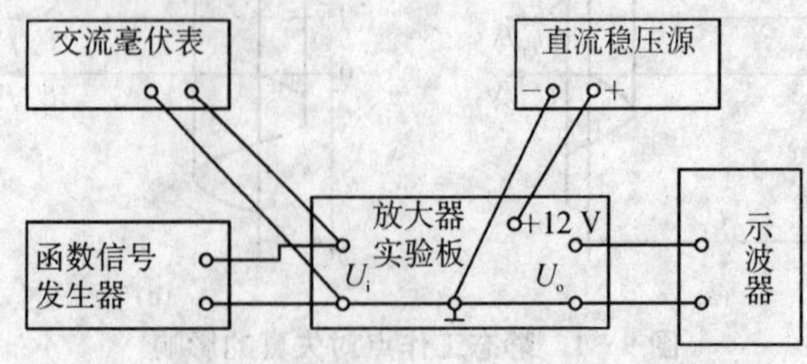

图 9－2 仪器设备的互连示意图

9.4 实验内容

9.4.1 必做实验

实验 9-1 单管放大电路的静态和动态研究

1. 静态工作点的调节和测量

电路如图 9-3 所示，首先连接(C)、(D)点，在实验电路中接入直流毫安表和直流电源，输入端不接入信号源 ($\dot{U}_i=0$)，负载开路 ($R_L=\infty$)，调节 R_W，使集射极电压 $U_{CE}=6$ V。用万用表直流挡测量静态参数，记录在表 9-1 中。

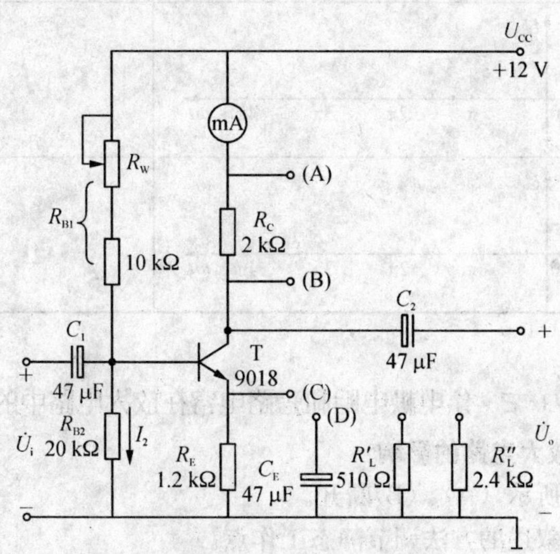

图 9-3 单管放大器实验电路

表 9-1 静态工作点的测量

	基极电位(V)	集电极电位(V)	发射极电位(V)	集-射集电压(V)	集电极电流(mA)
测 量 值					

2. 测量不同负载的电压放大倍数，观察输入输出电压的相位关系

(1) 保持静态工作点不变。

(2) 在放大电路的输入端送入 $U_i=10$ mV，$f=1$ kHz 的正弦信号。

(3) 按表 9-2 中所示值改变负载 R_L，用交流毫伏表分别测出输出电压 U_o，记录在表 9-2 中。并计算三种情况下的电压放大倍数，观察其变化情况。

(4) 在任何一种负载状态下，用双踪示波器观察$\dot{U}_i$ 和$\dot{U}_o$ 的相位关系为：________。

表 9-2 不同负载时的电压放大倍数

	输入电压 U_i(mV)	输出电压 U_o(mV)	电压放大倍数(U_o/U_i)
$R_L=\infty$ (R_L 不接)			
$R'_L=510\ \Omega$			
$R''_L=2.4\ \text{k}\Omega$			

3. 观察静态工作点对输出波形失真的影响

(1) 取 $R_L = \infty$；调节输入信号，使 $U_i = 30\ \text{mV}$，$f = 1\ \text{kHz}$。

(2) 把 R_W 逐渐调小，用示波器观察输出电压波形的变化，在表 9-3 中画出波形；使 $U_i = 0$，记录毫安表的读数 I_C。

(3) 把 R_W 逐渐调大，用示波器观察输出电压波形的变化，在表 9-3 中画出波形；使 $U_i = 0$，记录毫安表的读数 I_C。

表 9-3　不同偏流时放大器的输出波形

偏流 I_C(mA)	输出电压波形 $U_o(t)$	失真类型
电流 I_C = ______	U_o；0　π　2π　3π　4π　ωt	
电流 I_C = ______	U_o；0　π　2π　3π　4π　ωt	

9.4.2　开放实验

实验 9-2　集电极电阻和旁路电容在放大电路中的作用

1. 观察 C_E 开路对放大电路的影响

(1) 电路如图 9-3 所示，(A)、(B)断开。

(2) 参照实验 9-1 叙述的方法调节静态工作点。

(3) 断开(C)、(D)点，开路 C_E。

(4) 在电路的输入端送入 $U_i = 10\ \text{mV}$，$f = 1\ \text{kHz}$ 的正弦信号，在示波器上观察输出电压 U_o 的波形幅值的变化________(变大，变小，不变)，并和 C_E 未断开前的波形相比较，分析思考变化产生的原因：________________。

(5) 连接(C)、(D)点。

2. 观察 R_C 短接对放大电路的影响

(1) 电路如图 9-3 所示，(C)、(D)连接。

(2) 保持静态工作点不变(如有变动，参照实验 9-1 叙述的方法重新调节)。

(3) 连接(A)、(B)，短接 R_C。

(4) 在图 9-3 所示电路的输入端送入 $U_i = 10\ \text{mV}$，$f = 1\ \text{kHz}$ 的正弦信号，在示波器上观察输出电压 U_o 的波形幅值的变化________(变大，变小，不变)，并和 R_C 未短接前的波形相比较，分析思考变化产生的原因：________________。

(5) 断开(A)、(B)点。

实验 9-3　三极管元件的判别

本实验利用万用表对三极管进行管脚、管型的判别和电流放大系数 β 的估测。

(1) 三极管管型判别。

(2) 三极管管脚的判别。

(3) 用万用表估测电流放大系数 β。

具体判别方法请参见附录“常用电子元器件的判别”。

9.5　预习思考题

1. 阅读附录，学习低频函数信号发生器、交流毫伏表、示波器和直流稳压电源等仪器的主要功能和使用时的注意事项。

2. 放大电路测试中，哪些测试需用直流电表，哪些测试需用交流毫伏表？

3. 估计放大器偏流太大和太小时引起的失真情况。

9.6　分析与讨论

1. 根据测试结果，讨论 R_L 的数值大小对电压放大倍数的影响。

2. 讨论静态工作点对放大器性能的影响。

3. 从电路放大倍数公式说明为什么 R_C 短接，$U_o = 0$？

4. 分析 C_E 开路对放大电路的影响。

9.7　实验注意事项

1. 实验中，各仪器设备应注意共“地”连接。

2. 由于放大电路的输出电压和输入电压不是同一数量级，当测完输入电压后，在测量输出电压时，晶体管毫伏表要注意更换量程，以免指针由于超量程而受损。

3. 注意电源 U_{CC} 的极性，电源电压不超过 12 V。

实验 10　单管放大电路的研究（二）

10.1　实验目的

1. 掌握射极输出器的特性及测试方法。
2. 学习放大器各项参数的测试方法。

10.2　预备知识

一个典型的射极输出器电路如图 10－1 所示，它的输出电压从放大器的发射极获取。射极输出器具有输入电阻高，输出电阻低，电压放大倍数接近于 1，输出电压能在较大范围内跟随输入电压做线性变化，以及输入、输出相位相同等特点。

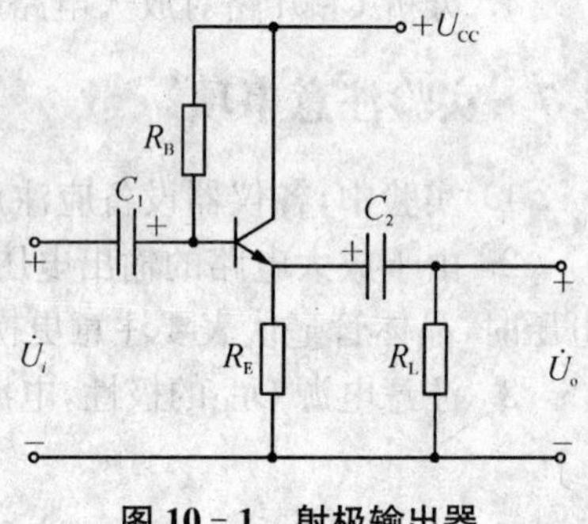

图 10－1　射极输出器

通常射极输出器输入、输出电阻和电压放大倍数可由下面的方法测量。

1. 输入电阻 r_i

射极输出器的输入电阻比共射极单管放大器的输入电阻高很多。根据理论分析，图 10－1 所示射极输出器的输入电阻为：

$$r_i = R_B//[r_{BE} + (1+\beta)(R_E//R_L)] \tag{10-1}$$

实验中为了测量放大器的输入电阻，通常在放大器的输入端与信号源之间串入一已知电阻 R，如图 10－2 所示。在放大器正常工作的情况下，分别测量出 U_S 和 U_i，根据输入电阻的定义可得：

$$r_i = \frac{U_i}{I_i} = \frac{U_i}{\frac{U_R}{R}} = \frac{U_i}{U_S - U_i}R \tag{10-2}$$

2. 输出电阻 r_o

射极输出器的输出电阻低，根据理论分析，图 10－1 所示射极输出器电路的输出电阻为：

$$r_o \approx \frac{r_{BE}}{\beta} \tag{10-3}$$

实验中为了测量其输出电阻，通常先测量接入负载 R_L 的输出电压 U_o，再测量空载（$R_L=\infty$）时的输出电压 U'_o，根据

$$U_o = \frac{R_L}{R_o + R_L}U'_o$$

即可求出

$$R_o = \left(\frac{U_o'}{U_o} - 1\right) R_L \tag{10-4}$$

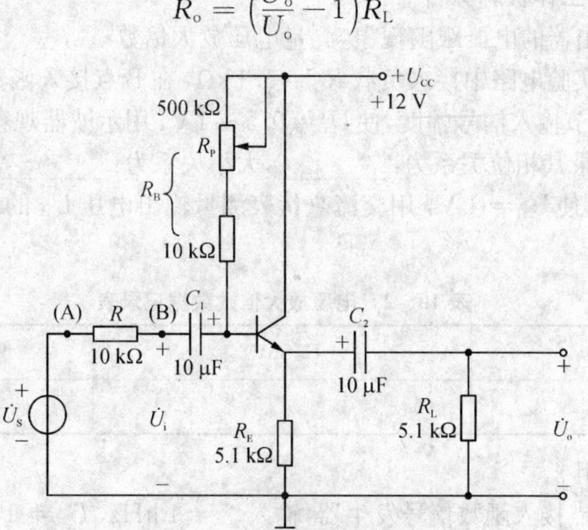

图 10-2　射极跟随器实验电路

3. 电压放大倍数

根据理论分析，射极输出器的电压放大倍数为

$$A_u = \frac{(1+\beta)(R_E // R_L)}{r_{BE} + (1+\beta)(R_E // R_L)} \approx 1 \tag{10-5}$$

射极输出器的电压放大倍数小于但接近 1，且为正值，因此射极输出器又称为电压跟随器。但它的射极电流仍比基极电流大$(1+\beta)$倍，所以它具有一定的电流和功率放大作用。

由于射极输出器具有输入电阻高，输出电阻低，电压放大倍数接近于 1 的特点，它在电子线路中得到广泛应用。由于它的输入电阻高，它可以被用于测量仪器中多级放大电路的输入级，减小放大电路对被测电路的影响。由于它的输出电阻低，又可以用于多级放大电路的输出级，以增强末级带负载的能力。

10.3　实验设备

(1) 直流稳压电源　(2) 低频信号发生器　(3) 万用表　(4) 实验方板和元器件

10.4　实验内容

本实验可采用 Multisim 仿真软件完成，也可自行搭接线路完成。

1. 静态工作点的调整与测试

(1) 按图 10-2 连接实验电路。此时信号源 U_S 和电阻 R 不接，负载开路 ($R_L = \infty$)，调节 R_W，使集射极电压 $U_{CE} = 6$ V，用万用表直流挡测量并记录各静态参数，填入表 10-1 中。

表 10-1　射极跟随器静态工作点

测量数据(V)			计算数据(mA)	
基极电位	集电极电位	发射极电位	基极电流	发射极电流

2. 放大电路动态工作状态分析

(1) 观察射极输出器的电压跟随现象,测量电压放大倍数

在图 10-2 所示实验电路中接入负载 $R_L = 5.1\,k\Omega$,在 B 点接入函数信号发生器,输入 $f = 1\,kHz$ 的正弦信号,调节输入信号幅度,使 $U_i = 0.5 \sim 1\,V$,用示波器观察输出波形 U_o 随输入波形 U_i 变化的情况,记录其相位关系为:________,大小关系为:________。

调节信号发生器,使 $U_i = 1\,V$,用交流毫伏表测量输出电压 U_o 的值,计算电压放大倍数,记入表 10-2 中。

表 10-2 电压放大倍数数据记录表

U_i(mV)	U_o(mV)	电压放大倍数

(2) 测量输出电阻 r_o

在图 10-2 中 B 点接入函数信号发生器,输入 $f = 1\,kHz$, $U_i = 1\,V$ 的正弦信号。首先在 $R_L = 5.1\,k\Omega$ 时,测量输出电压 U_o。然后断开负载,在 $R_L = \infty$ 时,测量输出电压 U'_o;按公式(10-4)计算输出电阻 r_o,记入表 10-3 中。

表 10-3 输出电阻实验数据记录表

U_o(mV)	U'_o(mV)	r_o(Ω)

(3) 测量输入电阻 r_i

在图 10-2 中 B 点接入电阻 R,在 A 点输入 $f = 1\,kHz$, $U_S = 1\,V$ 的正弦信号 U_S。分别测量 U_S 和 U_i(即 A, B 点对地电压),然后按公式(10-2)计算输入电阻 r_i。记入表 10-4 中。

表 10-4 输入电阻实验数据记录表

U_S(mV)	U_i(mV)	r_i(Ω)

10.5 预习思考题

1. 复习射极输出器的工作原理和特点。
2. 理论上计算图 10-2 所示电路的放大倍数和输入、输出电阻。

10.6 分析与讨论

1. 比较射极输出器(共集电极放大电路)和集电极输出电路(共射极放大电路),两种电路各有什么特点?
2. 比较实验测得的输入、输出电阻值和电压放大倍数与理论值的误差。
3. 射极输出器通常多应用于放大电路的首级和末级,为什么?

10.7 实验注意事项

实验中各仪器设备应注意共“地”连接,搭接电路时注意电解电容的极性。

实验 11　差分放大电路

11.1　实验目的

1. 加深对差分放大器性能及特点的理解。
2. 学习差分放大器主要性能指标的测试方法。

11.2　预备知识

多级直接耦合放大电路的各级工作点会相互影响。常见的问题是由于温漂而导致整个放大电路的工作点发生严重漂移，严重时将使得电路无法工作。

差分放大电路也称差动放大电路，是一种对零点漂移具有很强抑制能力的基本放大电路，常用作集成运放或多级直接耦合放大电路的输入级。差分放大电路的结构特点是对称性，即放大电路两边对称，组成电路的两个晶体管型号相同、特性相同，电路中各对应电阻值相等。其常见的形式有三种：基本形式、长尾式和恒流源式。基本形式差分放大电路对单边输出的零点漂移毫无改善，所以在实际工程中很少被采用。

1. 长尾式差分放大电路

长尾式差分放大电路又称射极耦合差分放大电路，如图 11－1 所示。在两个三极管的公共射极上接入的电阻 R_E，即称为“长尾”。长尾电阻 R_E 的作用是引入一个共模负反馈，降低了共模电压放大倍数，减小每个管子输出端的零漂，电阻 R_E 的值越大，则共模负反馈越强，抑制零漂的效果越好，但对差模电压放大倍数没有影响。但是，由于长尾电阻 R_E 上的直流压降较大，因此接入负电源 U_{EE} 以补偿电阻 R_E 上的直流压降。电阻 R_W 称调零电位器，由于电路实际组成时不可能完全对称，因此静态时可能输出电压不为零，通过调节 R_W 可使放大电路在输入为零时输出电压也为零。

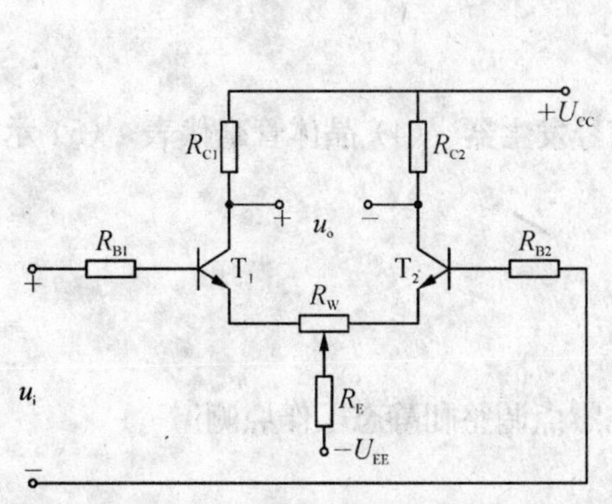

图 11－1　长尾式差分放大电路

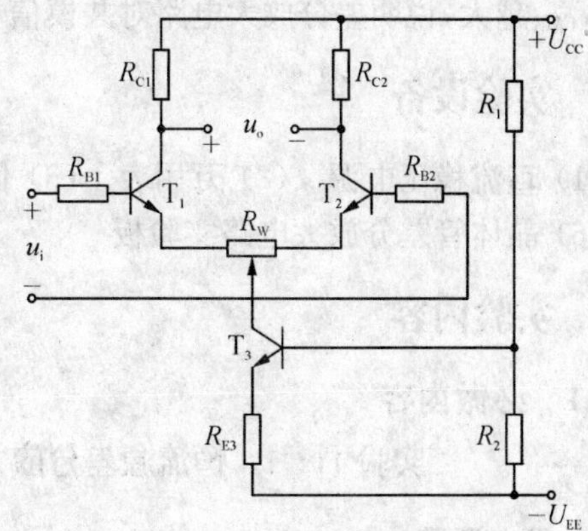

图 11－2　恒流源式差分放大电路

2. 恒流源式差分放大电路

为了得到比较好的抑制零漂的效果，同时又希望负电源 U_{EE} 的值不要过高，可以使用三极管代替原来的长尾电阻 R_E，这就是恒流源式差分放大电路，如图 11－2 所示。当三极管工作在恒流区（即放大区）时，三极管集电极与发射极之间的动态电阻 r_{CE}很大，故用一个三极管代替长尾电阻 R_E 既可较好地抑制零漂，又不会要求过高的负电源 U_{EE}。恒流源式差分放大电路在集成运放中应用十分广泛。

（1）差模电压放大倍数。理论上，图 11－2 所示恒流源式差分放大电路的差模电压放大倍数为

$$A_{ud}=\frac{-\beta R_{C1}}{R_{B1}+r_{BE}+\frac{1}{2}(1+\beta)R_W}$$

实验中，为了测量其差模电压放大倍数，则通常在输入端输入差模信号 u_{id}（正弦信号），测量 T_1，T_2 集电极对地的交流电压 U_{C1}、U_{C2}，则双端输出时差模电压放大倍数为

$$A_{ud}=\frac{U_{C1}+U_{C2}}{U_{id}}$$

（2）共模电压放大倍数。理论上，图 11－2 所示恒流源式差分放大电路的共模电压放大倍数为

$$A_{uc}=0$$

实验中，共模电压放大倍数的测量方法是：在两个输入端输入一对共模信号 U_{ic}（直流电压），测量 U_o，则双端输出时共模电压放大倍数为

$$A_{uc}=\frac{U_o}{U_{ic}}$$

（3）共模抑制比。共模抑制比 K_{CMR}表示差分放大电路对共模信号的抑制能力，即

$$K_{CMR}=\left|\frac{A_{ud}}{A_{oc}}\right|$$

或

$$K_{CMR}=20\lg\left|\frac{A_{ud}}{A_{oc}}\right|(\text{dB})$$

K_{CMR}越大，说明差分放大电路对共模信号的抑制能力越强，放大电路的性能越好。

11.3 实验设备

（1）直流稳压电源 （2）万用表 （3）低频信号发生器 （4）晶体管毫伏表 （5）示波器
（6）晶体管差分放大电路实验板

11.4 实验内容

11.4.1 必做内容

实验 11－1 恒流源差分放大电路零点调整和静态工作点测量

1. 零点调整

实验电路如图 11－3 所示。(C)与(D)连接，(K)与(2)连接构成恒流源式差分放大电路，输入端(A)、(B)同时接地，接通电源 U_{CC}和 U_{SS}，调节电位器 R_W，使双端输出电压 u_o 为零。在以后的实验中，R_W 应保持不变。

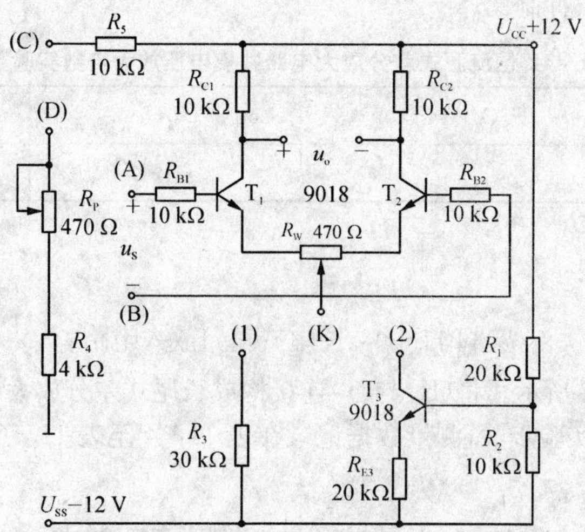

图 11－3　晶体管差分放大电路

2. 静态工作点的测量

按表 11－1 要求测量静态参数,并计算相关的电压、电流。

表 11－1　恒流源式差分放大电路静态实验数据

U_{B1}(V)	U_{B2}(V)	U_{CE1}(V)	U_{CE2}(V)	U_{E1}(V)	U_{E2}(V)	U_{Rc1}(V)	U_{R3}(V)
计算项	U_{BE1}(V)	U_{BE2}(V)	I_B(mA)	I_C(mA)	I_E(mA)	I_{Re3}(mA)	β

实验 11－2　恒流源差分放大电路差模电压放大倍数的测量

实验电路如图 11－3 所示。输入端(A)接入 1 kHz、20 mV 的正弦交流信号,输入端(B)接地。分别观察差分放大管 T_1、T_2 集电极对地的电压和电阻 R_{E3} 两端的电压波形。在输出波形不失真的条件下,用交流毫伏表分别测量 T_1、T_2 集电极对地的交流电压有效值 U_{C1} 和 U_{C2},用万用表直流电压挡测量 R_{E3} 两端电压 U_{RE3}。然后改变输入交流信号为 1 kHz、30 mV,重复上述测量填入表 11－2 中并计算差模电压放大倍数 A_{ud}。

表 11－2　恒流源式差分放大电路差模电压放大倍数实验数据

u_S(mV)	U_{C1}(mV)	U_{C2}(mV)	U_{RE3}(mV)	$U_{C1}+U_{C2}$(mV)	A_{ud}
20					
30					

注:$A_{ud}=\dfrac{U_{C1}+U_{C2}}{U_S}$

实验 11－3　恒流源差分放大电路共模电压放大倍数的测量

实验电路如图 11－3 所示。

1. 连接实验线路板上(C)点与(D)点,用万用表直流电压挡测量(C)点与地之间的电压 U_{IC},调节 R_P,使 $U_{IC}=2$ V。

2. 输入端(A)、(B)短接,短接点与(C)点连接,用万用表测量 U_o,填入表 11－3 中。计算共模电压放大倍数和共模抑制比。

表 11－3　恒流源式差分放大电路共模电压放大倍数实验数据

U_{IC}(V)	U_o(V)	$A_{uc}=U_o/U_{IC}$	$K_{CMR}=20\lg(A_{ud}/A_{uc})$
2			

11.4.2　开放实验

实验 11－4　长尾式差分放大电路

实验电路如图 11－3 所示。将(K)与(1)连接构成长尾式差分放大电路。重复实验 11－1、实验 11－2、实验 11－3 实验步骤，测量数据记录在表 11－4 至表 11－6 中，并进行相关数据的计算。

表 11－4　长尾式差分放大电路静态实验数据

U_{B1}(V)	U_{B2}(V)	U_{CE1}(V)	U_{CE2}(V)	U_{E1}(V)	U_{E2}(V)	U_{Rc1}(V)	U_{R3}(V)
计算项	U_{BE1}(V)	U_{BE2}(V)	I_B(mA)	I_C(mA)	I_E(mA)	I_{Re3}(mA)	β

表 11－5　长尾式差分放大电路差模电压放大倍数实验数据

U_S(mV)	U_{C1}(mV)	U_{C2}(mV)	U_{Re3}(mV)	$U_{C1}+U_{C2}$(mV)	A_{ud}
20					
30					

表 11－6　长尾式差分放大电路共模电压放大倍数实验数据

U_{IC}(V)	U_o(V)	$A_{uc}=U_o/U_{IC}$	$K_{CMR}=20\lg(A_{ud}/A_{uc})$
2			

11.5　预习思考题

估算长尾式差分放大电路和恒流源式差分放大电路的静态工作点和差模电压放大倍数。(取 $\beta=100$)

11.6　分析与讨论

1. 差分放大电路为什么要调零？如何调零？

2. 在实验 11－2 中，若输出信号仅从 T_1 管的集电极引出，则差模电压放大倍数为多少？

11.7　实验注意事项

测试静态工作点和动态参数前，一定要调零。即 $U_i=0$ 时，使 $U_o=0$。

实验 12　负反馈放大电路

12.1　实验目的

1. 加深理解负反馈放大器的工作原理及对放大器性能的影响。
2. 掌握负反馈放大电路性能指标的测试方法。

12.2　预备知识

负反馈在电子电路中有着非常广泛的应用。放大电路引入负反馈以后，虽然放大倍数降低了，但是放大倍数的稳定性提高，输出波形的非线性失真减小，通频带展宽，输入电阻和输出电阻发生改变。负反馈对放大电路性能的改善程度，取决于反馈深度。一般来说，负反馈越深，即反馈深度 $|1+\dot{A}\dot{F}|$ 的值越大，对放大电路各项性能指标的改善效果越明显。

负反馈放大电路有 4 种类型：电压串联负反馈、电压并联负反馈、电流串联负反馈和电流并联负反馈。本实验以电压串联负反馈为例，分析负反馈对放大电路各项性能指标的影响。

图 12－1 所示为带有负反馈的两级阻容耦合放大电路。在该电路中，反馈电阻 R_{F1}，R_{F2} 把输出电压 $\dot{U}_o$ 引回到输入端，加在晶体管 T_1 的发射极上。在发射极电阻 R'_{E1} 上形成反馈电压 $\dot{U}_f$。根据反馈的判断方法可知，该反馈属于电压串联负反馈，使放大电路的输入电阻提高，输出电阻降低，提高了放大电路的带负载能力。

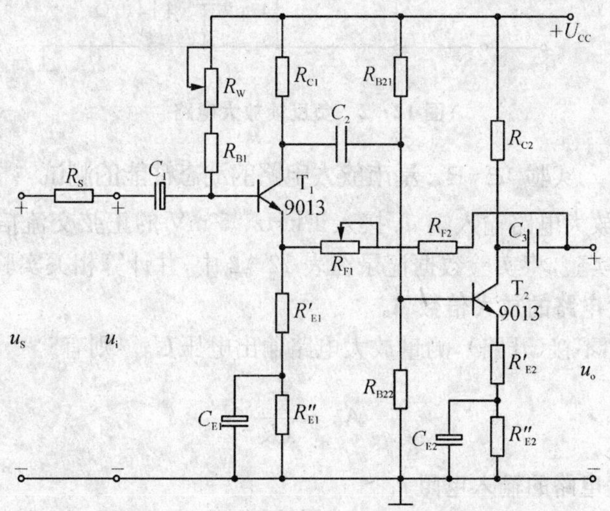

图 12－1　电压串联负反馈放大电路

12.3　实验设备

（1）直流稳压电源　（2）万用表　（3）低频信号发生器　（4）晶体管毫伏表
（5）示波器　（6）负反馈放大电路实验板

12.4 实验内容

12.4.1 必做内容

实验 12-1 静态工作点的调整

电路如图 12-2 所示，输入端不接入信号源（$u_S = 0$），连接(D)、(F)两点，接入旁路电容 C_{E1}，接入直流电源 U_{CC}，调节 R_W，用万用表直流电压挡测量 R_{C1} 两端电压，使 $U_{R_{C1}} = 2.4$ V，测量 T_1、T_2 管的静态工作点。

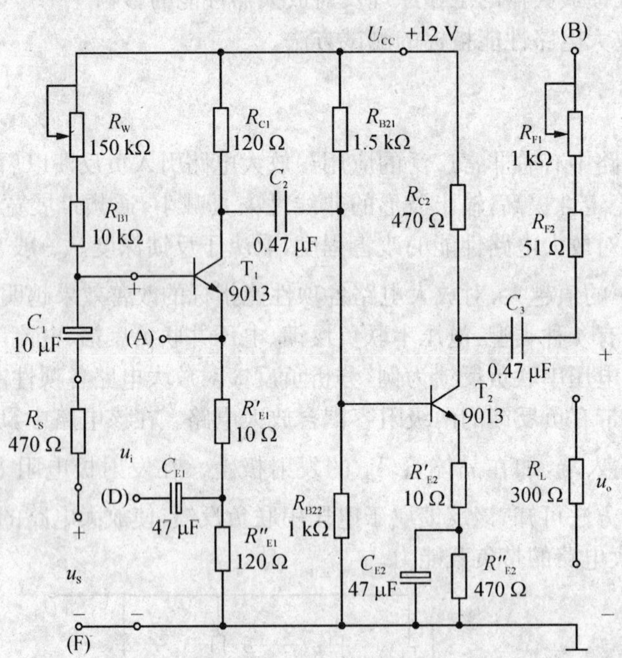

图 12-2 负反馈放大电路

实验 12-2 基本放大电路的动态性能的测试

在图 12-2 所示放大电路输入端 u_S 接入 1 kHz、5 mV 的正弦交流信号，且在以下测试中保持不变。完成以下实验，将实验数据记录在表 12-2 中，并计算相关实验数据。

1. 测定基本放大电路的放大倍数 A_u

短路 R_S，负载 R_L 不接(开路)，测量放大电路输出电压 U_o。则有

$$A_u = \frac{U_o}{U_S}$$

2. 测定基本放大电路的输入电阻 r_i

接入 R_S，负载 R_L 不接(开路)，测量放大电路输出电压 U'_o，则输入电阻 r_i 可根据下式计算：

$$U'_o = \frac{r_i}{R_S + r_i} U_o$$

3. 测定基本放大电路的输出电阻 r_o

短路 R_S，接入负载 $R_L = 300\ \Omega$，测量放大电路输出电压 U''_o，则输出电阻 r_o 可根据下式计算：

$$r_o = \left(\frac{U_o}{U''_o} - 1\right) R_L$$

表 12 - 2　基本放大电路的动态性能实验数据

测 量 值				计 算 值		
U_S(mV)	U_o(mV)	U'_o(mV)	U''_o(mV)	A_u	r_i(Ω)	r_o(Ω)
5						

实验 12 - 3　反馈放大电路的动态性能测试

在图 12 - 2 所示放大电路输入端 u_S 接入 1 kHz、5 mV 的正弦交流信号，在以下测试中保持不变。连接(A)、(B)两点，加入负反馈。用示波器观察输出电压，调节 R_{F1}，使负反馈电路达到最深负反馈状态，即此时输出电压达到最小值。完成以下实验，将实验数据记录在表 12 - 3 中，并计算相关实验数据。

1. 测定反馈放大电路放大倍数 A_{uf}

短路 R_S，负载 R_L 不接(开路)，测量此时反馈放大电路输出电压 U_{of}。则有

$$A_{uf} = \frac{U_{of}}{U_S}$$

2. 测定输入电阻 r_{if}

接入 R_S，负载 R_L 不接(开路)，测量此时放大器输出电压 U'_{of}。则有

$$U'_{of} = \frac{r_{if}}{R_S + r_{if}} U_{of}$$

输入电阻 r_{if} 据上式即可算出。

3. 测定基本放大电路的输出电阻 r_{of}

短路 R_S，接入负载 R_L = 300 Ω，测量此时放大器输出电压 U''_{of}，则有：

$$r_{of} = \left(\frac{U_{of}}{U''_{of}} - 1\right) R_L$$

表 12 - 3　反馈放大电路的动态实验数据

测 量 值				计 算 值		
u_S(mV)	U_{of}(mV)	U'_{of}(mV)	U''_{of}(mV)	A_{uf}	r_{if}(Ω)	r_{of}(Ω)
5						

4. 计算反馈深度

$$反馈深度 = 1 + AF = \frac{A_u}{A_{uf}}$$

12.4.2　开放实验

实验 12 - 4　基本放大电路通频带的测量

电路如图 12 - 2 所示。在放大电路输入端 u_S 接入 1 kHz、5 mV 的正弦交流信号。短路

R_S，负载 R_L 不接(开路)，断开(A)、(B)两点，即电路为基本放大电路。用示波器观察输出波形，再调节示波器的"Y 衰减"和"Y 增益"旋钮，使放大电路输出电压波形在荧光屏上的高度适宜。然后固定示波器的"Y 衰减"和"Y 增益"旋钮不变，调节信号发生器，逐渐提高放大电路输入信号的频率，直至示波器上显示的波形幅度下降为原来的 70%为止。此时，放大电路输入信号的频率即为放大电路的上限频率 f_h。同理，保持输入信号的幅度不变，降低其频率，直至示波器上显示的波形幅度下降为原来的 70%为止。此时，放大电路输入信号的频率即为放大电路的下限频率 f_l。将实验数据记录在表 12－4 中，并计算通频带 f_{BW}。

表 12－4　基本放大电路通频带的测量实验数据

测 量 值		计 算 值
f_h(kHz)	f_l(kHz)	$f_{BW}=f_h-f_l$(kHz)

实验 12－5　反馈放大电路通频带的测量

电路如图 12－2 所示。在放大电路输入端 u_S 接入 1 kHz、5 mV 的正弦交流信号。短路 R_S，负载 R_L 不接(开路)，连接(A)、(B)两点，即电路为负反馈放大电路。重复上述步骤，测量负反馈放大电路的 f_{hf}，f_{lf}，将实验数据记录在表 12－5 中，并计算通频带 f_{BWF}。

表 12－5　反馈放大电路通频带的测量实验数据

测 量 值		计 算 值
f_{hf}(kHz)	f_{lf}(kHz)	$f_{BWF}=f_{hf}-f_{lf}$(kHz)

12.5　预习思考题

1. 复习负反馈放大电路的工作原理，了解不同反馈方式对放大电路放大倍数、输入电阻、输出电阻、通频带的影响。

2. 分别计算本次实验电路在无反馈和有反馈时的电压放大倍数、输入电阻和输出电阻($\beta=150$)。

12.6　分析与总结

1. 总结电压串联负反馈对放大器性能的影响，包括放大倍数、输入电阻、输出电阻和频带宽度。

2. 从电路的结构来看，如何区分串联反馈与并联反馈、电压反馈与电流反馈？

3. 在本实验中，如果要稳定输出电流、降低输入电阻，反馈支路应如何连接？

实验 13 功率放大电路

13.1 实验目的

1. 理解 OTL 功率放大器的工作原理。
2. 学会 OTL 电路的调试及主要性能指标的测试方法。

13.2 预备知识

OTL 功率放大电路即无变压器耦合的功率放电电路。由于它的体积小、重量轻,又便于采用深度负反馈来改善非线性失真,因而得到了广泛的应用。

OTL 功率放大电路如图 13-1 所示,图中晶体管 T_1 为推动级(即前置放大级),T_2、T_3 是一对参数对称的 NPN 和 PNP 型的晶体三极管,它们组成互补推挽 OTL 功放电路。T_2、T_3 管采用射极输出器,具有输出电阻低、负载能力强等优点,适合于作功率输出级。T_1 管工作于甲类状态,集电极电流 I_{C1} 由电位器 R_{W1} 调节。因为静态时要求输出端中点电位 $V_B = 0.5U_{CC}$,故电位器 R_{W1} 调整位置由此而定。R_{W2} 和 T_4 构成消除交越失真电路,调节 R_{W2},则可以使 T_2、T_3 管得到合适的静态电流而工作于甲、乙类状态,以克服交越失真。

当输入正弦交流信号 u_i 时,经 T_1 放大、倒相后同时作用于 T_2、T_3 管的基极,u_i 的负半周使 T_2 管导通(T_3 管截止),有电流通过负载 R_L,同时向电容 C_5 充电;在 u_i 的正半周,T_3 管导通(T_2 管截止),则已充好电的电容 C_5 起着电源的作用,通过负载 R_L 放电。这样在 R_L 上就得到了完整的正弦波。

C_2 与 R 则构成自举电路,用于提高输出电压正半周的幅度,以得到大的动态范围。

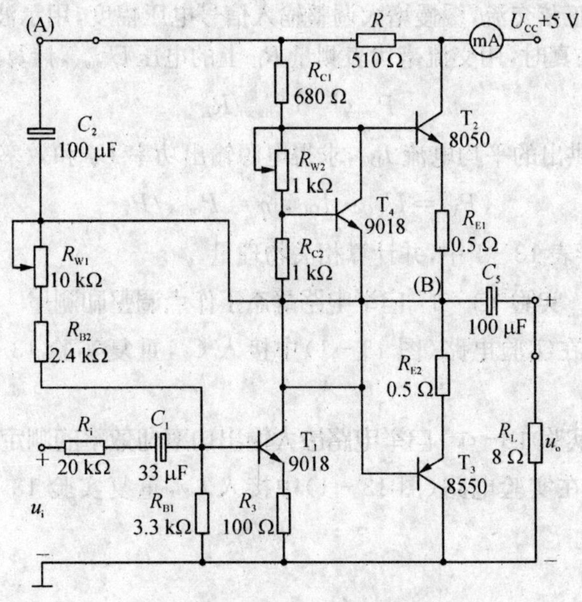

图 13-1 OTL 功率放大电路

13.3 实验设备

(1) 直流稳压电源 (2) 万用表 (3) 低频信号发生器 (4) 晶体管毫伏表
(5) 示波器 (6) OTL功率放大电路实验板

13.4 实验内容

实验 13-1 无自举电路静态工作点调整和测量

实验电路如图 13-1 所示。

1. 将 R_{W2} 的阻值调到最小(注:若 R_{W2} 的阻值过大,将使 T_2、T_3 管的静态电流过大,效率降低,甚至损坏管子),首先不采用自举电路(即不接入 C_2),检查线路无误后接通电源 U_{CC}(+6 V),缓慢调节电位器 R_{W1} 使输出端中点电位 $V_B = 0.5U_{CC} = 3$ V,然后测量 T_2 管集电极电流 I_{C2}。以下保持电位器 R_{W1} 位置不变。

2. 输入 1 kHz 的正弦交流信号,调整输入幅度,使输出为 0.1 V,用示波器观察输出波形的交越失真现象。

3. 保持输入信号不变,缓慢调节电位器 R_{W2},使输出波形的交越失真现象恰好消失。除去输入信号,测量 T_2 管集电极电流 I_{C2},此即为最佳静态工作点。记录测量值于表 13-1 中。

表 13-1 实验数据

	$I_{C2最佳}$	U_{omax}	P_{omax}	I_{DC}	P_E	η
无自举						
有自举						

实验 13-2 无自举电路最大输出功率和效率的测定

实验电路如图 13-1 所示。

1. 输入 1 kHz 的正弦交流,缓慢增大调整输入信号电压幅度,用示波器观察并记录输出波形。在输出波形即将失真时,用交流毫伏表测量 R_L 上的电压 U_{omax},计算最大输出功率 P_{omax}:

$$P_{omax} = U_{omax}^2 / R_L$$

2. 测量直流电源供出的平均电流 I_{DC},求得电源输出功率 P_V 和效率 η:

$$P_V = U_{CC} \cdot I_{DC}\text{, } \eta = P_{omax} / P_V$$

记录上述测量值于表 13-1 中,并计算相关物理量。

实验 13-3 自举电路静态工作点调整和测量

采用自举电路,即在实验电路(图 13-1)中接入 C_2,重复实验 13-1 各步骤,自拟表格记录。

实验 13-4 自举电路最大输出功率和效率的测定

采用自举电路,即在实验电路(图 13-1)中接入 C_2,重复实验 13-2 各步骤,自拟表格记录。

13.5 预习思考题

熟悉 OTL 功率放大器的工作原理。

13.6　分析与讨论

1. 根据实验线路的数据，理论上计算该电路的静态值。
2. 画出实验中所观察到的几种输出波形。

13.7　实验注意事项

实验初始状态时，R_{W2}必须放在最小值，否则可能损坏晶体管。

实验 14　整流、滤波与稳压电路

14.1　实验目的

1. 掌握单相桥式整流、滤波和稳压电路的工作原理。
2. 观察整流、滤波和稳压电路的输出电压波形。
3. 测量整流、滤波与稳压电路外特性。
4. 观察负载变化和电源电压变化时整流、滤波与稳压电路的工作情况。

14.2　预备知识

电子设备所需的直流电源，一般都是采用由交流电网供电，经“变压”、“整流”、“滤波”、“稳压”后获得，原理如图 14－1 所示。

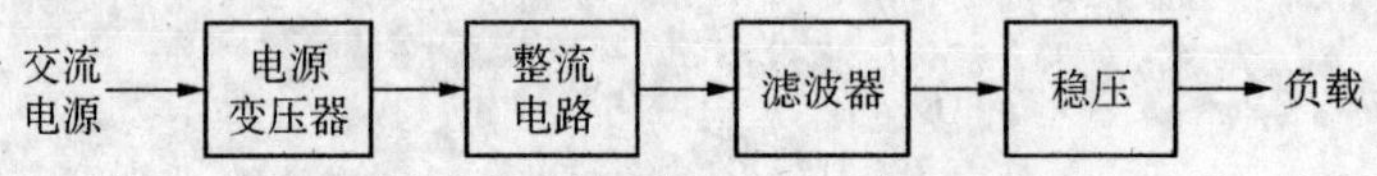

图 14－1　直流稳压电源原理图

变压器：将交流电源电压变换为符合整流需要的电压。

整流电路：把大小、方向都变化的交流电变成单向脉动的直流电。通常整流元件采用晶体二极管，因为它具有单向导电性。

滤波器：利用电抗性元件（电容、电感）的贮能作用滤除脉动直流电中的交流成分，使得输出电压波形平滑，减小整流输出电压的脉动程度，以适合负载的需要。

稳压：指当输入电压波动或负载变化引起输出电压变化时，能自动调整使输出电压维持在原值。稳压电路主要有两种，一种是并联型稳压电路，另一种是串联型稳压电路。

图 14－2 是一个典型的利用二极管全波整流、电容滤波和稳压管稳压构成的直流稳压电源。由于稳压管并联在负载两端，该电路又称并联型稳压电路。

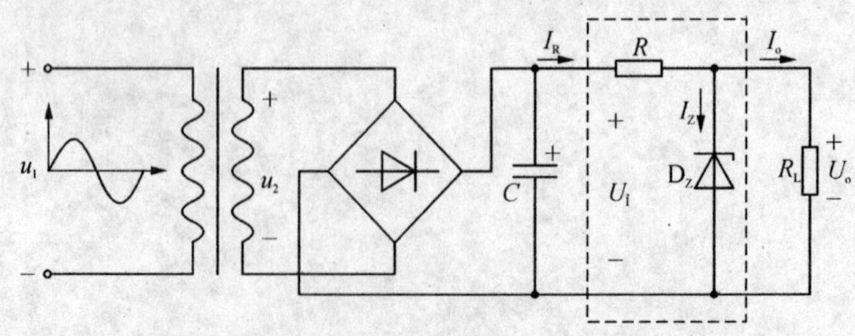

图 14－2　典型的并联型直流稳压电源原理图

从该电路可以看出，当电网电压变化，如电网电压升高时，输出电压升高，稳压管两端的电压 U_Z 升高，从而引起 I_Z 显著增加，I_R 也增加，致使 U_R 增加，由于 $U_o=U_i-U_R$，从而使 U_o 减小。这一稳压过程可概括如下：

$$U_i\uparrow\to U_o\uparrow\to U_Z\uparrow\to I_Z\uparrow\to I_R\uparrow\to U_R\uparrow\to U_o\downarrow$$

而当负载电流变化时，如负载电流 I_o 增加，引起 I_R 增加，U_R 增加，从而使 $U_Z=U_o$ 减小，I_Z 减小。I_Z 的减小致使 I_R 减小，U_R 减小，从而使输出电压 U_o 增加。这一稳压过程可概括如下：

$$I_o\uparrow\to I_R\uparrow\to U_R\uparrow\to U_Z\downarrow(U_o\downarrow)\to I_Z\downarrow\to I_R\downarrow\to V_R\downarrow\to U_o\uparrow$$

该电路是最简单的稳压电路，应用很广泛。但输出电压不能调节，稳压精度不高，常使用于对稳压要求不高和负载电流小的电路中。

14.3　实验设备

(1) 示波器　(2) 电源变压器　(3) 万用表　(4) 整流、滤波与稳压电路实验板

14.4　实验内容

14.4.1　必做实验

实验 14－1　研究负载变化对直流稳压电路外特性的影响

直流稳压电源的外特性是指输出电压与输出电流之间的关系。本实验的目的是用实验数据来说明外特性曲线 $U_o=f(I)$。

1. 电路如图 14－3 所示，输入交流电压为 15 V。

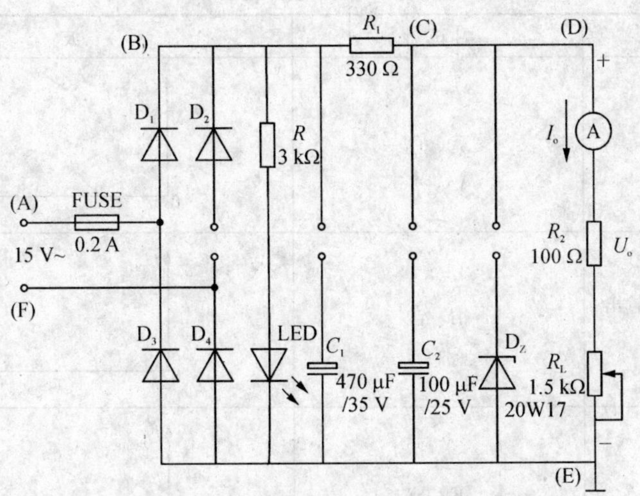

图 14－3　整流、滤波和稳压电路

2. 测量全波整流电路的外特性

在实验板上连接 D_2、D_4，而 C_1、C_2、D_Z 都不接，调节 R_L，使 I_o 按表 14－1 中数值变化，测量 U_o，记录在表 14－1 中。

表 14-1　全波整流电路的外特性（不接 C_1、C_2、D_Z）

I_o(mA)	0(负载开路)	10	15	20	25	30
U_o(V)						

3. 测量全波整流、CRC 滤波电源的外特性

D_2、D_4 保持连接，接入 C_1、C_2，而 D_Z 不接，调节 R_L，使 I_o 按表 14-2 中数值变化，测量 U_o，记录在表 14-2 中。

表 14-2　整流、CRC 滤波电源的外特性（接 C_1、C_2，不接 D_Z）

I_o(mA)	0(负载开路)	15	20	25	30	40
U_o(V)						

4. 测量全波整流、CRC 滤波、稳压电源的外特性

D_2、D_4 保持连接，接入 C_1、C_2、D_Z，调节 R_L，使 I_o 按表 14-3 中数值变化，测量 U_o，记录在表 14-3 中。

表 14-3　整流、CRC 滤波、稳压电源的外特性（接 C_1、C_2、D_Z）

I_o(mA)	0(负载开路)	10	15	20	25	30	40
U_o(V)							

5. 用示波器观测并记录表 14-4 所列各项内容

画波形时注意：①各波形的对应点；②示波器的 y 轴增益旋钮调整合适后，不再改动，以使波形比较。

表 14-4　波形记录

名　称	测试点	波　形
变压器输出电压	Ⓐ、Ⓕ	U_{AF} 0 π 2π t
全波整流＋滤波＋稳压输出（接 C_1，C_2，D_Z）	Ⓓ、Ⓔ	U_{DE} 0 π 2π t
全波整流＋滤波输出（接 C_1，C_2，不接 D_Z）	Ⓑ、Ⓔ	U_{BE} 0 π 2π t
	Ⓒ、Ⓔ	U_{CE} 0 π 2π t

续　表

名　称	测试点	波　形
整流输出 （不接 C_1、C_2、D_Z）	Ⓓ、Ⓔ （断开 D_2 与 D_4 间连接， 形成半波整流）	U_{DE} 0　π　2π　t
	Ⓓ、Ⓔ （D_2 与 D_4 间连接， 形成全波整流）	U_{DE} 0　π　2π　t

14.4.2　开放实验

实验 14-2　研究电源电压变化对直流稳压电源的影响

该实验可采用 Multisim 仿真软件实现或采用实际元器件搭接完成。

1. 在如图 14-3 所示的电路和电源变压器之间加入自耦调压器，如图 14-4 所示。

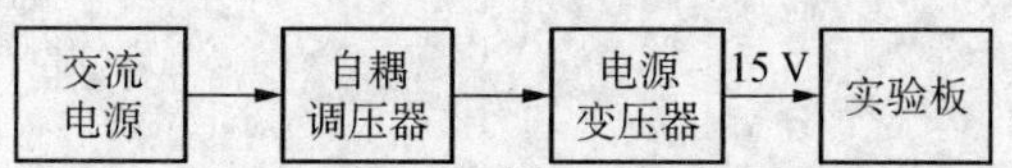

图 14-4　在电源和变压器间加入自耦调压器

2. 在实验板上连接 D_2、D_4，接入 C_1，断开 C_2、D_Z，调节自耦调压器，观察电路输出电压值的变化，完成表 14-5。

表 14-5　整流、滤波电路输出变压与输入电压的关系（接 C_1，不接 C_2、D_Z）

U_i(V)	170	180	190	200	210	220	230	240	250
U_o(V)									

3. D_2、D_4 连接，接入 C_1、C_2 和 D_Z，调节自耦调压器，观察电路输出电压值的变化，完成表 14-6。

表 14-6　整流、滤波与稳压电路输出变压与输入电压的关系（接 C_1、C_2 和 D_Z）

U_i(V)	170	180	190	200	210	220	230	240	250
U_o(V)									

实验 14-3　晶体二极管的极性和质量判别

晶体二极管具有单向导电性，其正向电阻小（一般为几百欧）而反向电阻大（一般为几十千欧至几百千欧），利用该特点可以使用万用表对其进行极性和质量好坏判别。

（1）二极管极性判别；

（2）二极管质量判别。

判别方法请参见附录“常用电子元器件的判别”。

对于稳压管的极性判别可以使用相同的方法。

14.5 预习思考题

1. 稳压管起稳压作用的条件是什么?

2. 在整流、滤波与稳压电路中,各级输出电压的关系是什么?

14.6 分析与讨论

1. 稳压管 2CW17 的极性如果接反了,会产生什么结果?

2. 根据表 14-1、表 14-2 和表 14-3 画出电路的外特性曲线,并分析负载发生变化时,输出电压发生变化的原理。

3. 根据表 14-5 和表 14-6,分析电路的稳压范围分别是多少?

14.7 实验注意事项

1. 注意示波器探极的正确使用。

2. 使用直流仪表时,注意仪表的极性。

3. 使用自耦调压器时注意入端、出端要分清,火线、地线要分清,调节要从零开始。

实验 15　集成直流稳压电路

15.1　实验目的

1. 学习集成稳压器件的特点。
2. 查阅资料,熟悉一种集成稳压电路的工作原理。
3. 自行设计、搭接一个集成直流稳压电源。

15.2　预备知识

随着半导体工艺的发展,出现了稳压电路集成器件。集成稳压器件具有体积小、可靠性高和使用方便等优点,下面介绍输出电压固定式三端稳压器件。

1. 三端固定集成稳压器的特点

三端固定集成稳压器包含 78XX 和 79XX 两大系列。78XX 系列输出正电压,79XX 系列输出负电压。型号的末尾两位数字表示输出电压值。如型号为 7805、7905 的三端集成稳压器,输出电压分别为 5 V 和－5 V。三端固定集成稳压器的最大特点是稳压性能良好,外围元件简单,安装调试方便,价格低廉,现已成为集成稳压器的主流产品。

2. 三端固定集成稳压器封装形式

根据集成稳压器本身功耗的大小,三端固定集成稳压器封装形式分为塑料封装和金属壳封装,两者的最大功耗分别为 10 W 和 20 W(加散热器),如图 15－1 所示。塑料封装式集成稳压器管脚排列如图 15－2 所示。79XX 与 78XX 的外形相同,但管脚排列顺序不同,78XX 系列的三个管脚的电位关系为:$U_i > U_o > U_{GND}$(0 V)。其中 U_i 为输入端,U_o 为输出端,GND 是公共端(地)。79XX 系列的三个管脚的电位关系为:U_{GND}(0 V)$> -U_o > -U_i$。

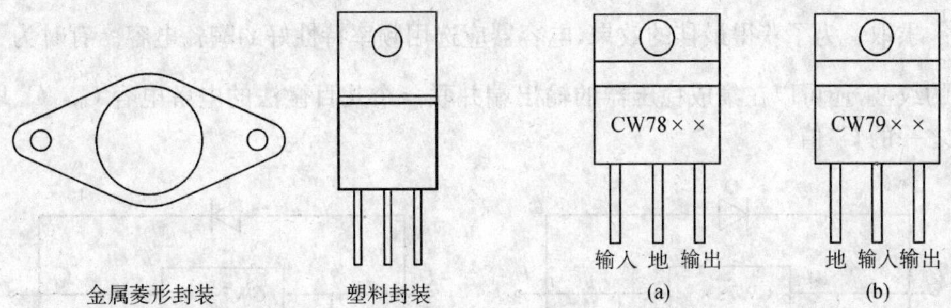

图 15－1　三端固定输出集成稳压器外形图　　图15－2　三端固定输出集成稳压器管脚排列图

3. 稳压器输入电压值的确定

为了使稳压器工作在最佳状态及获得理想的稳压指标,输入电压也有最小值的要求。在确定输入电压 U_i 时,通常考虑如下因素:稳压器输出电压 U_o,稳压器输入和输出之间的最小压差 $(U_i-U_o)_{min}$,稳压器输入电压的纹波电压 U_{RIP},电网电压的波动引起的输入电压的变化 ΔU_i。U_{RIP} 一般取 U_o、$(U_i-U_o)_{min}$ 之和的 10%,ΔU_i 一般取 U_o、$(U_i-U_o)_{min}$、U_{RIP} 之和的 10%。例如对于输出为 5 V 的集成稳压器,其最小输入电压 U_{imin} 为:

$$U_{imin}=U_o+(U_i-U_o)_{min}+U_{RIP}+\Delta U_i=5+2+0.7+0.77\approx 8.5(\text{V})$$

对于 78XX 和 79XX 系列三端集成稳压器，输入输出端最小压差一般为 3～5 V 时，稳压器具有较好的稳压输出特性。当输出电流大于 300 mA 时，稳压器需另接散热片。

4. 集成稳压电源主要性能指标

集成稳压电源使用时主要考虑以下性能指标。

(1) 输出电压 U_o。

(2) 最大负载电流 I_o。

(3) 输出电阻 R_o。输出电阻定义为当输入电压不变时，由于负载变化引起的输出电压的变化量与输出电流变化量之比，即：

$$R_o=\left.\frac{\Delta U_o}{\Delta I_o}\right|_{U_i=\text{常数}}$$

(4) 稳压系数。稳压系数定义为：当负载保持不变时，输出电压相对变化量与输入电压相对变化量之比，即：

$$S=\left.\frac{\dfrac{\Delta U_o}{U_o}}{\dfrac{\Delta U_i}{U_i}}\right|_{R_L=\text{常数}}$$

(5) 输出纹波电压。输出纹波电压指在额定负载条件下，输出电压中所含交流分量的有效值(或峰值)。

5. 集成稳压器典型应用实例

(1) 单电压输出电路

三端固定集成稳压器的典型应用电路如图 15-3 所示。图 15-3(a)适合 78XX 系列，U_i、U_o 均是正值；图 15-3(b)适合 79XX 系列，U_i、U_o 均是负值；其中 U_i 是整流滤波电路的输出电压。在靠近三端集成稳压器输入、输出端处一般要接入电容 C_1、C_2 和 C_3。其中，C_1 是高频脉冲旁路电容，C_2 是改善输出瞬变特性电容，C_3 是滤波电容。全波整流时，C_3 的取值按 $R_LC_3\geqslant(3\sim 5)\dfrac{T}{2}$ 求取。为了获得最佳的效果，电容器应选用频率特性好的陶瓷电容。有时为了减小输出电压的纹波，还可以在集成稳压器的输出端并联一个几百微法的电解电容 C_o，C_o 取值一般为十分之一的 C_3 值。

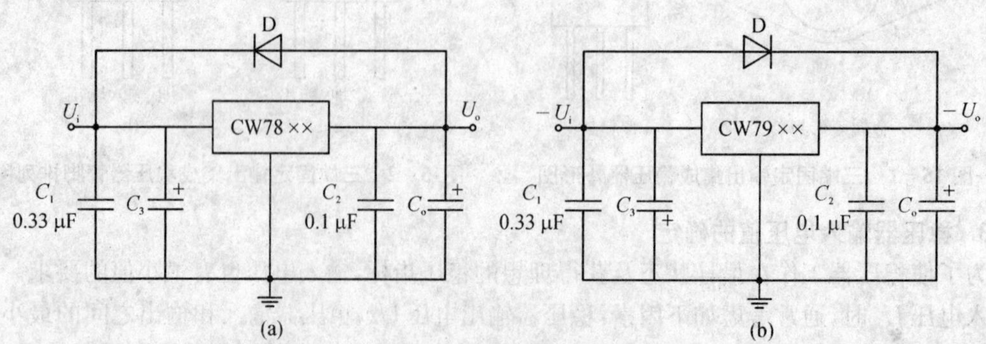

图 15-3　三端固定集成稳压器的典型应用电路

三端固定集成稳压器内部具有完善的保护电路，一旦输出发生过载或短路，可自动限制器件内部的结温不超过额定值。但若器件使用条件超出其规定的最大限制范围或应用电路设计处理不当，也是要损坏器件的。例如当输出端接比较大电容时（$C_o > 25\ \mu F$），一旦稳压器的输入端出现短路，输出端电容器上储存的电荷将通过集成稳压器内部调整管的发射极——基极 PN 结泄放电荷，因大容量电容器释放能量比较大，故也可能造成集成稳压器损坏。为防止这一点，一般可在稳压器的输入和输出之间跨接一个二极管（图 15－3），稳压器正常工作时，该二极管处于截止状态，当输入端突然短路时，二极管为输出电容器 C_o 提供泄放通路。

（2）输出正负电压的稳压电路

当需要同时输出正、负两组电压时，可选用正负两块稳压器。例如利用 CW7812 和 CW7912 集成稳压器，可以非常方便地组成±12 V 输出的稳压电源，其电路如图 15－4 所示。该电源仅用了一组整流电路，节约了成本。

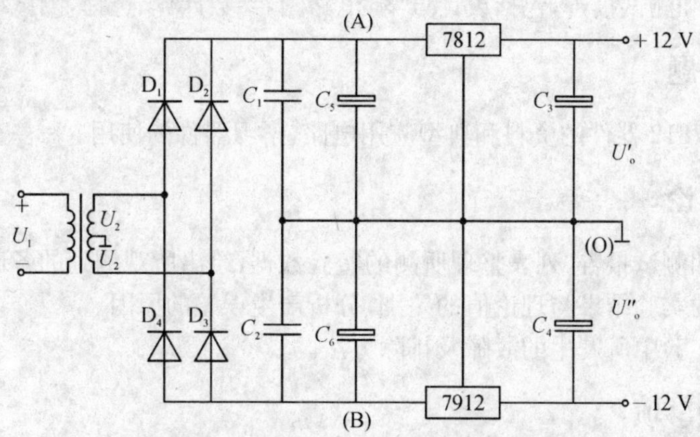

图 15－4　三端集成稳压器构成的直流稳压电路

图 15－4 中，U_1 为 220 V 交流输入，U_2 为 15 V 交流输出；D_1、D_2、D_3、D_4 为四个 1N4007 二极管组成桥式整流，C_5、C_6 可选 2 200 μF/25 V 的电解电容；C_1、C_2 可选 0.33 μF/63 V 电容；C_3、C_4 可选用 0.1 μF/63 V 的电解电容。

15.3　实验设备

（1）变压器　（2）示波器　（3）万用表　（4）交流毫伏表

（5）稳压块、二极管、电容等元器件

15.4　实验内容

本实验为设计型实验，要通过查阅资料，自行设计并实现一个小功率直流稳压电路。设计要求如下：

（1）输入交流电压 220 V±10%，$f = 50$ Hz；

（2）输出直流电压 $U_o = \pm 12$ V±2%；

（3）输出电流 ≤ 300 mA（不带散热器）；

（4）输出电阻 ≤ 0.1 Ω。

实验步骤：

（1）按设计题目查阅资料，设计电路，画出电路图，给出电路中元器件的型号和参数。

（2）组装电路并调试，若测试结果不满足设计要求，一方面自行检查线路，排除故障；另一方面重新调整电路参数，达到设计要求。

(3) 测试：

① 参考图 15-4，电路接好后在(A)点处断开，观察并记录 U_A 的波形，测量其大小，然后接通(A)点后面的电路，观察 U'_o 的波形并测量其大小；

② 参考图 15-4，电路接好后在(B)点处断开，观察并记录 U_B 的波形，测量其大小，然后接通(B)点后面的电路，观察 U''_o 的波形并测量其大小；

③ 在 U_1 两端接入调压器，调节调压器，使 U_1 按 220 V±10%变化，观察输出电压 U'_O、U''_O 的变化；

④ 在 U'_o 两端或 U''_o 两端接入负载，改变负载(负载支路电流在 0～300 mA 范围内变化)，观察输出电压的变化。

(4) 写出设计和测试报告，包括设计方案，电路图，参数计算、选择，测试结果和实验心得。

15.5 预习思考题

查找 7912 和 7812 器件的资料和典型应用电路，学习器件的使用。

15.6 分析与讨论

1. 撰写设计和测试报告，列表整理所测的实验数据，绘出所观测到的各部分波形。
2. 分析所测的实验结果与理论值的差别，分析产生误差的原因。
3. 简要叙述实验中所发生的故障及排除方法。

15.7 实验注意事项

1. 注意电解电容的极性和耐压值。
2. 设计时需注意稳压器输入端和输出端之间的最小压差，以及稳压器的最大输出电流值。
3. 不同型号，不同封装的集成稳压器的管脚定义不同，使用时一定要先查手册。

实验 16　可控半波整流及交流调压电路

16.1　实验目的

1. 掌握单结晶体管触发电路的工作原理及各元件的作用。
2. 以晶闸管灯光控制电路为例，学习可控整流和交流调压电路的实现方法。
3. 学习用万用表检查晶闸管的方法。

16.2　预备知识

1. 晶闸管

晶闸管(Silicon Controlled Rectifier，SCR)，又名可控硅，是在晶体管基础上发展起来的一种大功率半导体器件。它的出现使半导体器件的应用由弱电领域扩展到强电领域。晶闸管也像半导体二极管那样具有单向导电性，但它的导通时间是可控的，主要用于整流、逆变、调压及开关等方面。

晶闸管是一种 PNPN 四层三端的功率半导体器件，相当于 PNP 和 NPN 型两个晶体管的组合，如图 16－1 所示。

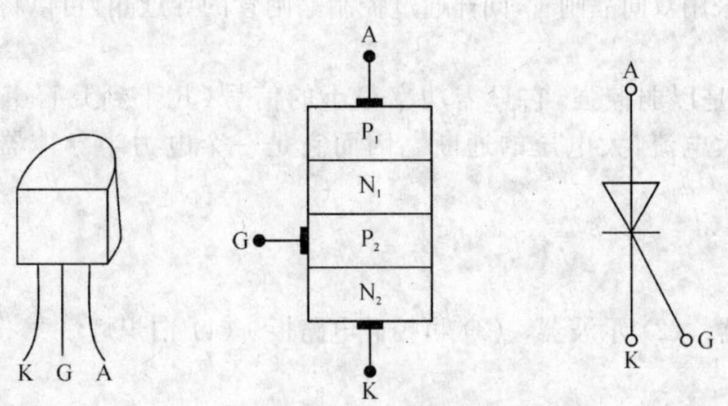

图 16－1　晶闸管外观、等效图和符号图

晶闸管具有三个极：阳极(A)、阴极(K)和控制极(G)。晶闸管的导通必须同时具备两个条件：①阳极与阴极之间加正向电压；②控制极与阴极之间加正向电压。

晶闸管正向导通程度受控制极触发脉冲控制。晶闸管一旦导通，控制极脉冲就失去作用。

要使晶闸管阻断(截止)，必须具备下列三个条件之一：切断阳极电源、阳极电压反向或将阳极电流减小到某一数值以下。

2. 单结晶体管

单结晶体管的外形很像晶体三极管，它也有三个电极，即发射极 E、第一基极 B_1、第二基极 B_2，因为有两个基极，故又叫双基极二极管。因为只有一个 PN 结，所以又称为单结晶体管。其电路符号、等效电路和外形如图 16－2 所示。

利用单结晶体管和电阻、电容可以构成振荡电路，向晶闸管控制极提供触发脉冲。通过控制触发脉冲的出现时间，可以控制晶闸管的导通角，从而实现可控整流或者交流调压。

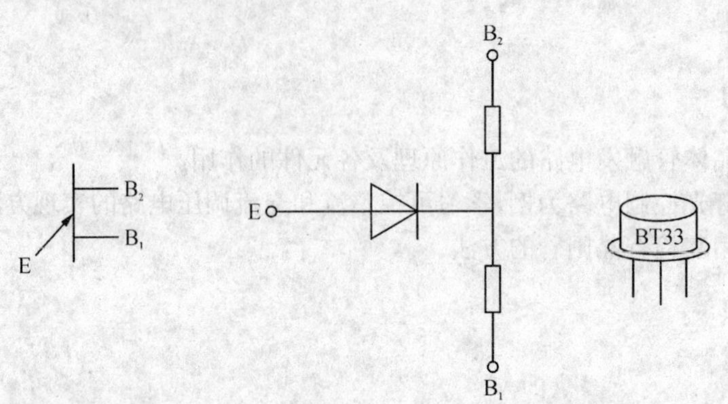

图 16-2 单结晶体管符号、等效图和外观图

3. 晶闸管可控整流和交流调压

以单向晶闸管代替整流电路中的二极管，由单结晶体管振荡电路产生触发脉冲，构成晶闸管可控整流电路，如图 16-3 所示。该电路通过控制触发脉冲出现的时间，控制单向晶闸管的导通角，从而把交流电变换为电压值可以调节的直流电。

交流调压电路采用双向晶闸管，同样通过控制晶闸管的导通角，可以将正弦交流电变成大小可调的交流电。

晶闸管的特点是以弱控强，它只需功率很小的信号（几十到几百毫安的电流，2～3 V 的电压）就可控制大电流、大电压的通断。因而它是一个电力半导体器件，可被应用于强电系统。

16.3 实验设备

（1）电源变压器 （2）示波器 （3）可控硅电路板 （4）白炽灯

16.4 实验内容

实验 16-1 晶闸管可控整流电路

1. 实验电路如图 16-3 所示。

2. 连接主电路和触发电路：将(X)与(O)连接，(D)与(E)连接。

3. 可控整流电路：将(X)与(1)连接，接通电源，调节 100 kΩ 的电位器 R_W，观察白炽灯的亮度是否变化，如有变化，说明线路能正常工作，否则切断电源后检查线路。

4. 测绘触发电路波形：线路正常工作后，切断主电路（拔去灯泡），用示波器观察图 16-3 中测试点 U_{AO}、U_{BO}、U_{CO}、U_{EO}的波形，并把他们描绘下来，记录在图16-4中。

5. 测绘主电路负载波形：将主电路接通（灯泡插上），用示波器观察灯泡 R_L 上的波形 U_{GF}，即通过可控硅的电压波形，记录在图 16-4 中。

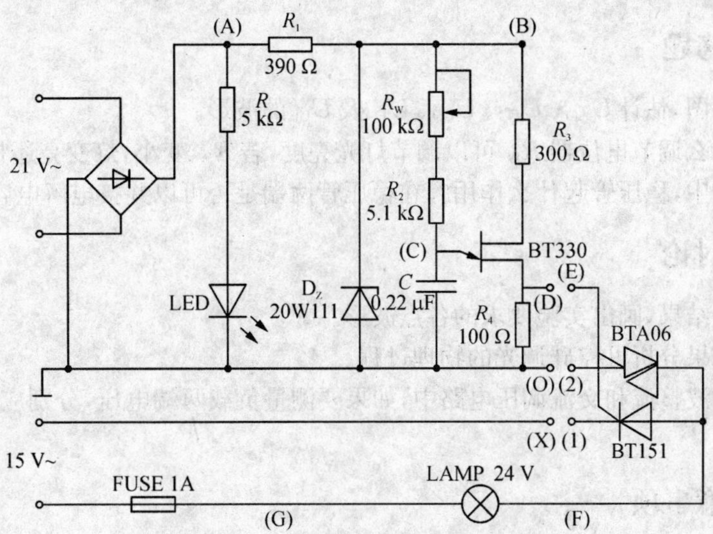

图 16-3　可控硅整流和调压电路

实验 16-2　晶闸管交流调压电路

1. 实验电路如图 16-3 所示。

2. 连接主电路和触发电路：将(X)与(O)连接，(D)与(E)连接。

3. 交流调压电路：(X)与(2)连接，用示波器再次观察 R_L 上的波形 U_{GF}，并绘制在图 16-4中。

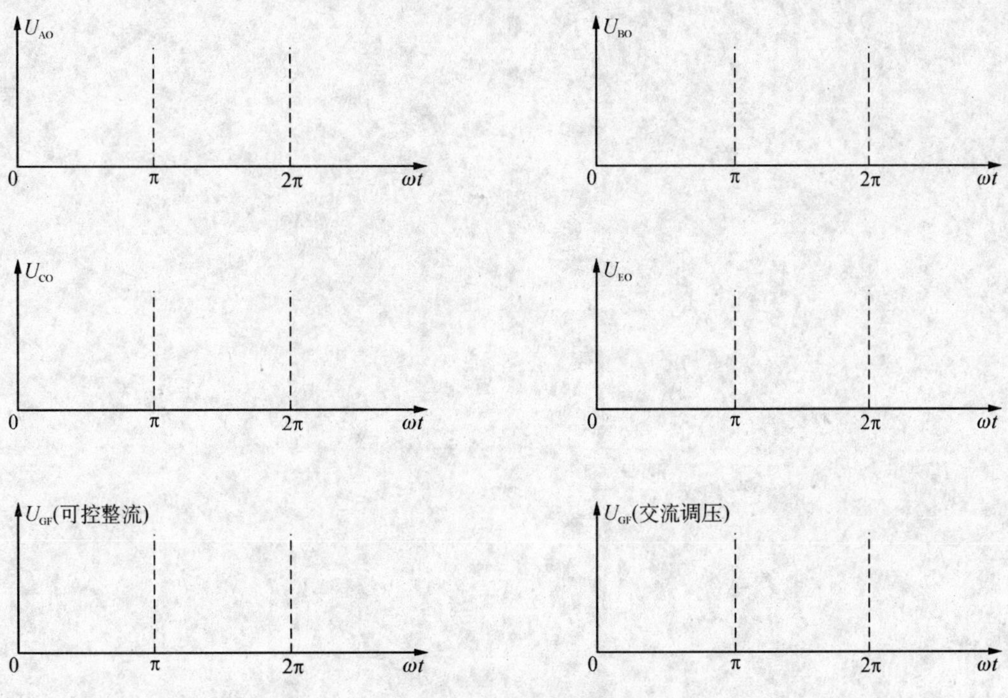

图 16-4　测绘波形图

注意：绘图时，在 0～π 内，画 2～3 次充放电为好。请特别注意各波形的对应点。

16.5 预习思考题

1. 根据电路图，估计 U_{AO}、U_{BO}、U_{CO}、U_{EO}及 U_{GF}的波形。
2. 思考为什么调节电位器 R_W 可以调节灯光亮度，若 R_W 变小，灯变亮还是变暗？
3. 在该实验中，稳压管起什么作用？在稳压管两端是否可以并接电解电容 C？

16.6 分析与讨论

1. 整理实验结果，画出实验要求的各点波形。
2. 由实验结果分析可控硅调光的物理过程。
3. 在可控半波整流和交流调压电路中，如果要测量负载两端电压，分别应该用电压表的哪个挡？

16.7 实验注意事项

示波器的接地端应和实验线路的接地端(O)连接在一起。

实验 17　运算放大器的线性应用

17.1　实验目的

1. 了解集成运算放大器的性能和基本使用方法。
2. 利用集成运算放大器构成基本线性应用电路：比例器、跟随器、加法器和减法器。
3. 掌握比例器、跟随器、加法器和减法器的工作原理和调试方法。

17.2　预备知识

1. 集成运算放大器简介

集成电路是在半导体晶体管制造工艺的基础上发展起来的新型电子器件，它将晶体管和电阻、电容等元件同时制作在一块半导体硅片上，并按需要连接成具有某种功能的电路，然后加外壳封装成一个电路单元。

集成运算放大器是集成电路中常见的器件，是一个具有两个不同相位的输入端和高增益的直流放大器。因其具有高输入电阻、低输出电阻和高共模抑制比等特点，现已得到广泛应用。

常用的集成运算放大器有单运放 μA741（LM741、CP741 等均属同一型号产品）、双运放 μA747、四运放 μA324 等。不同型号的运放管脚功能不一样，使用时需根据产品说明书查明各管脚的具体功能。例如 741 有金属圆壳封装，也有双列直插式封装。其管脚排列与定位点如图 17－1 和图 17－2 所示。其中金属圆壳封装定位点对准最后一只脚，而双列直插式封装管脚编号通常是从正面左下端参考标志开始按逆时针顺序依次为 1，2，3，…，8。

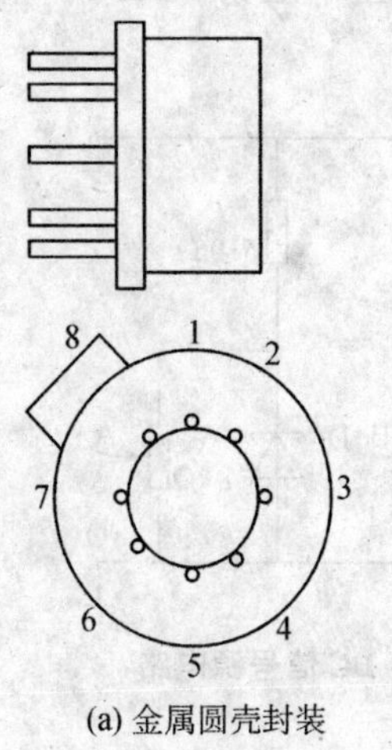

(a) 金属圆壳封装

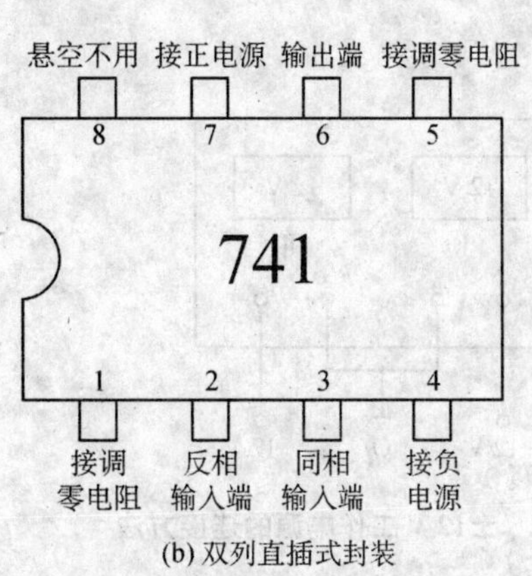

(b) 双列直插式封装

图 17－1　集成运放 741 封装形式与定位点

2. 运算放大器的引脚

运算放大器在电路图中通常只画出三个引脚，即同相输入端、反相输入端和输出端。其他引脚通常不画出来。但实际应用中需要注意运算放大器还有电源引脚（一般有正负电源）和公共端，有的还有调零端，如图 17－1(b)所示。

3. 运算放大器调零

运算放大器电路是由多级直接耦合的放大电路所组成的高放大倍数的多级放大器。为了抑制零点漂移，通常运算放大器第一级采用差分电路结构，但是由于制造工艺的原因，差分电路中的元器件参数很难保证完全对称。这样当输入信号为零时，电路输出信号通常不为零，形成"假信号"。当放大电路输入放大信号后，这个假信号伴随放大信号共存于放大电路，互相纠缠，难以分辨。因而运算放大器使用前首先要调零。

4. 运算放大器的线性应用

集成运算放大器既可以工作在线性区，也可以工作在非线性区(饱和区)。由于集成运放开环电压放大倍数非常高，一旦做开环应用，它必然工作在饱和区。为了使运算放大器工作在线性区，必须引入深度负反馈。当集成运放工作在线性区时，在外部反馈网络的配合下，输出信号和输入信号之间可以灵活地实现各种特定的函数关系。其输入与输出间的运算关系取决于反馈电路的结构和参数，而与运算放大器本身的参数无关。

17.3 实验设备

(1) 直流稳压电源 (2) 万用表 (3) DC 信号源电路板 (4) 集成运算放大电路板

17.4 实验内容

17.4.1 必做实验

实验 17－1 正负电源的产生

为了给运算放大器提供±12 V 双路工作电源，调节稳压电源双路输出旋钮，使稳压电源的双路输出Ⅰ和Ⅱ均为 12 V。关闭电源，将Ⅰ路的负极端子和Ⅱ路的正极端子连接，并与电路板的公共地 O 连接，如图 17－2 所示。此时，Ⅰ路的正极端子输出电压为＋12 V，Ⅱ路的负极端子输出电压为－12 V，关闭电源待用。

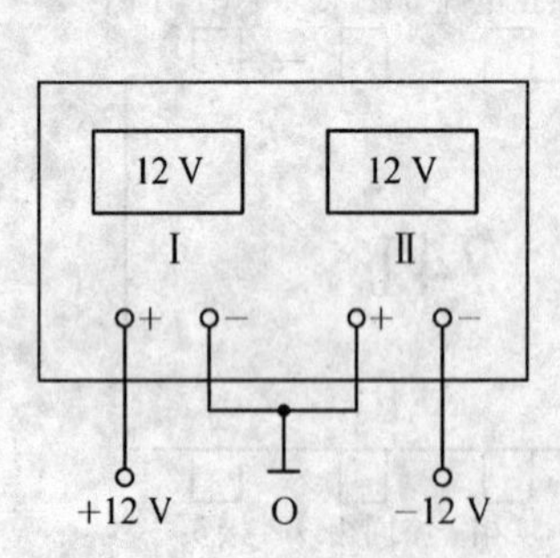

图 17－2 ±12 V 工作电源的连接方法

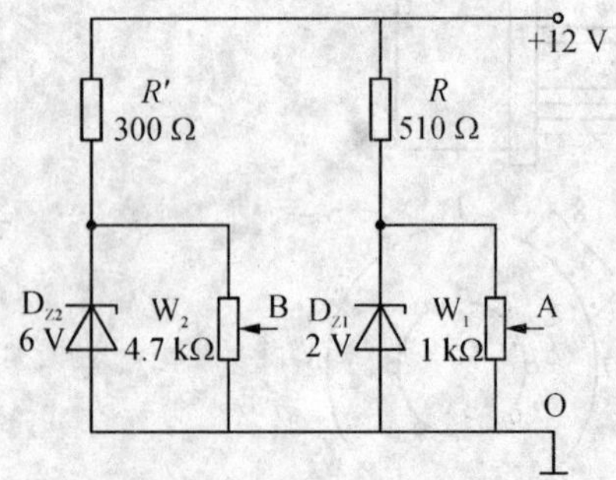

图 17－3 DC 信号源电路

实验 17－2 输入信号的产生

为了给运算放大电路提供信号，DC 信号源产生电路如图 17－3 所示。在图 17－3 中，调节可调电阻 W_1，U_{AO}可以从 0 V 变到 2 V 左右；调节可调电阻 W_2，U_{BO}可以从 0 V 变到 6 V 左右。U_{AO}、U_{BO}就是运算放大器电路所需的输入信号，其大小可以由万用表直流电压挡测量。

注意：在使用时，DC 信号源电路板上的 O 点必须与集成运算放大电路板上的 O 点连接。

实验 17-3　运算放大器的调零

电路如图 17-4 所示。

741 运算放大器在使用之前首先要调零。即在输入信号为零时，调节外接可调电位器 W_3，使放大器的输出 U_o 为零。运算放大器的调零步骤如下：

(1) 将实验 17-1 中调节好的 ±12 V 双路工作电源分别加到集成运放的 7 和 4 脚，我们将此时的电路连线状态称为"初始状态"。

(2) 将运算放大器同相输入和反相输入端（即实验板上④、⑤点）接地，使输入信号为零。

(3) 调节 W_3，使 $U_o = 0$。为了保证调零准确，选用万用表的直流电压小量程挡测量 U_o。

(4) 调节完成后，W_3 应保持不变。在以后的实验中，若动过 W_3，则需要重新调零。

(5) 恢复运算放大器同相输入和反相输入端（即实验板上④、⑤点）为初始状态（不接地）。

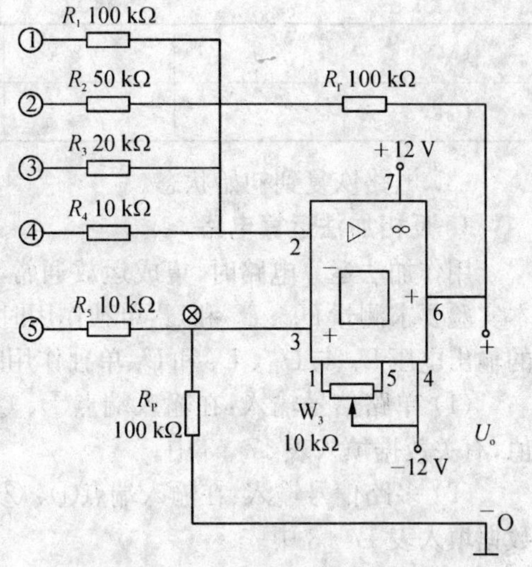

图 17-4　集成运算放大器电路图

实验 17-4　运算放大器的线性应用电路

运算放大器的线性应用电路包括反相比例运算、跟随器，反相加法器和减法器四个实验。实验电路如图 17-4 所示。

1. 反相比例运算电路和"虚地"电位的测量

用作反相比例运算时，集成运放在反相输入方式下工作。实验要求测量输入输出电压之间的对应关系以及测量"虚地"电位。

(1) 在反相比例运算电路中，同相输入端⑤接地，反相输入端④与图 17-3 中 DC 信号源的 A 点相连接。

(2) 按表 17-1 的要求调节 W_1，使输入电压 U_i 从 0 V 到 1 V 变化，用万用表测量 U_o 的数值，记入表内。

(3) "虚地"电位的测量：在 $U_i = 1$ V 时，用万用表的直流挡测集成运放反相输入端（管脚 2）对地的电压 $U =$ ________。

(4) 电路恢复到初始状态。

表 17-1　反相比例运算电路数据记录表

U_i(V)	0	0.1	0.2	0.3	0.5	1.0
U_o(V)						

2. 电压跟随器

用作电压跟随器时，集成运放在同相输入方式下工作，反馈电阻为零。实验要求测量输入输出电压之间的对应关系。

(1) 将图 17-4 中的反馈电阻 R_f 短路。

(2) 输入端④接地，⊗端接 DC 信号源 A 点，调节 W_1，使 U_i 从 0 V 到 1 V 变化，测出相应的输出电压 U_o，记入表 17－2。当 U_i 大于 1 V 时，⊗端接 DC 信号源 B 点，调节 W_2，使 U_i 从 2 V到 3 V 变化，继续测出相应的输出电压 U_o，并记入表 17－2。

表 17－2　电压跟随器数据记录表

U_i(V)	0	0.3	0.5	1.0	1.5	3
U_o(V)						

(3) 电路恢复到初始状态。

3. 反相加法运算电路

用作加法运算电路时，集成运放通常工作在反相输入模式下，有多路信号从反相端输入。本实验要求测量 U_{i1}、U_{i2} 和 U_{i3} 单独作用时输入输出电压之间的对应关系，以及验证多路输入时的输出电压 U_o 与 U_{i1}、U_{i2} 和 U_{i3} 单独作用时输出电压 U_{o1}、U_{o2} 和 U_{o3} 之间的关系。

(1) 单路信号输入：在输入端点①、②和③分别加入输入信号 $U_i = 1$ V，测出相应的 U_o 值，有关数据填入表 17－3 中。

(2) 多路信号输入：在输入端点①、②和③同时加入输入信号 $U_i = 1$ V，测量 U_o 值，有关数据填入表 17－3 中。

(3) 电路恢复到初始状态。

表 17－3　加法运算电路数据记录表

U_i(V)	$U_{i1} = 1$ V U_{i2}，U_{i3} 不接	$U_{i2} = 1$ V U_{i1}，U_{i3} 不接	$U_{i3} = 1$ V U_{i2}，U_{i1} 不接	$U_{i1} = U_{i2} = U_{i3} = 1$ V
U_o(V)				

4. 减法运算

用作减法运算电路时，集成运放正反相端均有信号输入。本实验要求测量输入输出电压之间的对应关系，以及验证双路信号输入时的输出电压 U_o 与 U_{i1}、U_{i2} 单独作用时输出电压 U_{o1}、U_{o2} 之间的关系。

(1) 反相端信号输入：⑤点接地，④点和图 17－3 中 DC 信号源的 A 点连接，调节 W_1，使④点的输入电压 $U_{i1} = 0.5$ V，测量 U_o，记录在表 17－4 中。

(2) 同相端信号输入：④点接地，⑤点和图 17－3 中 DC 信号源的 B 点连接，调节 W_2，使⑤点的输入电压 $U_{i2} = 1$ V，测量 U_o，记录在表 17－4 中。

(3) 双路信号输入：将⑤点和图 17－3 中 DC 信号源的 B 点连接；④点和 A 点连接，测量 U_o，记录在表 17－4 中。

表 17－4　减法电路数据记录表

U_i(V)	$U_{i1} = 0.5$ V	$U_{i2} = 1$ V	$U_{i2} = 1$ V，$U_{i1} = 0.5$ V
U_o(V)			

17.4.2　开放实验

实验 17－5　设计一个运算放大器电路

本实验为设计实验。

给出一块 F007，若干电阻，请设计能实现如下运算的电路：

$$U_o = 2(U_{i1} - U_{i2})$$

通过实验验证设计的正确性。将设计图及方案交给指导老师审查后，方可进行实验。

17.5　预习思考题

1. 按本次实验电路图，从理论上分析运算放大器作为反相比例运算、跟随器、反相加法器和减法器时输出与输入电压之间的关系，填入下表。

	U_o 与 U_i 的关系
反相比例运算	
跟随器	
反相加法器	
减法器	

2. 运用叠加原理，从理论上计算本次实验中反相加法电路和减法电路的输出电压。

3. 为什么反相输入电路中，反相输入端会出现“虚地”？

17.6　分析与讨论

1. 运算放大器为什么要调零？

2. 将反相比例运算、跟随器、反相加法器和减法器电路的实验结果和预习思考题中的理论分析结果相比较。

3. 根据反相加法器和减法器电路分析双端输入电路与单端输入电路之间的关系。

17.7　实验注意事项

1. 注意±12 V 的电源接法。

2. 在使用时，DC 信号源产生电路板上的 O 点必须与集成运算放大电路板上的 O 点连接。

3. 注意集成运放各引脚的使用。

实验 18　集成运算放大器的综合应用

18.1　实验目的

1. 了解数字式温度表的基本构成。
2. 熟悉数字温度表的工作原理。
3. 掌握电阻/电压转换电路、电压放大电路的设计方法。
4. 学会电子系统测量和调试技术。

18.2　预备知识

数字式温度表是由电阻/电压转换电路、放大电路、A/D 转换器、译码驱动、数字显示等电路模块构成的测量系统，如图 18-1 所示。

电阻/电压
转换电路
放大
A/D转换
译码
驱动
数字
显示

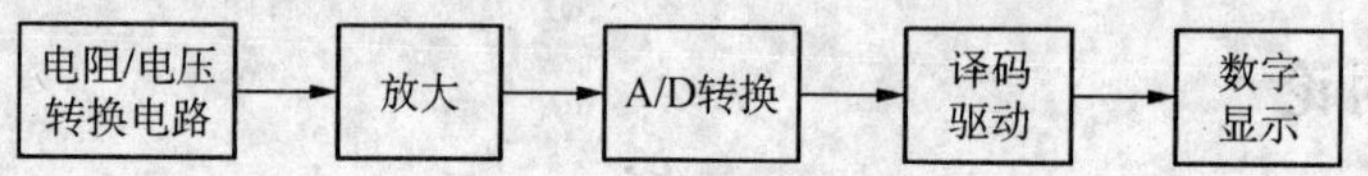

图 18-1　数字式温度表整体构成框图

1. 电阻/电压转换电路

铂电阻的电阻值随温度而变化，如表 18-1 所示。在温度测量中，通常采用桥路来实现电阻量到电压量的转换。可参考图 18-2，图中 R_t 是铂电阻 Pt100。

表 18-1　Pt100 铂电阻 0～200℃分度表

温度(℃)	电阻值(Ω)	温度(℃)	电阻值(Ω)	温度(℃)	电阻值(Ω)	温度(℃)	电阻值(Ω)
0	100	50	119.40	100	138.50	150	157.31
10	103.90	60	123.24	110	142.29	160	161.04
20	107.79	70	127.07	120	146.06	170	164.76
30	111.67	80	130.89	130	149.82	180	168.46
40	115.54	90	134.70	140	153.58	190	172.16
						200	175.84

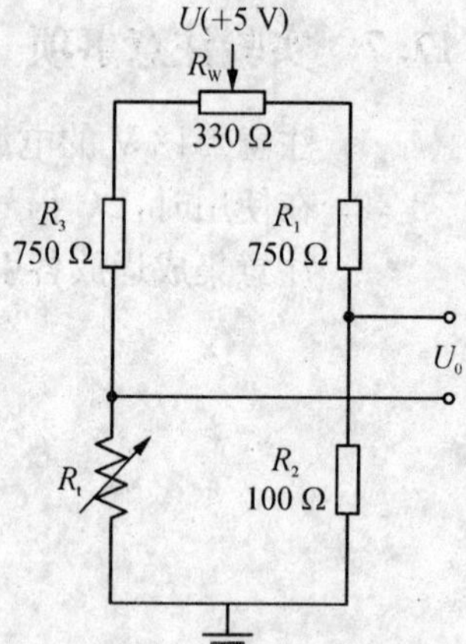

U(+5 V)
R_W
330 Ω
R_3
750 Ω
R_1
750 Ω
U_0
R_t
R_2
100 Ω

图 18-2　热电阻测量桥路

2. 放大电路

在精密测量仪器中，要使用高质量的差分放大器，要求其输入阻抗高，共模抑制比高，漂移小。这种放大器有组件式的，也有集成电路的。图 18-3 就是用运算放大器组成的仪表放大器，其中 A_1、A_2 要求是采用低漂移集成运算放大器。

其中 A_1、A_2 的差模增益 K_1 可按下面式子推出：

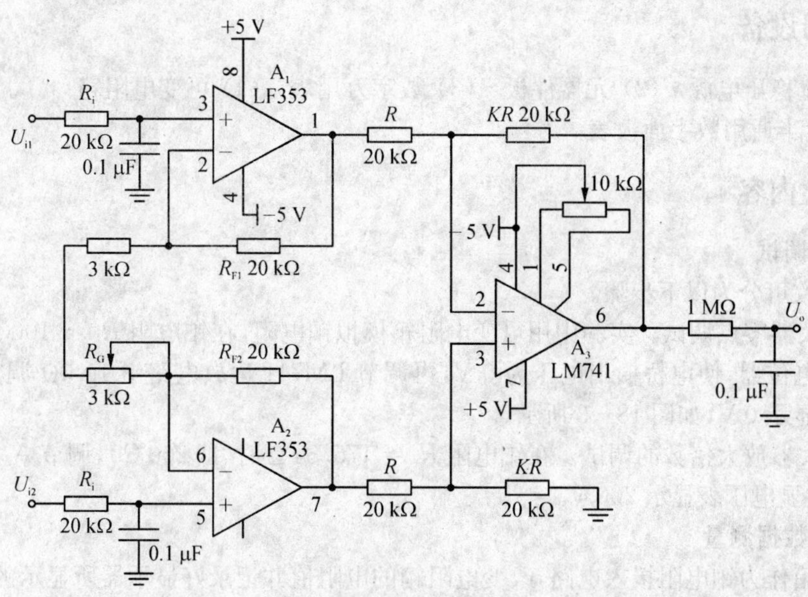

图 18-3　用运算放大器组成的仪表放大器

$$\frac{U_{o2}-U_{i2}}{R_{F2}}=\frac{U_{i1}-U_{o1}}{R_{F1}}=\frac{U_{i2}-U_{i1}}{R_G},\ U_{o2}-U_{o1}=\left(1+\frac{R_{F1}+R_{F2}}{R_G}\right)(U_{i2}-U_{i1})$$

解得：$K_1=1+\dfrac{R_{F1}+R_{F2}}{R_G}$

当 $R_{F1}=R_{F2}=R_F$ 时，$K_1=1+\dfrac{2R_F}{R_G}$。

A_3 的差模增益　　　　　　　　$K_2=\dfrac{KR}{R}=K$。

当 $K=1$ 时，$K_2=1$，因此放大器增益 $K_V=K_1K_2=\left(1+\dfrac{R_{F1}+R_{F2}}{R_G}\right)K$。

当 $R_{F1}=R_{F2}=R_F$ 和 $K=1$ 时，$K_V=1+\dfrac{2R_F}{R_G}$

3. A/D 转换、译码驱动和数字显示部分由 3 位半数显电压表完成

数显电压表结构图如图 18-4 所示。

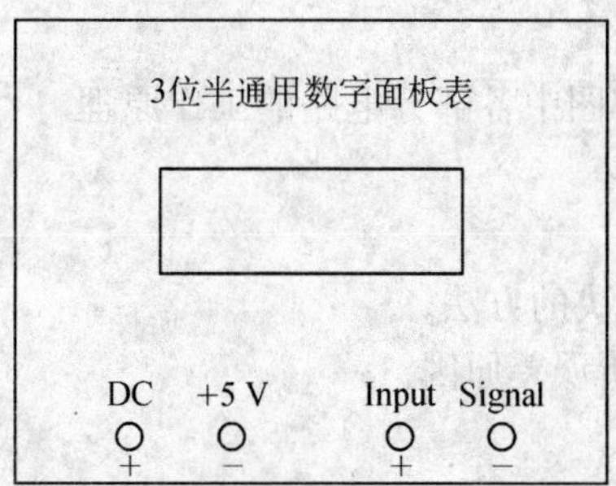

图 18-4　仪表放大电路和数显电压表面板

18.3 仪器设备

(1) 直流稳压电源 (2) 元器件板 (3) 数字万用表 (4) 可变电阻箱
(5) 3 位半通用数字面板表

18.4 实验内容

1. 电路调试

调试大致可分为以下步骤。

(1) 放大器零点调试。实验中用可变电阻箱模拟铂电阻,在铂电阻 $R_t = 100\ \Omega$ 时,调节电桥中 330 Ω 电位器,使电桥输出电压为 0 V,再调节 LM741 运放电路中 10 kΩ 调零电位器,使数显电压表显示 0 V,如图 18-3 所示。

(2) 放大器放大倍数的调试。在铂电阻 $R_t = 175.84\ \Omega$ 时(即 200℃),调节 A_1 模块中 3 kΩ 电位器,使数显电压表显示 200 V。

2. 实验数据测量

用电阻箱作为铂电阻接入电路,改变电阻箱的电阻值并记录好显示器所显示的相应的温度值。对照铂电阻的电阻-温度分度表,计算各点误差,以表 18-2 的形式表示。

表 18-2 温度显示仪误差测试表

温度(℃)	电阻值(Ω)	显示温度(℃)	误差(℃)	温度(℃)	电阻值(Ω)	显示温度(℃)	误差(℃)
0	100			110	142.29		
10	103.90			120	146.06		
20	107.79			130	149.82		
30	111.67			140	153.58		
40	115.54			150	157.31		
50	119.40			160	161.04		
60	123.24			170	164.76		
70	127.07			180	168.46		
80	130.89			190	172.16		
90	134.70			200	175.84		
100	138.50						

18.5 预习思考题

画出总体实验电路图,理解图中各部分电路的工作原理。

18.6 分析与讨论

1. 调试中出现的问题及解决的方法。
2. 根据实验测量结果,分析误差原因。

18.7 实验注意事项

发现电路有问题,不能正常工作,如电源短路或某些元件过热或电路没有任何反应时,应立即断开电源并检查原因。

实验 19　集成逻辑门电路

19.1　实验目的

1. 熟悉 TTL 与非门的外形及管脚排列。
2. 掌握 TTL 门电路逻辑功能的测试方法。
3. 熟悉与非门主要逻辑功能的应用。

19.2　预备知识

本实验所使用的 TTL 集成电路与非门是 74LS00，其封装形式为双列直插（DIP），芯片的电路结构和引脚排列如图 19－1 所示。由图 19－1 可知 74LS00 由四个 2 输入端的与非门组成。在辨认双列直插式（DIP）的集成电路时，应将它的背面（印有字符的一面）朝向自己，一端的缺口朝向左边（有些是在左下角处有一个圆点），以此为标志，缺口（或圆点）下面的引脚即为第一脚，引脚编号以逆时针方向顺序递增。一般序号最大的引脚为正电源脚（＋5 V），其对斜角的引脚为接地脚（GND）。（也有例外，如：74LS76 的正电源为第 5 脚，接地为第 13 脚）

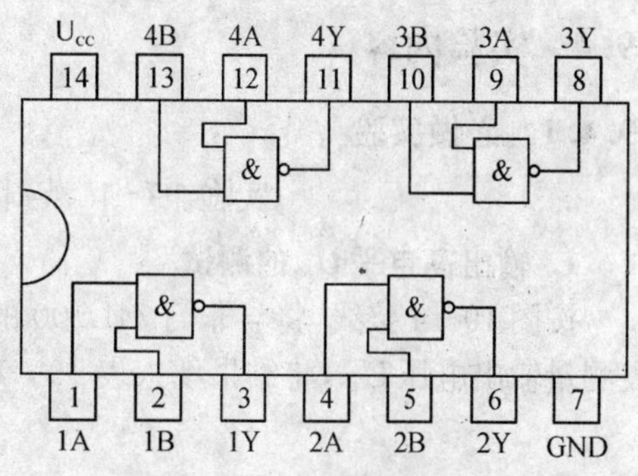

图 19－1　74LS00 的电路结构和引脚排列图

通常 TTL 与非门的参数按时间特性分为两种：静态参数和动态参数。静态参数指电路处于稳定的逻辑状态下测得的参数；而动态参数则指逻辑状态转换过程中与时间有关的参数。以下是 TTL 与非门的主要参数。

(1) 扇入系数 N_i 和扇出系数 N_o　能使电路正常工作的输入端数目称为扇入系数 N_i；电路正常工作时，能带动的同型号门的数目称为扇出系数 N_o。

(2) 输出高电平 U_{oh}　一般 $U_{oh} = 2.4$ V。

(3) 输出低电平 U_{ol}　一般 $U_{ol} = 0.4$ V。

(4) 电压传输特性曲线、开门电平 U_{on} 和关门电平 U_{off}　图 19－2 所示的 $U_i - U_o$ 关系曲线称为电压传输特性曲线；使输出电压 U_o 刚刚达到低电平 U_{ol} 时的最低输入电压称为开门电平 U_{on}；使输出电压 U_o 刚刚达到高电平 U_{oh} 时的最高输入电压 U_i 称为关门电平 U_{off}。

(5) 输入短路电流 I_{iS}　一个输入端接地，其他输入端悬空时，流过该接地输入端的电流为输入短路电流 I_{iS}。

(6) 平均传输延迟时间 t_{pd}　如图 19－3 所示 $t_{pd} = (t_{pdl} + t_{pdh})/2$，它是衡量开关电路速度的重要指标。一般情况下，低速组件 t_{pd} 约 40～160 ns，中速组件 t_{pd} 约 15～40 ns，高速组件约 8～15 ns，超高速组件 $t_{pd} < 8$ ns。t_{pd} 的近似计算方法：$t_{pd} = T/6$，T 为用三个门电路组成振荡器的周期。

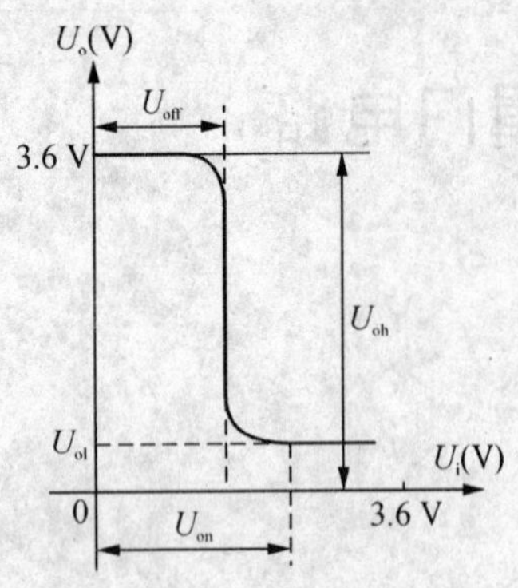

图 19－2　电压传输特性曲线

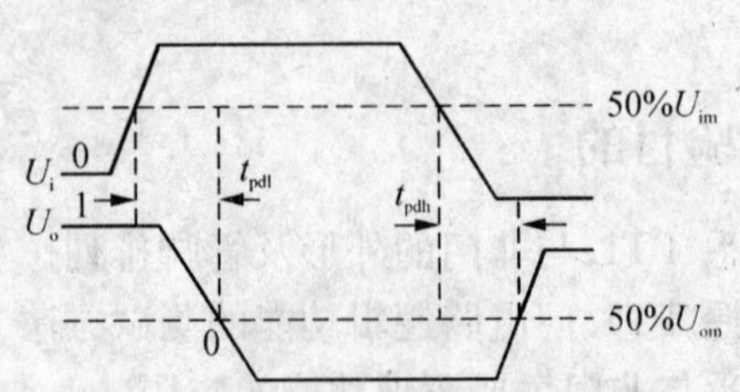

图 19－3　平均传输延迟时间 t_{pd}

19.3　实验设备

(1) 数字逻辑实验箱　(2) 集成电路:74LS00、74LS38　(3) 直流稳压电源　(4) 万用表　(5) 蜂鸣器　(6) 电阻、发光二极管(LED)

19.4　实验内容

19.4.1　必做实验

实验 19－1　与非门 74LS00 逻辑功能的测试

1. 输出高电平 U_{oh} 的测试

按图 19－4 接线,将与非门 74LS00 的一个输入端接地,另一端开路(或接高电平)。用万用表测量输出电压 U_{oh},将结果填入表 19－1。

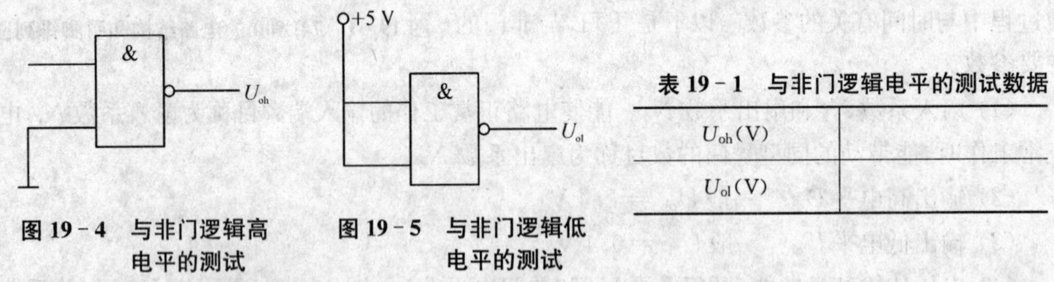

图 19－4　与非门逻辑高电平的测试

图 19－5　与非门逻辑低电平的测试

表 19－1　与非门逻辑电平的测试数据

U_{oh}(V)	
U_{ol}(V)	

2. 输出低电平 U_{ol} 的测试

按图 19－5 接线,将与非门 74LS00 的两个输入端全部接高电平。用万用表测量输出电压 U_{ol},将结果填入表 19－1。

3. 逻辑功能的测试

按图 19－6 接线,与非门 74LS00 的两个输入端分别按表 19－2 组合,用万用表测量输出电平的结果并填入表 19－2。

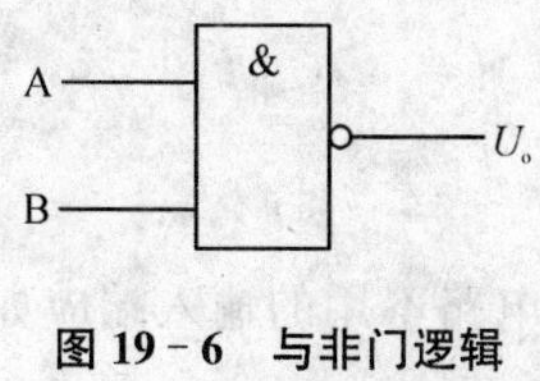

图 19－6　与非门逻辑功能的测试

表 19－2　与非门逻辑功能的测试数据

输　入		输　出
A	B	U_o(V)
0	1	
1	0	
1	1	

实验 19－2　TTL 与非门转移特性的测试

按图 19－7 接线，与非门 74LS00 的一个输入端接高电平，另一端接电位器 R_W(1K)的滑动端。调节 R_W，使输入 U_i 在 0～5 V 范围内变化。分别用万用表测出 U_i 和 U_o，并将结果填入表 19－3。

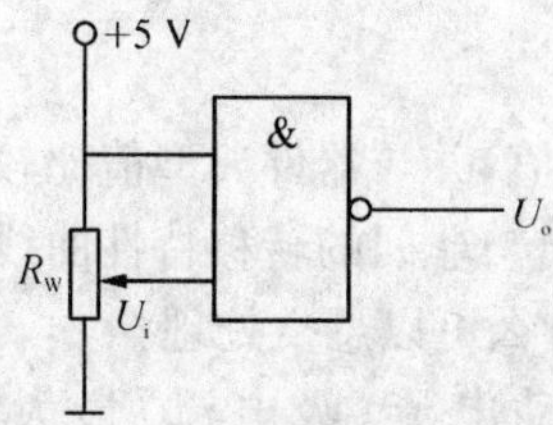

图 19－7　与非门逻辑高电平的测试

表 19－3　TTL 与非门转移特性的测试数据

U_i(V)	0.5	1.0	1.2	1.3	1.4	1.5	1.6	1.7	1.8	2.0	3.0	4.0	5.0
U_o(V)													

19.4.2　开放实验

实验 19－3　集电极开路与非门(OC 门)的应用

集电极开路与非门(OC 门)的输出电路采用集电极开路的晶体管，可以通过在输出端负载上外接电源电压 U 实现驱动工作电压高于 5 V 的负载(如继电器)。本实验采用集电极开路与非门 74LS38，其引脚排列与 74LS00 完全相同。

1. 按图 19－8 接好实验线路，设定蜂鸣器的工作电压 $U = 12$ V，与非门的两个输入可以连接在一起作为控制端，也可以一个输入作为控制端，另一个输入接高电平。(注意蜂鸣器的电源极性)

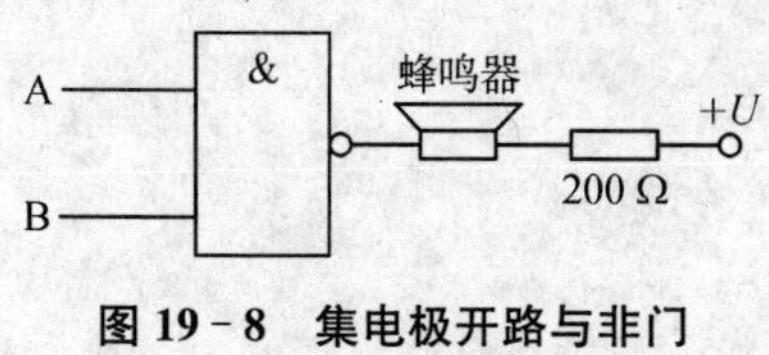

图 19－8　集电极开路与非门(OC 门)的应用

表 19－4　集电极开路与非门的测试结果

+U	控制输入	蜂鸣器状态
12 V	0	
	1	
5 V	0	
	1	

2. 改变控制端的逻辑电平，观察蜂鸣器的发声情况，并填入表 19－4。

3. 将蜂鸣器的工作电压改为 5 V，改变控制端的逻辑电平，观察蜂鸣器的发声情况，并填入

表 19-4。

19.5 预习思考题

1. 复习 TTL 与非门的工作原理、基本特性和主要参数的定义。

2. 为什么 TTL 电路输入端悬空相当于输入逻辑“1”电平？TTL 电路不用的输入端应如何处理？

3. TTL 与非门典型的高电平电压和低电平电压大约为多少？

4. 为什么集电极开路与非门(OC 门)可以驱动工作电压高于 5 V 的负载？TTL 与非门可以吗？

5. 如果手头没有 74LS38(OC 门)而只有 74LS00，应如何完成实验 19-3？试画出所设计的电路(可以添加除 OC 门外的其他元件)。

19.6 分析与总结

1. 记录实验测得的门电路参数值，并与器件典型值比较。

2. 根据实验数据，用方格纸画出与非门的转移特性曲线。

3. TTL 与非门多余输入端为什么可以悬空处理？

4. 已知 74LS38 的每一门驱动电流(吸电流)最大为 24 mA，试用该电路驱动一个 12 V/40 mA的继电器(画出设计电路)。

5. 比较 TTL 集成电路和 CMOS 集成电路，对它们的性能特点做出简单的评价。

19.7 实验注意事项

1. 实验前应仔细阅读指导书，弄懂实验原理。

2. 在断开电源开关的状态下按实验线路接好连接线，检查无误后再接通电源。

3. TTL 电路对电源电压十分敏感，实验中注意不要接错电源极性，电源电压不能超过 +5 V。

4. 实验过程中，切勿将杂物放在实验箱的面板上，以免短路。

5. 集成电路插入插座前应调整好双列引脚间距，仔细对准插座后均匀压入，拔出时需用起子从两端轻轻撬起。

6. 实验中如要更改接线或元器件，应先关断电源；插错或多余的线要拔去，不能一端插在电路上，另一端悬空，防止短接电路其他部分。

实验 20　组合逻辑电路

20.1　实验目的

1. 掌握组合逻辑电路的设计方法和步骤。
2. 学习验证和测试组合逻辑电路功能的基本方法。

20.2　预备知识

1. 组合逻辑电路的设计步骤

组合逻辑电路是将一些常用的逻辑门电路(如:与门、或门、与非门等)按一定的逻辑规则组合起来,以实现各种逻辑功能的逻辑电路。其设计步骤是:

(1) 根据设计需求列出逻辑状态表(真值表);

(2) 按照列出的逻辑状态表写出逻辑表达式;

(3) 用逻辑代数法则或卡诺图进行化简以求出最简逻辑表达式,必要时还需要进行逻辑变换;

(4) 根据最终的逻辑表达式画出逻辑电路图;

(5) 用集成逻辑门电路构成实际的组合逻辑电路,并测试验证其正确性。

2. 组合逻辑电路的设计举例

设计一个 4 位二进制数值的判别电路:当输入的 4 位二进制数大于等于 4 或小于等于 12 时,输出为“1”。

(1) 列出逻辑状态表。

设输入的 4 位二进制数为 $DCBA$,输出为 Y,则对应的逻辑状态表如表 20-1 所示。

表 20-1　二进制数值判别电路的逻辑状态表

D	0	0	0	0	0	0	0	0	1	1	1	1	1	1	1	1
C	0	0	0	0	1	1	1	1	0	0	0	0	1	1	1	1
B	0	0	1	1	0	0	1	1	0	0	1	1	0	0	1	1
A	0	1	0	1	0	1	0	1	0	1	0	1	0	1	0	1
Y	0	0	0	0	1	1	1	1	1	1	1	1	1	0	0	0

(2) 写出逻辑表达式。

$$Y = \overline{A}\,\overline{B}C\,\overline{D} + A\,\overline{B}C\,\overline{D} + \overline{A}BC\,\overline{D} + ABC\,\overline{D} + \overline{A}\,\overline{B}\,\overline{C}D + A\,\overline{B}\,\overline{C}D + \overline{A}B\,\overline{C}D + AB\,\overline{C}D + \overline{A}\,\overline{B}CD$$

(3) 用卡诺图化简(表 20-2)。

表 20-2 二进制数值判别电路的卡诺图

AB \ CD	00	01	11	10
00		1	1	1
01		1		1
11		1		1
10		1		1

(4) 画出逻辑电路图(图 20-1)。

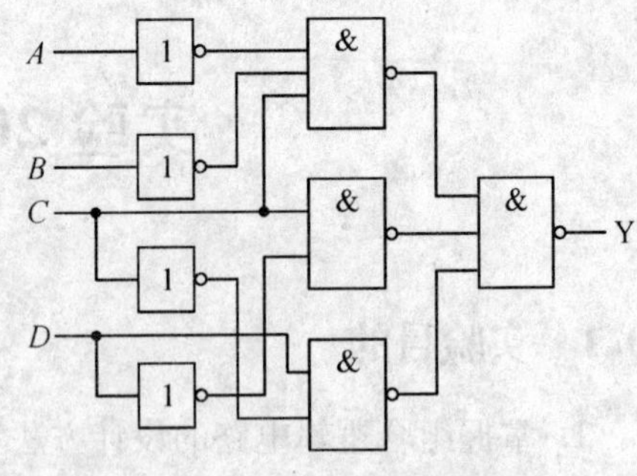

图 20-1 二进制数值判别电路

20.3 实验设备

(1) 数字逻辑实验箱 (2) 集成电路:74LS00、74LS04、74LS20、74LS138

(3) 直流稳压电源 (4) 电阻 (5) 蜂鸣器 (6) 发光二极管(LED)、三极管 8050

20.4 实验内容

20.4.1 必做实验

实验 20-1 3-8 译码器 74LS138 的逻辑功能测试

1. 按图 20-2 所示接好实验线路,将使能控制端 G_1、G_{2A}、G_{2B}固定接为"100"状态,此时 A、B、C 三个选择端的逻辑电平开关全部断开(即为"000"状态)。接通电源,可以看到 74LS138 输出端 8 个 LED 中接$\overline{Y}_0$ 端的 LED 不亮(低电平,表示此时译码器选中$\overline{Y}_0$)。

2. 按表 20-3 顺序依次改变三个逻辑电平开关的状态,观察 8 个 LED 的发光情况,并将结果填入表 20-3 中。

3. 改变使能控制端 G_1、G_{2A}、G_{2B}的状态(除"000"),重复实验步骤 2,观察 8 个 LED 的发光情况,并将结果填入表 20-3 中。

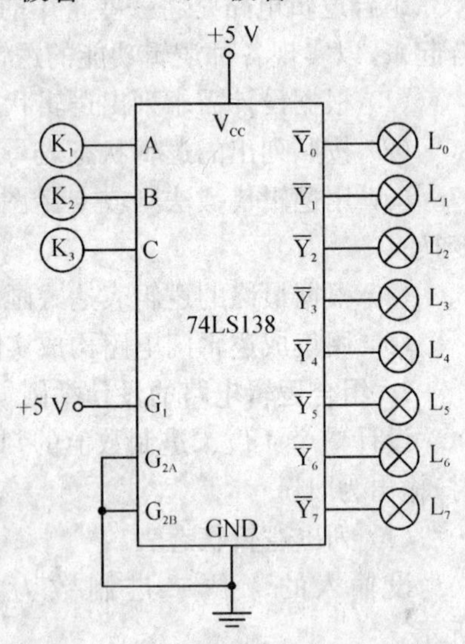

图 20-2 3-8 译码器的实验线路

表 20-3 74LS138 的逻辑功能测试结果

输入状态						输出状态							
使能输入			选择输入										
G_1	G_{2A}	G_{2B}	C	B	A	Y_0	Y_1	Y_2	Y_3	Y_4	Y_5	Y_6	Y_7
1	0	0	0	0	0								
1	0	0	0	0	1								
1	0	0	0	1	0								
1	0	0	0	1	1								
1	0	0	1	0	0								
1	0	0	1	0	1								

续表

输入状态						输出状态							
使能输入			选择输入										
G_1	G_{2A}	G_{2B}	C	B	A	Y_0	Y_1	Y_2	Y_3	Y_4	Y_5	Y_6	Y_7
1	0	0	1	1	0								
1	0	0	1	1	1								
×	×	×	×	×	×								

实验 20-2　智力竞赛抢答电路

图 20-3 是一个智力竞赛抢答电路，可供四组进行抢答。每一路由与非门、反向器、发光二极管和抢答按键组成。四路与非门的输出经与非门 G_5 后输出至蜂鸣器控制电路。

1. 按图 20-3 接好实验线路，用四个逻辑电平开关作为抢答按键，并用四个反向器驱动四个 LED。接通电源，此时四个抢答按键处于断开状态(即低电平)，四个 LED 全灭，蜂鸣器不发声。

2. 按下任意一个抢答按键，观察 LED 的发光情况和蜂鸣器的发声情况。

3. 先按下一个抢答按键后不放，再按下另一个抢答按键，观察后按下的抢答按键是否有效。

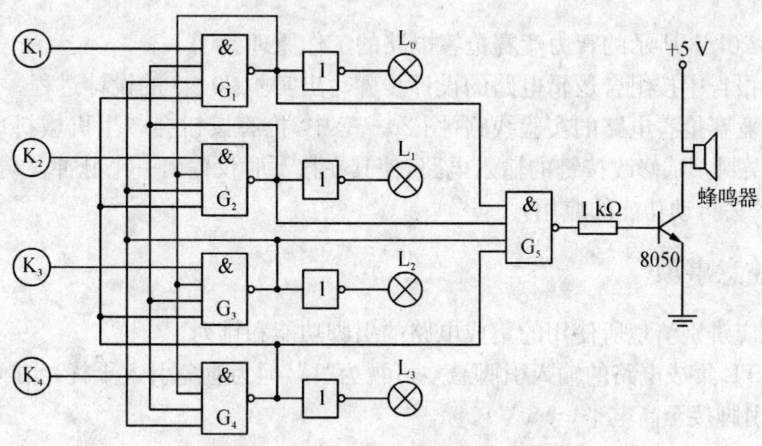

图 20-3　智力竞赛抢答电路的实验线路

20.4.2　开放实验

实验 20-3　组合逻辑电路设计

1. 设计一个二进制数的平方器(框图如图 20-4 所示)，输入为 3 位二进制数 A_0、A_1、A_2，输出为 6 位对应的二进制平方数 P_0、P_1、P_2、P_3、P_4、P_5。

2. 用与非门(如 74LS00 或 74LS20)实现所设计的逻辑电路。

3. 按表 20-4 设置逻辑电平开关的状态，观察输出状态的变化，将结果填入表 20-4 中。

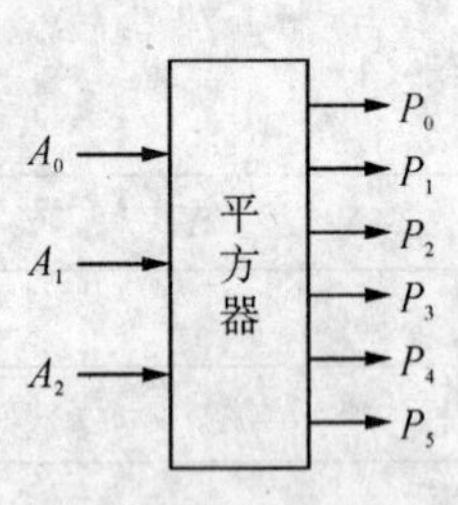

图 20-4　二进制数平方器框图

表 20-4　平方器的输入输出状态

A_2	A_1	A_0	P_5	P_4	P_3	P_2	P_1	P_0
0	0	0						
0	0	1						
0	1	0						
0	1	1						
1	0	0						
1	0	1						
1	1	0						
1	1	1						

20.5　预习思考题

1. 复习组合逻辑电路的设计方法和步骤。
2. 逻辑代数与普通代数有何区别?
3. 卡诺图化简得出的最简逻辑表达式是否唯一?
4. 实验中的发光二极管 LED 为什么要串接一个电阻?

20.6　分析与总结

1. 分析图 20-3 所示的智力竞赛抢答电路的工作原理。
2. 在实验报告中按组合逻辑电路的设计步骤写出实验 20-3 的设计过程。
3. 在智力竞赛抢答电路的实验线路(图 20-3)中,抢答按钮会产生机械抖动,这可能对抢答的先后产生误判。试修改按键的输入电路,使其在按下时仅输出一个脉冲。(提示:可参考基本 RS 触发器的去抖动功能的应用)

20.7　实验注意事项

1. 接线前应辨别清楚所使用的集成电路的引脚功能和排列。
2. 尽管 TTL 集成电路的输入引脚悬空可视为“1”,但为避免引入干扰,实际使用中应尽量将悬空的输入引脚接至高电平(+5 V)。

实验 21 触 发 器

21.1 实验目的

1. 通过实验进一步理解触发器的逻辑功能和工作原理。
2. 学习触发器的基本应用方法。

21.2 预备知识

1. 基本 *RS* 触发器

基本 RS 触发器由两个与非门以交叉反馈的方式构成，图 21－1 是其电路的逻辑结构，图 21－2 是其逻辑符号。表 21－1 是对应的逻辑状态表。根据表 21－1 可知，基本 RS 触发器具有置"0"、置"1"和保持功能，可以记忆一位二进制数。此外，当 $\overline{S}_D = \overline{R}_D = 0$ 时，触发器处于不确定状态，因此在应用中是禁止 $\overline{S}_D = \overline{R}_D = 0$ 的。

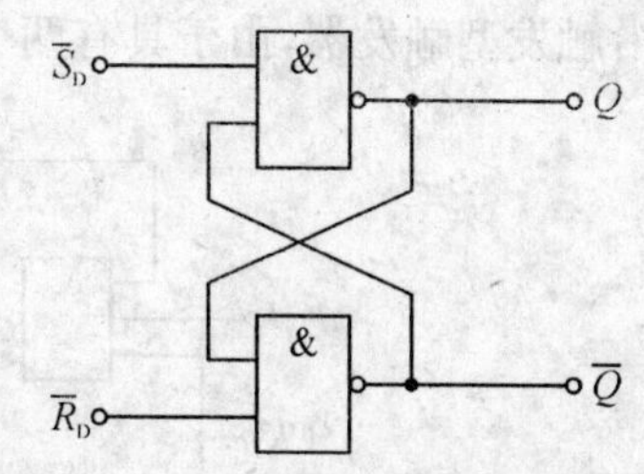

图 21－1 基本 *RS* 触发器的逻辑结构

表 21－1 基本 *RS* 触发器逻辑状态表

$\overline{S}_D$	$\overline{R}_D$	Q
1	0	0
0	1	1
1	1	保持
0	0	不定

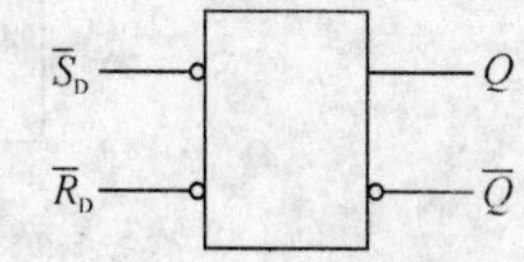

图 21－2 基本 *RS* 触发器的逻辑符号

2. 可控 *RS* 触发器

可控 RS 触发器是在基本 RS 触发器的基础上构成的，图 21－3 是其电路的逻辑结构，图 21－4是其逻辑符号。表 21－2 是对应的逻辑状态表。根据表 21－2 可知，可控 RS 触发器与基本 RS 触发器的逻辑功能基本相同，但可控 RS 触发器具有时钟控制端，可以在公共时钟的控制下工作。此外当 $S = R = 1$ 时，触发器处于不确定状态。

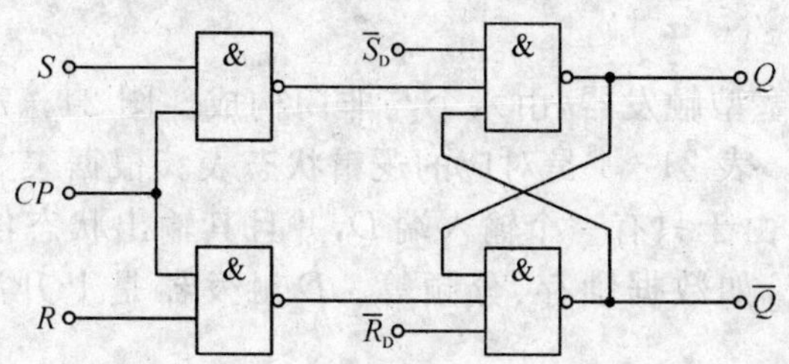

图 21－3 可控 *RS* 触发器的逻辑结构

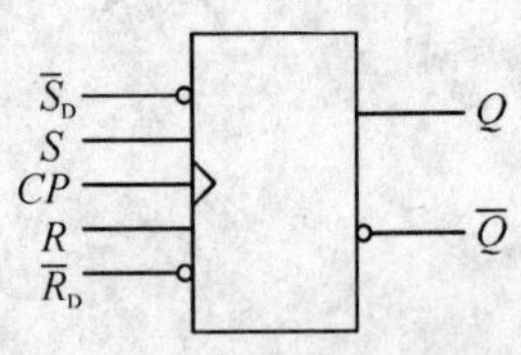

图 21-4　可控 RS 触发器的逻辑符号

表 21-2　可控 RS 触发器逻辑状态表

S	R	Q_{n+1}
0	0	Q_n
0	1	0
1	0	1
1	1	不定

3. *JK* 触发器

JK 触发器是由两个可控 *RS* 触发器构成的主从式异步边沿型触发器。图 21-5 是其电路的逻辑结构，图 21-6 是其逻辑符号。表 21-3 是对应的逻辑状态表。根据表 21-3 可知，*JK* 触发器具有保持、置“0”、置“1”和翻转功能，并且没有不确定状态。*JK* 触发器是下降沿触发的边沿触发型触发器，由于具有两个输入端，其在构成时序电路的应用中非常灵活。

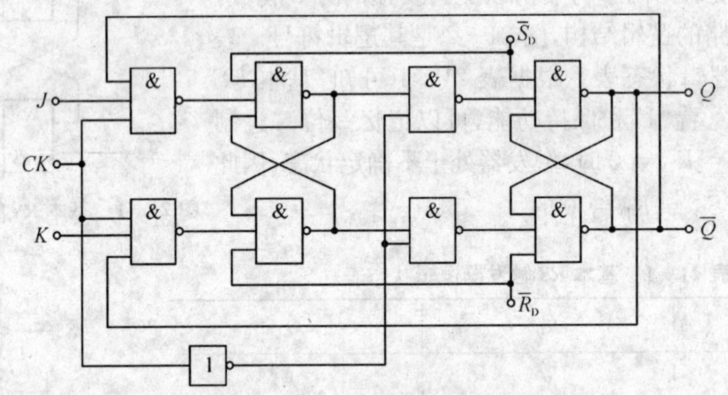

图 21-5　*JK* 触发器的逻辑结构

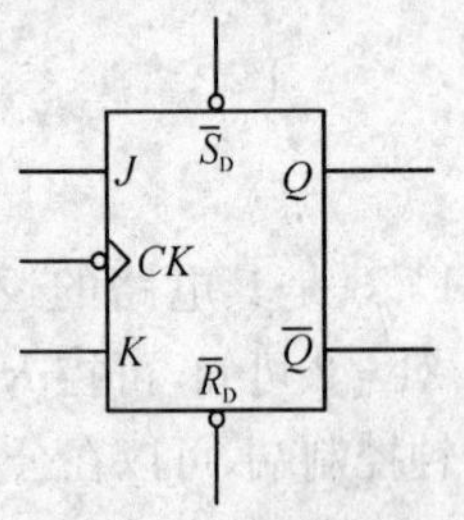

图 21-6　*JK* 触发器的逻辑符号

表 21-3　*JK* 触发器逻辑状态表

J	K	Q_{n+1}
0	0	Q_n
0	1	0
1	0	1
1	1	$\overline{Q}_n$

4. *D* 触发器

D 触发器是维持阻塞型触发器，由六个与非门构成。图 21-7 是其电路的逻辑结构，图 21-8是其逻辑符号。表 21-4 是对应的逻辑状态表。根据表 21-4 可知，*D* 触发器仅有置“0”和置“1”功能。由于只有一个输入端 *D*，并且其输出状态仅取决于输入状态，因此适合于单端控制的场合，如数据锁存、分频等。*D* 触发器是上升沿触发的边沿触发型触发器。

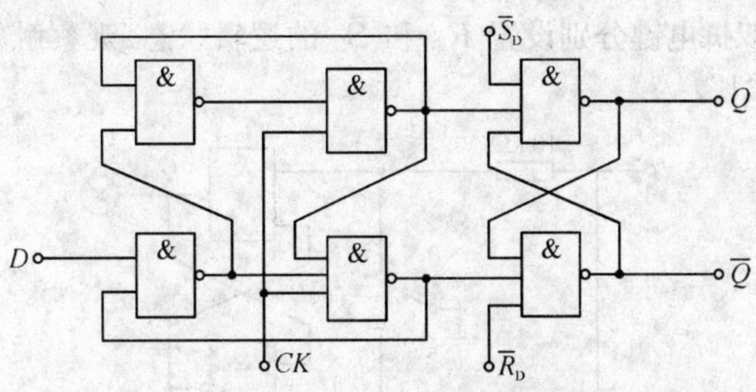

图 21-7　**D** 触发器逻辑结构

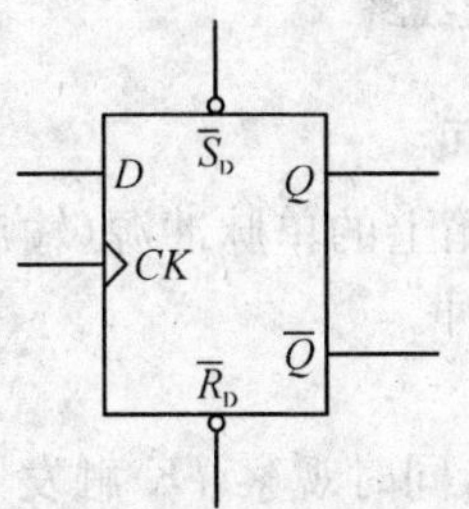

图 21-8　**D** 触发器逻辑符号

表 21-4　**D** 触发器逻辑状态表

D	Q_{n+1}
0	0
1	1

21.3　实验设备

(1) 数字逻辑实验箱　(2) 集成电路:74LS00、74LS04、74LS74、74LS76　(3) 双掷电键　(4) 信号发生器　(5) 双踪示波器

图 21-9 和图 21-10 分别给出了本次实验中用到的集成电路触发器 74LS74 和 74LS76 的电路逻辑结构和引脚排列,可以看到每一片集成电路中都含有两个独立的触发器。

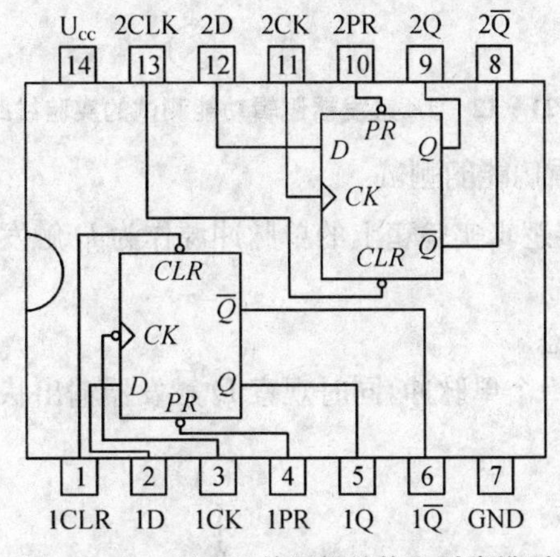

图 21-9　74LS74 的逻辑结构和引脚排列

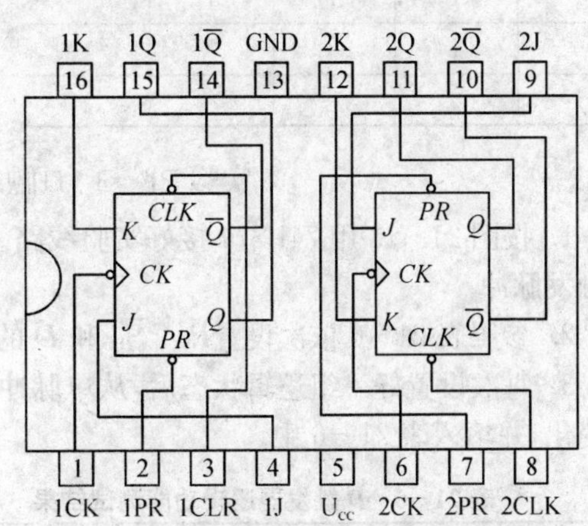

图 21-10　74LS76 的逻辑结构和引脚排列

21.4　实验内容

21.4.1　必做实验

实验 21-1　基本 RS 触发器逻辑功能的测试

1. 按图 21-11 用 74LS00 构成一个基本 *RS* 触发器。

2. 按表 21－1 用双掷电键分别设置 $\overline{R}_D$ 和 $\overline{S}_D$ 的逻辑状态，观察触发器的输出逻辑状态。**注意**：发光二极管亮为"1"。

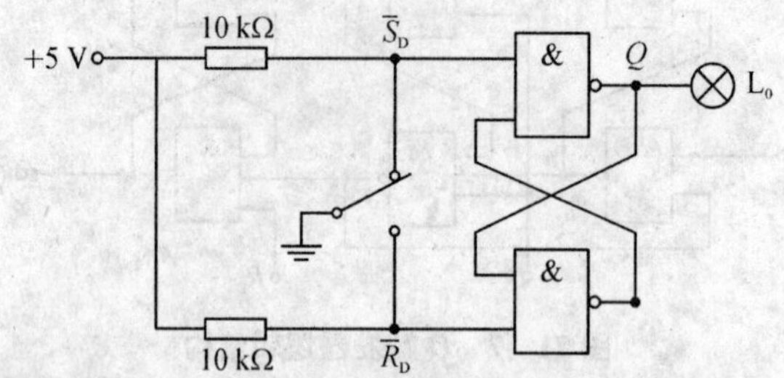

图 21－11　基本 *RS* 触发器逻辑功能测试的实验线路

实验 21－2　JK 触发器逻辑功能的测试

1. 按图 21－12 用 74LS76 接好实验线路。用数字逻辑实验箱上的单脉冲源（输出为正脉冲）通过反向器 74LS04（转换成负脉冲）作为 JK 触发器的触发脉冲。

2. 参照表 21－5 依次设置 $\overline{R}_D$、$\overline{S}_D$、J 和 K 的逻辑状态。

3. 每次设置好一组逻辑状态后，从单脉冲源输出一个单脉冲，同时观察 JK 触发器输出状态的变化，并填入表 21－5 中。

表 21－5　*JK* 触发器逻辑功能测试结果

$\overline{S}_D$	$\overline{R}_D$	J	K	Q_{n+1}
1	1	0	0	
1	1	0	1	
1	1	1	0	
1	1	1	1	
0	1	×	×	
1	0	×	×	

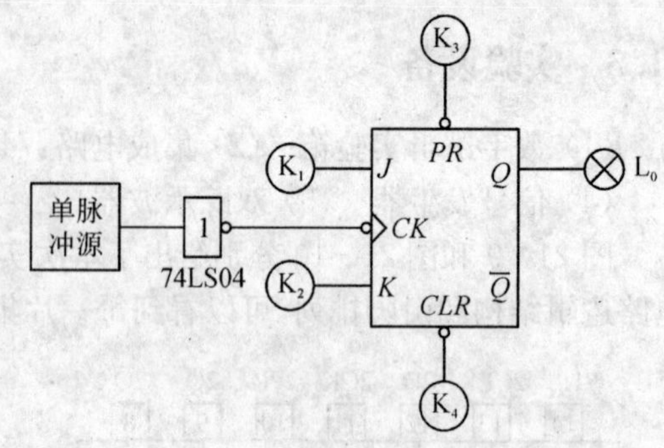

图 21－12　*JK* 触发器逻辑功能测试的实验线路

实验 21－3　D 触发器逻辑功能的测试

1. 按图 21－13 用 74LS74 接好实验线路。用数字逻辑实验箱上的单脉冲源作为 D 触发器的触发脉冲。

2. 参照表 21－6 依次设置 $\overline{R}_D$、$\overline{S}_D$ 和 D 的逻辑状态。

3. 每次设置好一组逻辑状态后，从单脉冲源输出一个单脉冲，同时观察 D 触发器输出状态的变化，并填入表 21－6 中。

表 21－6　*D* 触发器逻辑功能测试结果

$\overline{S}_D$	$\overline{R}_D$	D	Q_{n+1}
1	1	0	
1	1	1	
0	1	×	
1	0	×	

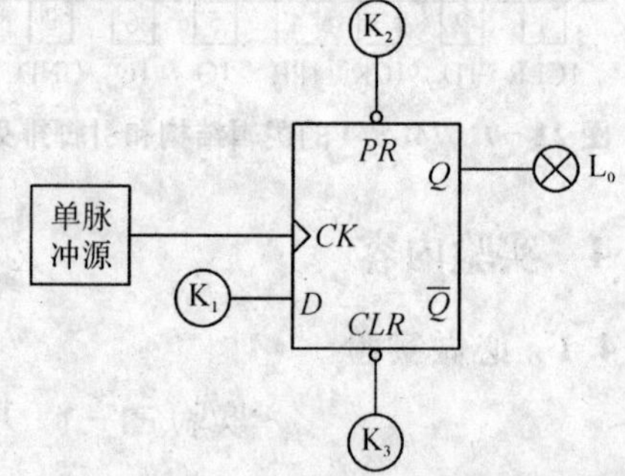

图 21－13　*D* 触发器逻辑功能测试的实验线路

21.4.2　开放实验

实验 21－4　触发器的简单应用

1. 用 *JK* 触发器构成 *T* 触发器

按图 21－14 用 74LS76 接好实验线路。调节信号发生器使其输出 1～2 Hz 的方波信号，并将此方波信号接至 *JK* 触发器的 *CP* 端。分别将控制端 *T* 置“0”和置“1”，观察触发器的输出状态，并将结果(即：保持或翻转)填入表 21－7。

表 21－7　*T* 触发器逻辑功能测试结果

T	Q_{n+1}
0	
1	

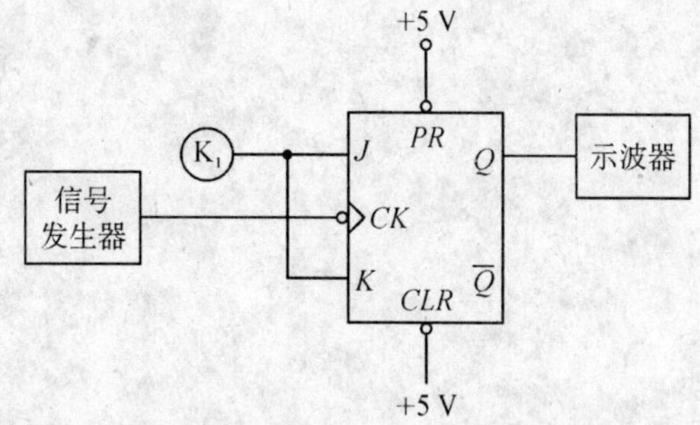

图 21－14　用 *JK* 触发器构成 *T* 触发器的实验线路

2. 用 *D* 触发器构成分频器

按图 21－15 用 74LS74 接好实验线路。调节信号发生器使其输出约 1 kHz 的方波信号，并将此方波信号接至 *D* 触发器的 *CP* 端。用双踪示波器分别观察输入方波信号和触发器的输出 Q_0 和 Q_1，并将波形记录在表 21－8 中。

表 21－8　分频器的输入输出波形记录

CP 的波形	
Q_0 的波形	
Q_1 的波形	

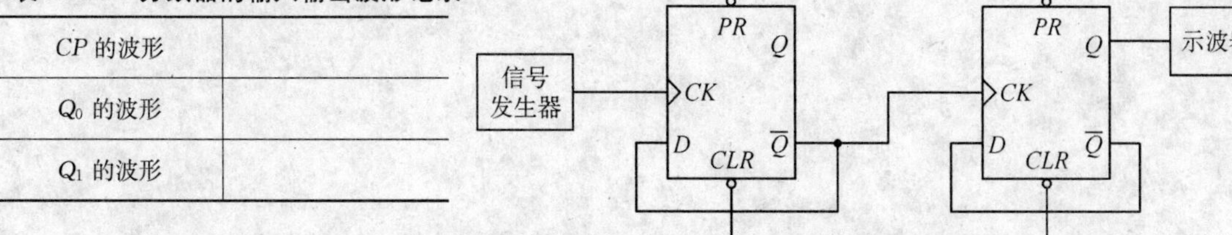

图 21－15　用 *D* 触发器构成分频器的实验线路

21.5　预习思考题

1. 基本 *RS* 触发器和可控 *RS* 触发器为什么具有不确定状态？
2. *JK* 触发器和 *D* 触发器都是边沿型触发器，它们的工作原理有何不同？
3. 在 *JK* 触发器和 *D* 触发器中，$\overline{R}_D$ 和 $\overline{S}_D$ 端是否受时钟 *CP* 的控制？它们有何用处？
4. *T* 触发器具有何种功能？试举出一个应用例子。

21.6　分析与总结

1. 实验 21－1 中的图 21－11 所示的电路具有消除抖动(指电键的机械抖动)的功能，试分析其工作原理。
2. 通过实验 21－3 总结为什么 *JK* 触发器比 *D* 触发器功能更强、应用更灵活？
3. 画出实验 21－4 中分频器的输入波形和输出 Q_0 和 Q_1 的波形，注意应对齐。
4. 通过实验总结为什么边沿触发型触发器比电平触发型触发器可靠？

21.7 实验注意事项

1. 观察触发器的输出状态时应注意发光二极管的接法是亮表示"1",暗表示"0"。
2. 为便于用示波器观察触发器的输出波形,应避免使信号发生器的输出方波的频率太低。
3. 实验中应注意 D 触发器是上升沿触发的,而 JK 触发器是下降沿触发的。

实验 22　计 数 器

22.1　实验目的

1. 通过实验加深对异步、同步计数器工作原理的理解。
2. 学习集成电路计数器的基本应用方法。
3. 学习反馈复零法的应用方法和同步计数器的设计方法。

22.2　预备知识

1. 异步计数器

异步计数器属于非同步翻转型计数器，计数器中各位触发器的触发脉冲均取自前一位触发器的输出(但第一位触发器的触发脉冲是原始计数脉冲)。其特点是设计和构成极为简单，如图 22-1 所示。如果不增加外围的附加电路和连线，异步计数器则是 2^n 进制的，其中 n 是触发器的位数。由于各触发器是依次翻转的，因此异步计数器的速度较低，适合于低速计数场合。

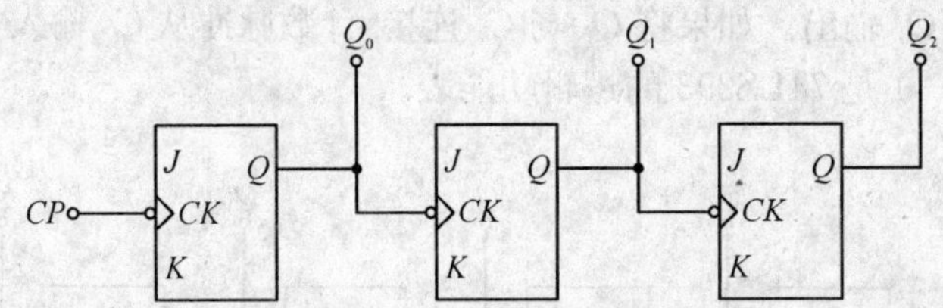

图 22-1　用 *JK* 触发器构成的 3 位二进制(即八进制)异步加法计数器

根据所使用的触发器和各位触发器的触发脉冲取自前一位触发器输出(Q 或 $\overline{Q}$)的不同，可以构成加法计数器和减法计数器。例如图 22-1 所示的计数器是加法计数器，而图 22-2 所示的计数器也是加法计数器，图 22-3 所示的计数器则是减法计数器。

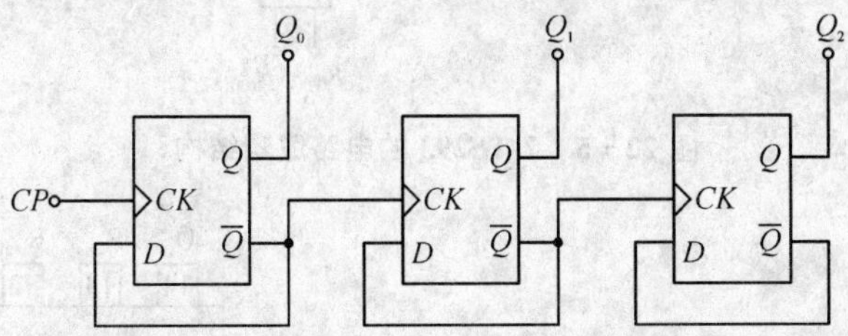

图 22-2　用 *D* 触发器构成的 3 位二进制异步加法计数器

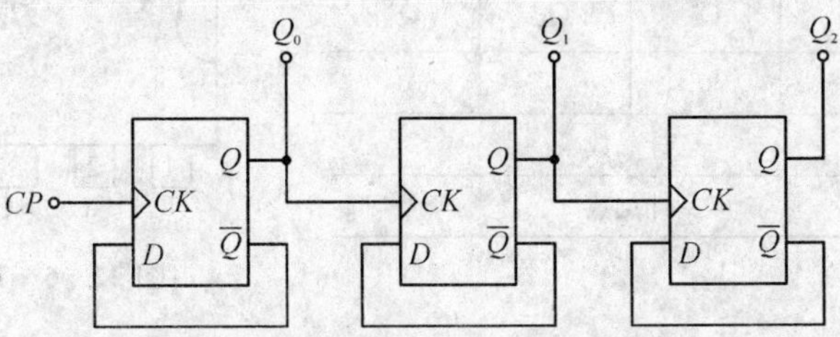

图 22-3　用 *D* 触发器构成的 3 位二进制异步减法计数器

2. 具有反馈复零结构的计数器

如果需要构成任意进制的异步计数器,可以通过反馈复零的方法来实现。图 22-4 是一个用反馈复零结构设计的六进制加法计数器,从计数器的逻辑电路结构可以看出,当计数器递增至“110”时,与非门的输出为“0”,使各触发器置 0。

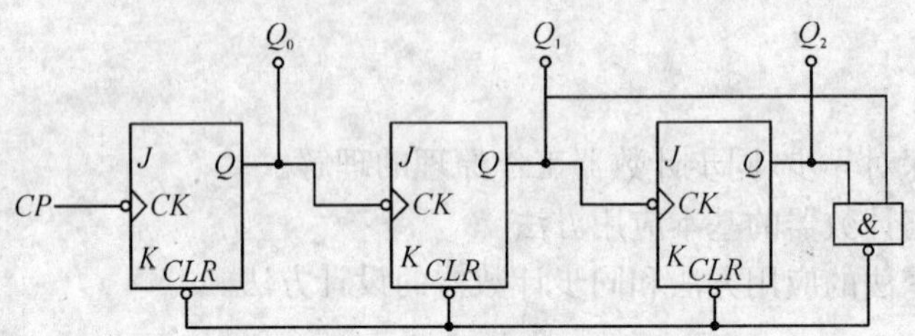

图 22-4 具有反馈复零结构的六进制异步加法计数器

3. 集成电路计数器 74LS293

实际应用中较少逐个用触发器构成计数器,而是直接采用集成电路计数器。74LS293 是 4 位二进制异步计数器,其逻辑电路和引脚排列分别如图 22-5 和图 22-6 所示。由图 22-5 可知,该计数器由两个独立的异步计数器(分别是二进制和八进制计数器)构成,当计数脉冲从 C_0 输入时,则二进制计数器工作,计数值从 Q_0 输出;当计数脉冲从 C_1 输入时,则八进制计数器工作,计数值从 Q_3、Q_2、Q_1 输出。如果将 Q_0 与 C_1 连接,计数脉冲从 C_0 输入,则分析可知此为十六进制计数器。表 22-1 是 74LS293 的逻辑功能表。

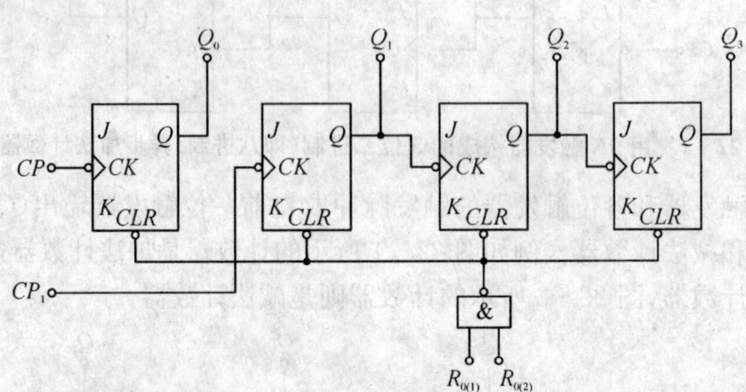

图 22-5 74LS293 的电路逻辑结构

表 22-1 74LS393 的逻辑功能表

$R_{0(1)}$	$R_{0(2)}$	Q_3	Q_2	Q_1	Q_0
1	1	0	0	0	0
0	×	计 数			
×	0	计 数			

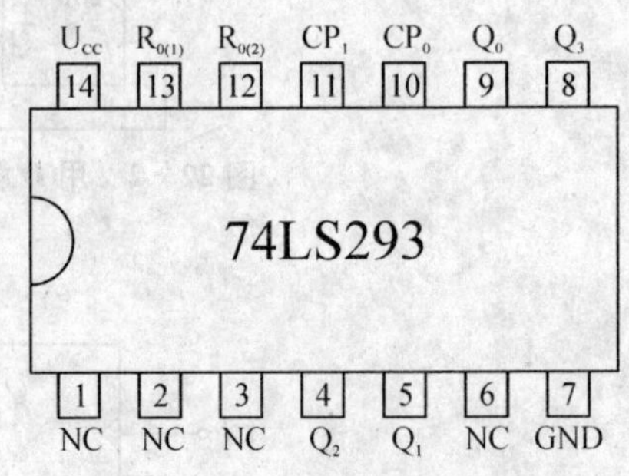

图 22-6 74LS293 的引脚排列

4. 同步计数器

同步计数器与异步计数器的不同之处是其各触发器共用同一计数脉冲源，因而是同时触发的。同步计数器的设计较异步计数器复杂，需要通过分析逻辑状态表或状态机来完成，其电路结构也比异步计数器复杂。图 22－7 是一个十进制同步加法计数器。同步计数器的特点是计数速度快，适合于高速计数场合。

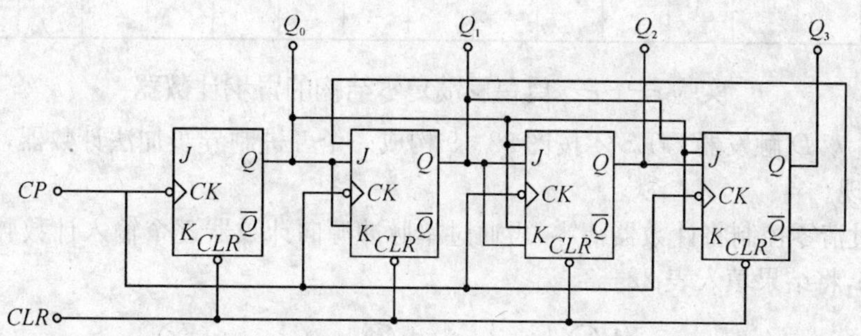

图 22－7　用 *JK* 触发器构成的十进制同步加法计数器

22.3　实验设备

(1) 数字逻辑实验箱　(2) 集成电路：74LS00、74LS04、74LS74、74LS76、74LS293
(3) 发光二极管(LED)

22.4　实验内容

22.4.1　必做实验

实验 22－1　异步计数器

1. 用两片双 *JK* 触发器 74LS76 按图 22－8 构成一个 4 位二进制(即十六进制)异步加法计数器。

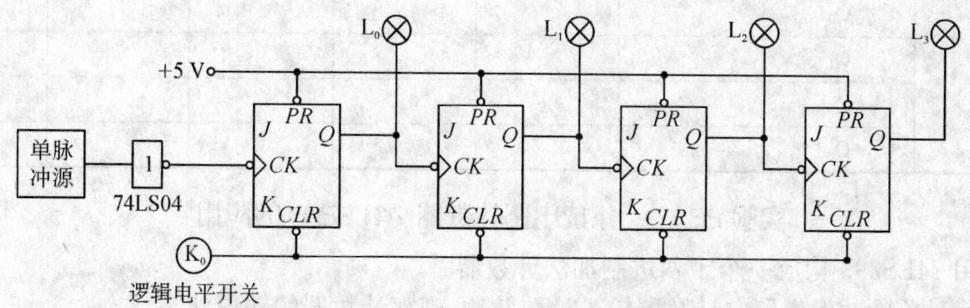

图 22－8　4 位二进制异步加法计数器的实验线路

2. 用单脉冲源通过反向器 74LS04 作为计数脉冲，计数器的输出 Q_3、Q_2、Q_1、Q_0 的状态分别由发光二极管指示(注：1——亮；0——暗)。

3. 先通过清零控制将计数器清零，再通过单脉冲源向计数器逐个输入计数脉冲，观察计数器的输出状态，将结果填入表 22－2。

注意：实验中未用到的输入引脚应接高电平。

表 22-2　4 位二进制异步加法计数器的输出状态

计数脉冲序号		1	2	3	4	5	6	7	8	9	10	11	12	13	14	15	16
输出状态	Q_0																
	Q_1																
	Q_2																
	Q_3																

实验 22-2　具有反馈复零结构的异步计数器

1. 用两片双 *D* 触发器 74LS74 按图 22-9 构成一个五进制异步加法计数器，反馈复零电路用 74LS00 实现。

2. 先通过清零控制将计数器清零，再通过单脉冲源向计数器逐个输入计数脉冲，观察计数器的输出状态，将结果填入表 22-3。

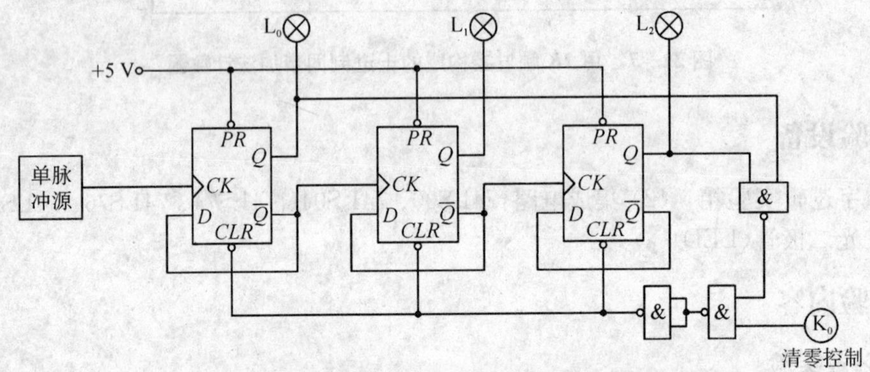

图 22-9　具有反馈复零结构的五进制异步加法计数器的实验线路

表 22-3　五进制异步加法计数器的输出状态

计数脉冲序号		1	2	3	4	5	6
输出状态	Q_0						
	Q_1						
	Q_2						
	Q_3						

实验 22-3　集成电路计数器 74LS293 的应用

1. 用 74LS293 构成一个十六进制加法计数器。

2. 通过单脉冲发生器向计数器输入计数脉冲，观察计数器的输出状态。

3. 改接电路：用 74LS293 构成一个十二进制加法计数器，其中反馈复零电路可参照图 22-5 利用 74LS293 的 $R_{0(1)}$ 和 $R_{0(2)}$ 引脚实现。用单脉冲源向计数器逐个输入计数脉冲，观察计数器的输出状态。

22.4.2　开放实验

实验 22-4　同步计数器

用 *JK* 触发器设计一个六进制同步加法计数器，并用两片 74LS76 和一片 74LS00 实现该计数器。以单脉冲源作为计数脉冲，计数器的输出 Q_2、Q_1、Q_0 的状态分别由发光二极管指示。

22.5　预习思考题

1. 用 JK 触发器和 D 触发器分别构成异步加法计数器时，当各触发器取前一位触发器的输出作为触发脉冲时，为什么前者取自 Q 端，而后者则取自 $\overline{Q}$ 端？

2. 在构成异步计数器时，JK 触发器的两个输入端 J 和 K 为什么要悬空（或接高电平）？而 D 触发器的输入端 D 不能悬空，并且要与其输出端 $\overline{Q}$ 相连？

3. 是否可以用 74LS293 构成一个七进制加法计数器？为什么？

4. 画出本次实验中所设计的六进制同步加法计数器的逻辑电路图。

22.6　分析与总结

1. 分析实验 22－2 的反馈复零电路的逻辑结构。如果将反馈复零电路改用集电极开路的与非门（如 74LS01）实现，是否可以简化电路？试画出电路图。

2. 通过本次实验，从设计方法、构成的复杂性和计数性能诸方面对异步计数器和同步计数器进行分析比较。

3. 用反馈复零法构成的异步计数器在计数值归零前会出现一个短暂的非法计数值，例如六进制异步加法计数器，当第 6 个计数脉冲到来时，计数器的输出端会短暂地出现计数值“110”（即非法计数值），然后才归零。试改进计数器中反馈复零的逻辑结构，使其不出现非法计数值。

22.7　实验注意事项

1. 本实验中使用的集成电路触发器 74LS74 和 74LS76 的引脚排列可参考实验 21 中的图 21－9 和图 21－10。

2. 触发器中未用到的引脚（如 $\overline{S}_D$ 和 $\overline{R}_D$ 等）应接高电平。

3. 在使用集成电路计数器 74LS293 时，注意应将未用到的引脚 $R_{0(1)}$ 和 $R_{0(2)}$ 同时或至少一个接低电平。

实验 23　555 集成定时器

23.1　实验目的

1. 熟悉 555 集成定时器的电路结构和外部引脚排列。
2. 熟悉 555 集成定时器的特性和工作原理。
3. 学习 555 集成定时器的基本应用方法。

23.2　预备知识

555 集成定时器是一种数字、模拟混合型的中规模集成电路，应用十分广泛，几乎渗透到电子技术应用的各个领域。555 集成定时器是一种可产生较精确时间延时和多种脉冲信号的高稳定性器件，其电路类型有双极型和 CMOS 型。其中双极型产品的型号为 555，CMOS 型的产品型号为 7555，两者的电路结构和工作原理基本相同。图 23－1 是 555 集成定时器的内部电路结构和外部引脚排列。

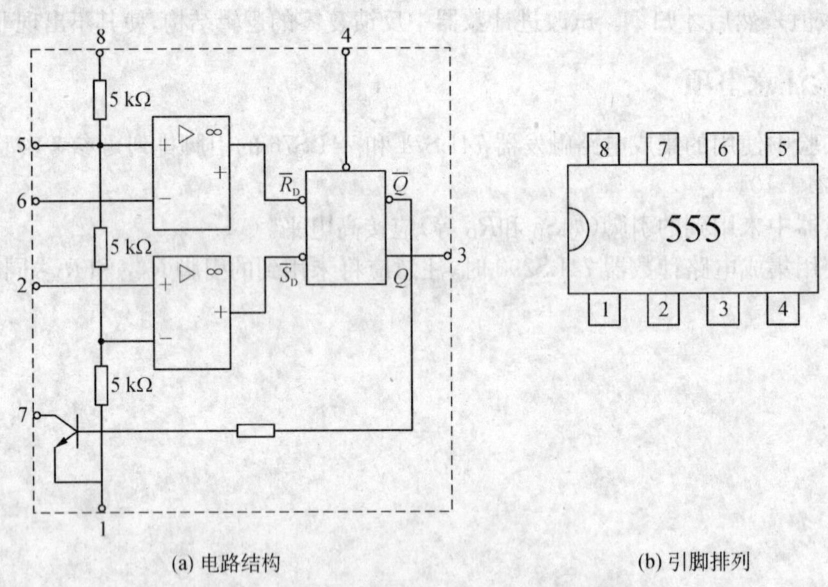

(a) 电路结构　　　(b) 引脚排列

图 23－1　555 集成定时器的电路结构和引脚排列

由图 23－1 可以看出，555 集成定时器含有两个电压比较器 C_1 和 C_2、一个由与非门组成的基本 RS 触发器、一个提供放电通路的晶体管 T 和三个 5 kΩ 电阻组成的分压器。比较器 C_1 的参考电压为$\frac{2}{3}U_{CC}$，加在同相输入端；比较器 C_2 的参考电压为$\frac{1}{3}U_{CC}$，加在反相输入端。这种电路结构很便于构成电阻电容的充放电电路，通过两个比较器检测电容上的电压以控制放电晶体管的通断，实现从微秒至数十秒钟的延时，从而方便地构成单稳态触发器、多谐振荡器、施密特触发器和波形发生器（方波、锯齿波等）。

1. 单稳态触发器

单稳态触发器可以将一个不规则的输入脉冲(或窄脉冲)整形成一个幅度和宽度一定的矩形脉冲。图 23-2 是用 555 集成定时器构成的单稳态触发器及其工作波形。可以看出,在 t_1 时刻,输入负的触发脉冲,其幅度低于$\frac{1}{3}U_{CC}$,使 C_2 的输出为"0",RS 触发器置"1",输出 U_o 由"0"变"1",电路进入暂稳状态,此时晶体管 T 截止,电源对电容 C 充电。当电容电压充至$\frac{2}{3}U_{CC}$时(t_3 时刻)C_1 的输出为"0",RS 触发器置"0",输出 U_o 由"1"变"0",晶体管 T 导通使电容迅速放电,电路回到稳态,完成一次触发过程。输出矩形脉冲的宽度由下式决定:

$$t_P = RC\ln 3 \approx 1.1RC$$

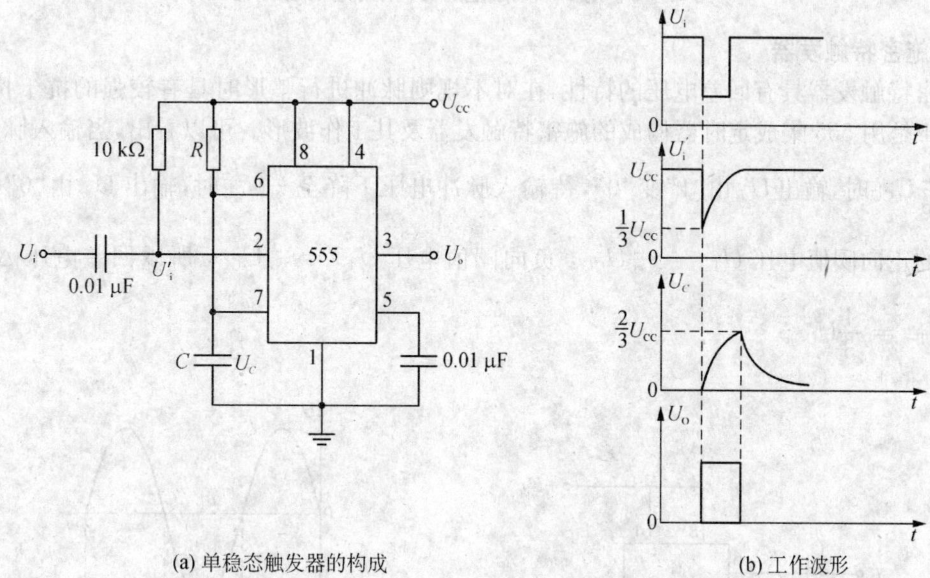

(a) 单稳态触发器的构成　　(b) 工作波形

图 23-2　用 555 集成定时器构成的单稳态触发器

2. 多谐振荡器

多谐振荡器也称无稳态触发器,它没有稳定状态,只有"0"和"1"两个暂稳状态。多谐振荡器工作时无需外加触发脉冲就能输出一定频率的矩形脉冲,即它实际上是一个自激振荡器。因为其输出的矩形波含有丰富的谐波成分,故称为多谐振荡器。图 23-3 是用 555 集成定时器构成的多谐振荡器及其工作波形。可以看出,外接电容通过 R_1+R_2 充电,通过 R_2 和放电晶体管 T 放电,电容电压在$\frac{1}{3}U_{CC}$和$\frac{2}{3}U_{CC}$之间变化,如此交替地使 RS 触发器置"0"和置"1",从而使 U_o 输出矩形波。输出波形的周期由电容的充电时间和放电时间决定:

充电时间(此时输出 U_o 为"1"):　$t_1 = 0.693(R_1+R_2)C$

放电时间(此时输出 U_o 为"0"):　$t_2 = 0.693R_2C$

输出波形的周期:　$T = t_1 + t_2 = 0.693(R_1+2R_2)C$

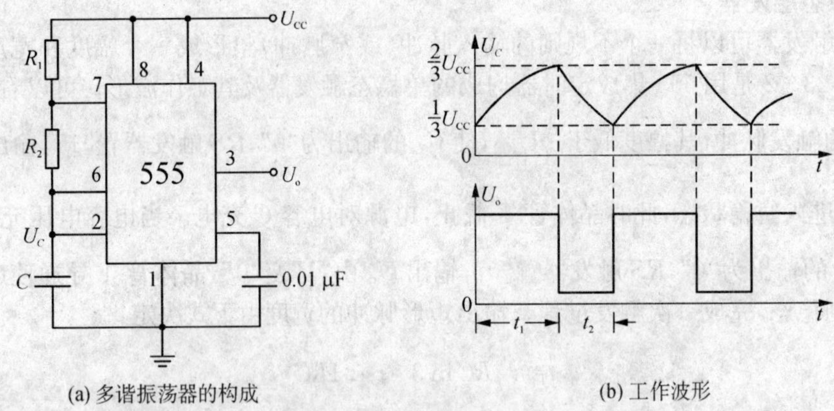

(a) 多谐振荡器的构成　　(b) 工作波形

图 23－3　用 555 集成定时器构成的多谐振荡器

3. 施密特触发器

施密特触发器具有回差电压的特性，在对不规则脉冲进行整形时具有较强的抗干扰能力。图 23－4 是用 555 集成定时器构成的施密特触发器及其工作波形。可以看出，当输入脉冲电压上升至$\frac{2}{3}U_{CC}$时，输出 U_o 由“1”变“0”，待输入脉冲电压下降至$\frac{1}{3}U_{CC}$时，输出 U_o 由“0”变“1”。触发器的正向阈值电压 $U_{T+}=\frac{2}{3}U_{CC}$，负向阈值电压 $U_{T-}=\frac{1}{3}U_{CC}$，所以回差电压 $\Delta U_T=U_{T+}-U_{T-}=\frac{1}{3}U_{CC}$。

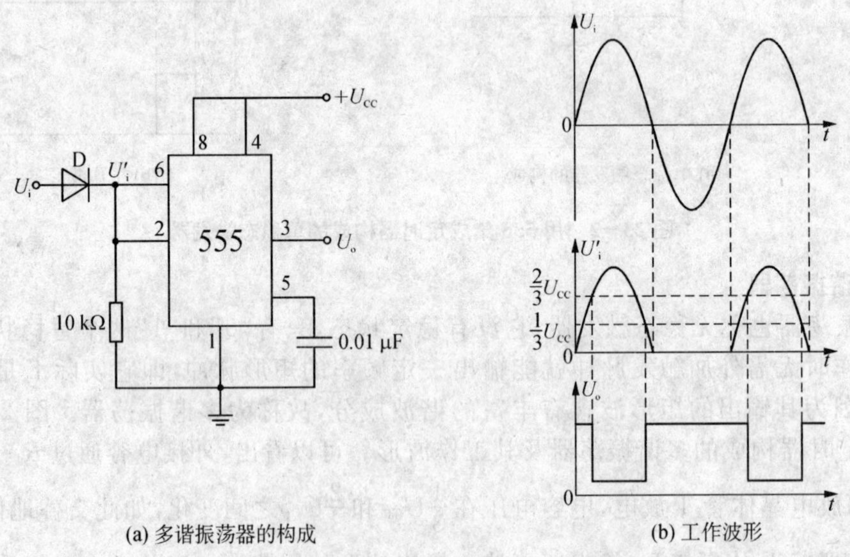

(a) 多谐振荡器的构成　　(b) 工作波形

图 23－4　用 555 集成定时器构成的施密特触发器

23.3　实验设备

（1）数字逻辑实验箱　（2）555 集成定时器　（3）集成电路 74LS04　（4）电阻、电容
（5）整流二极管 4007　（6）信号发生器　（7）双踪示波器

23.4　实验内容

23.4.1　必做实验

实验 23-1　单稳态触发器

1. 按图 23-5 接好实验线路。用单脉冲源通过反向器 74LS04 为 555 集成定时器提供触发脉冲(负脉冲)，555 集成定时器的输出端状态用发光二极管 LED 指示。

2. 选定电容 C 为 1 μF，通过单脉冲源向 555 集成定时器的 2 脚输入一个负脉冲，观察 LED 的发光时间。

3. 换选电容 C 为 10 μF，通过单脉冲源向 555 集成定时器的 2 脚输入一个负脉冲，观察 LED 的发光时间。

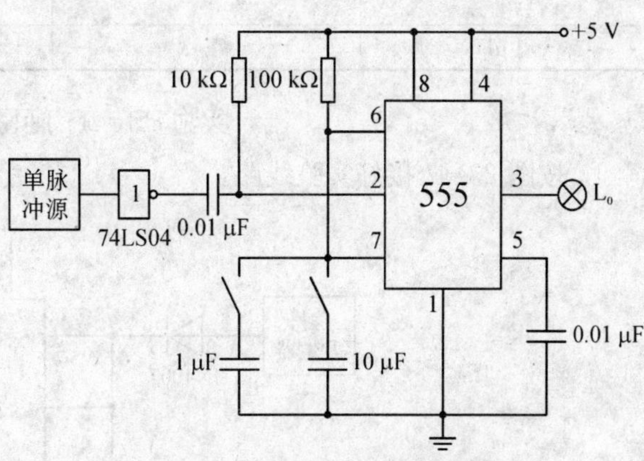

图 23-5　单稳态触发器实验线路

4. 将不同情况下观察到的 LED 的发光时间(用“长”和“短”表示)填入表 23-1 中。

表 23-1　单稳态触发器的实验结果

电　容 C	LED 的发光时间
1 μF	
10 μF	

实验 23-2　多谐振荡器

1. 按图 23-6 接好实验线路，选定电容为 1 μF。接通电源，用示波器观察和记录 555 集成定时器输出端的波形，并用示波器测量出输出波形的频率，填入表 23-2 中。

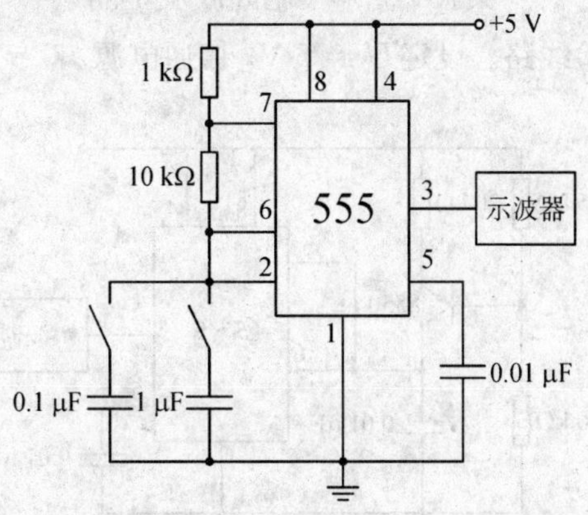

图 23-6　多谐振荡器实验线路

2. 换选电容为 0.1 μF，用示波器观察和记录 555 集成定时器输出端的波形，并用示波器测量出输出波形的频率，填入表 23-2 中。

3. 计算上述两种情况输出波形频率的理论值,将其填入表 23-2 中并与实际的测量值比较。

表 23-2 多谐振荡器的实验结果

电　容 C	输出波形	输出频率	频率理论值
1 μF			
0.1 μF			

实验 23-3 施密特触发器

1. 按图 23-7 接好实验线路。

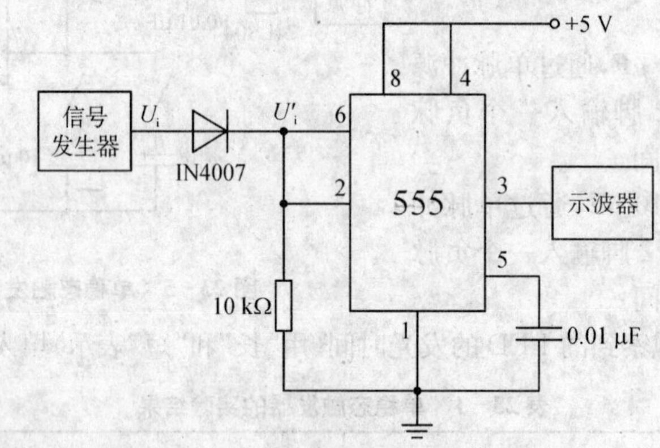

图 23-7 施密特触发器实验线路

2. 调节信号发生器使其产生频率约 1 kHz、峰值为 5 V 的正弦波,并从 U_i 端输入。

3. 用双踪示波器观察和记录输入 U_i、U'_i 和输出 U_o 的波形(注意要对齐),并用示波器测量出回差电压 ΔU_T。

23.4.2 选做实验

实验 23-4 锯齿波发生器

1. 按图 23-8 接好实验线路。设定 $U=5$ V,接通电源。

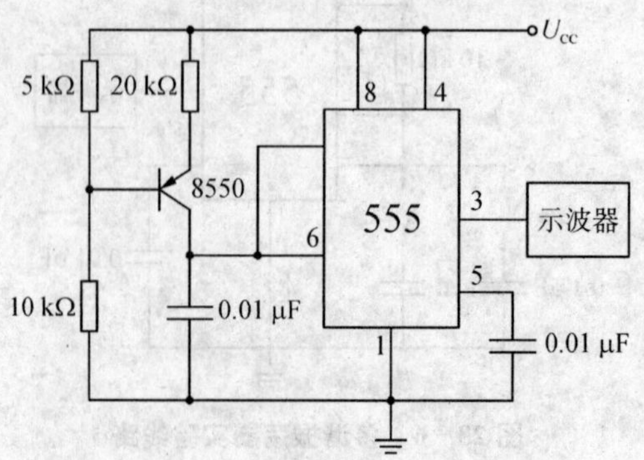

图 23-8 锯齿波发生器实验线路

2. 用双踪示波器观察输出 U_{o1} 和 U_{o2} 的波形,并记录在表 23-3 中。

3. 重新设定 $U=15$ V，重复实验步骤 2，并比较两种情况的输出波形。

表 23-3　锯齿波发生器的输出波形

U	输 出 波 形
5 V	
15 V	

23.5　预习思考题

1. 单稳态触发器的定时长度与哪些元件参数有关？

2. 在图 23-5 所示的单稳态触发器实验线路中，暂态脉冲宽度与触发脉冲宽度有关吗？

3. 单稳态触发器与施密特触发器有何区别？

4. 举例说明施密特触发器有何用途？

5. 555 集成定时器的 5 脚为什么要接一个 0.01～0.1 μF 的电容？是否可以将其悬空？是否可以将其接至 U_{CC} 或地？

6. 如果在 555 集成定时器的 5 脚接一个控制电压 U_C，则由其构成的施密特触发器的回差电压为多少？

7. 什么是矩形波的占空比？本次实验中多谐振荡器输出波形的占空比是固定的还是可变的？

23.6　分析与总结

1. 分析图 23-5 单稳态触发器实验电路中 C 和 R 的作用，它们构成了什么电路？

2. 分析图 23-7 施密特触发器实验电路中 D 和 R 的作用，它们构成了什么电路？

3. 整理多谐振荡器实验的数据，并与理论计算值进行比较。

4. 修改图 23-6 多谐振荡器实验线路(画出电路)，使其输出波形的占空比可以改变。

5. 比较当 $U=5$ V 和 $U=15$ V 两种情况的输出方波和锯齿波有何不同？为什么？

23.7　实验注意事项

1. 接线时应注意电源的正负极性不能接反。

2. 注意实验中用到的电解电容具有正、负极性。

3. 图 23-7 施密特触发器实验电路中的整流二极管 D 的极性不要接反。

4. 注意用示波器测量波形的幅值和频率的正确方法。

实验 24　A/D 和 D/A 转换

24.1　实验目的

1. 熟悉 A/D 和 D/A 转换的工作原理和性能。
2. 熟悉 A/D 和 D/A 转换器的电路结构和外部引脚排列。
3. 学习 A/D 和 D/A 转换器的基本应用方法。

24.2　预备知识

1. A/D 转换器 TLC0820

TLC0820 是 TI 公司生产的 CMOS 型 8 位单通道逐次逼近 A/D 转换器，可与 NS 公司的 ADC0820 和 AD 公司的 AD0820 直接互换使用。图 24－1 是 TLC0820 的外部引脚排列图，其主要性能包括：

(1) 8 位转换精度；

(2) 差分基准电压输入；

(3) 具有并行的微处理器接口；

(4) 片内时钟电路；

(5) 单一 5 V 电源；

(6) 三态输出；

(7) 兼容 TTL 电平。

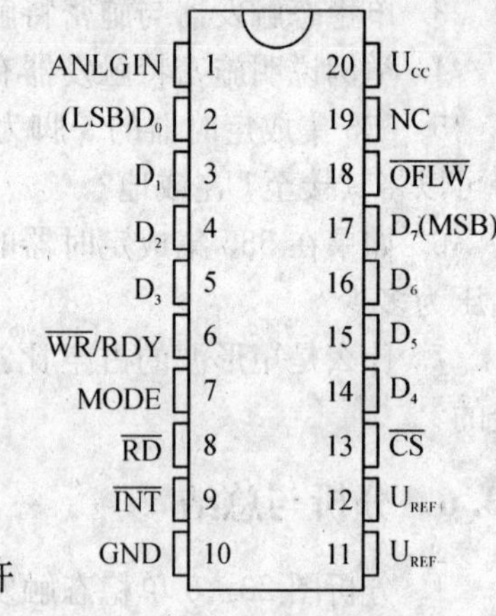

图 24－1　TLC0820 的外部引脚排列

各引脚的功能定义如下：

ANLGIN——模拟电压输入端；

$\overline{CS}$——片选信号输入端，当 $\overline{CS}=0$（低电平）时，允许 TLC0820 工作；

$D_0 \sim D_7$——数字量输出端，三态方式；

GND——接地端；

U_{CC}——电源输入端；

$\overline{INT}$——中断信号输出端，低电平有效，表示转换结束，在$\overline{RD}$或$\overline{CS}$的上升沿过后$\overline{INT}$恢复为高电平；

MODE——方式选择端，当 MODE＝0 时为读模式，当 MODE＝1 时为读写模式；

$\overline{OFLW}$——溢出标志，当模拟输入电压高于 U_{REF+} 时$\overline{OFLW}$＝0；

$\overline{RD}$——读控制信号输入端，低电平有效；

U_{REF+} 和 U_{REF-}——基准电压输入端；

$\overline{WR}$/RDY——转换启动信号输入端。

2. D/A 转换器 TLC7524

TLC7524 是 TI 公司生产的 CMOS 型 8 位单通道 D/A 转换器，可与 AD 公司的 AD7524 和 MPS 公司的 MP7524 直接互换使用。图 24－2 是 TLC7524 的外部引脚排列图，其主要性能包括：

(1) 8 位转换精度；

(2) 片内带数据锁存器；

(3) 具有并行的微处理器接口；

(4) 单一 5 V 电源；

(5) 兼容 TTL 电平。

各引脚的功能定义如下：

$\overline{CS}$——片选信号输入端，当$\overline{CS}$＝0（低电平）时，允许 TLC7524 工作；

$\overline{WR}$——输入数据控制信号，低电平有效，当$\overline{WR}$＝0 时数据被输入锁存器；

DB_0～DB_7——数字量输入端；

GND——接地端；

U_{DD}—— 电源输入端；

OUT_1 和 OUT_2——D/A 转换的电流输出端，OUT_1 接运算放大器的反向输入端，OUT_2 与运算放大器的同向输入端相连并接地；

R_{FB}——反馈电阻接线端，可直接与运算放大器的输出端相连，也可以通过一个适当的电阻连接到运算放大器的输出端；

U_{REF}——基准电压输入端。

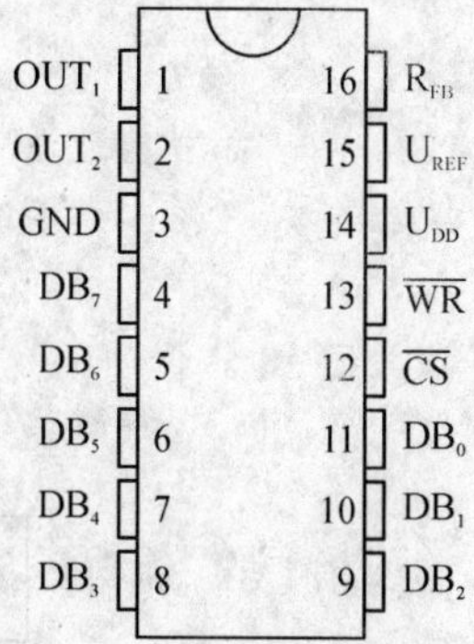

图 24－2　TLC7524 的外部引脚排列

24.3　实验设备

(1) 数字逻辑实验箱　(2) A/D 转换器 TLC0820 和 D/A 转换器 TLC7524

(3) 集成电路 74LS04　(4) 电位器　(5) 逻辑电平开关　(6) 直流稳压电源　(7) 万用表

24.4　实验内容

24.4.1　必做实验

实验 24－1　A/D 转换器特性的测量

1. 按图 24－3 接好实验线路。

2. 先通过电位器将模拟电压输入调至 0 V，观察 8 个 LED 的发光情况。

3. 按表 24－1 中的数据调节电位器，用万用表测量模拟输入电压 U_{in}，每次调节好一个 U_{in} 的数值后通过单脉冲源向$\overline{WR}$/RDY(6 脚)发一个负脉冲，观察 8 个 LED 的发光情况，将结果填入表 24－1。

表 24－1　A/D 转换的实验数据

输入模拟量 U_{in}	输出数字量	输入模拟量 U_{in}	输出数字量
0.0 V		3.4 V	
0.8 V		4.2 V	
1.6 V		5.0 V	
2.5 V			

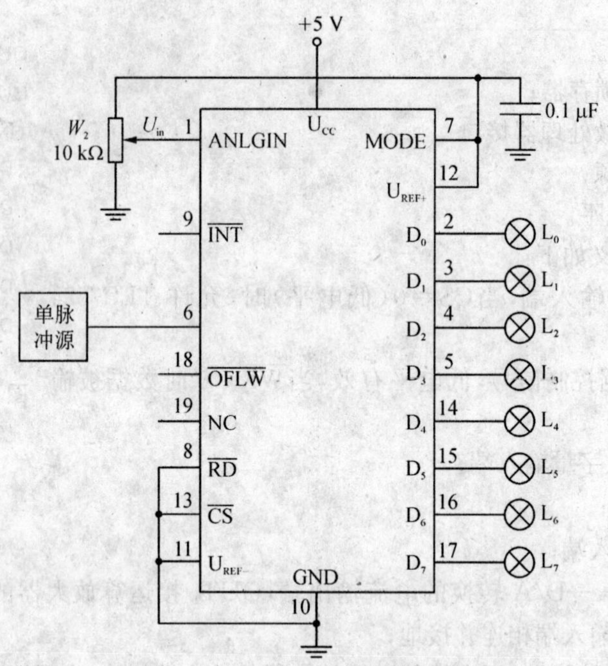

图 24－3　A/D 转换特性测量的实验线路

实验 24－2　D/A 转换器特性的测量

1. 按图 24－4 接好实验线路。

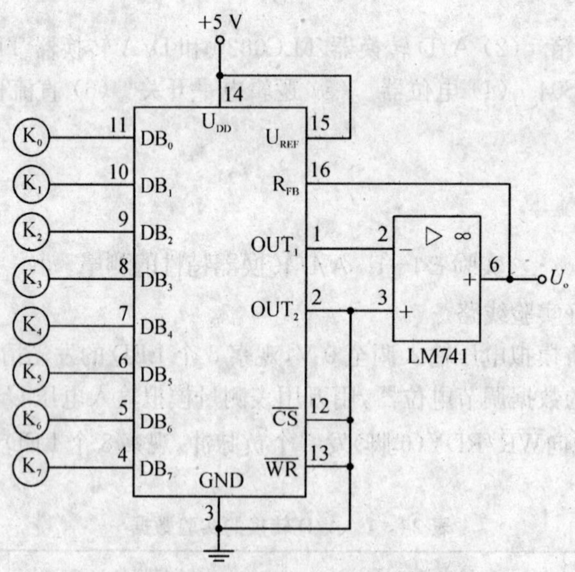

图 24－4　D/A 转换特性测量的实验线路

2. 先将 8 位逻辑电平开关全部断开，(即数字输入量为“00000000”)，用万用表测量运算放大器的输出 U_o 并对运算放大器进行调零。

3. 按表 24－2 中的数据设定 8 位逻辑电平开关的状态，用万用表测量运算放大器的输出 U_o，将测量结果填入表 24－2。

表 24-2　D/A 转换的实验数据

输入数字量	输出模拟量 U_o	输入数字量	输出模拟量 U_o
00000000		10110111	
00110000		11011000	
01010110		11111111	
01111111			

24.4.2　选做实验

实验 24-3　A/D 与 D/A 串接的特性测量

1. 合并图 24-3 和图 24-4，即将 TLC0820 的数字输出端与 TLC7524 的数字输入端直接相连(去掉 TLC0820 数字输出端的 8 个 LED)。

2. 按表 24-3 中的数据调节电位器以改变 TLC0820 的模拟输入电压 U_{in}，用万用表测量运算放大器的输出 U_o，将结果填入表 24-3。

3. 根据表 24-3 中的测量结果在方格纸上画出 U_{in} 和 U_o 的曲线。

表 24-3　A/D 与 D/A 串接的实验数据

输入 U_{in}	0.0 V	0.5 V	1.0 V	1.5 V	2.0 V	2.5 V	3.0 V	3.5 V	4.0 V	4.5 V	5.0 V
输出 U_o											

24.5　预习思考题

1. 基准电压对 A/D 和 D/A 的转换精度有何影响?
2. 如果将基准电压改接为+2 V，对实验数据有何影响?
3. 如果要将转换的分辨率提高到 5 mV(设基准电压为 5 V)，则应采用几位的 A/D 和 D/A 转换器?
4. 为什么在进行实验 24-2 时要先对运算放大器调零?
5. 当 TLC7524 的数字输入为“11111111”时，应该将运算放大器的输出调至多大?

24.6　分析与总结

1. 根据理论课上学到的有关 A/D 和 D/A 转换分辨率的原理分析总结本次实验中的结果。
2. 画出实验 24-3 中 TLC0820 与 TLC7524 串接的连线图。
3. 根据表 24-3 中的测量结果和对应的曲线，考察实际的转换线性度是否产生失真?

24.7　实验注意事项

1. TLC0820 的基准电压输入(U_{REF+} 和 U_{REF-})是差分型的，接线时注意不能接反。
2. 在调节模拟输入电压时应注意使 $U_{in} \leqslant U_{REF+}$。
3. 测量运算放大器的输出 U_o 前应先对其进行调零，并注意调零的方法。

实验 25　可编程逻辑器件(CPLD)的应用

25.1　实验目的

1. 了解可编程逻辑器件的电路结构和特性。
2. 掌握用 CPLD 设计数字电子系统的编程方法。
3. 学习在 MAX+PLUS Ⅱ环境下设计和仿真应用程序。

25.2　预备知识

1. 可编程逻辑器件简介

复杂可编程逻辑器件(Complex Programmable Logic Devices, CPLD)是一种由未连接的逻辑阵列所组成的可通过程序进行逻辑功能设计的器件,通过编程下载后将这些逻辑阵列连接成具有一定逻辑功能的专用器件。它是在大规模集成电路技术发展基础上出现的一种半定制的集成电路,运用 EDA 软件工具可以快速方便地构建具有特定功能的数字硬件系统。

不论是组合逻辑电路还是时序逻辑电路,都是由基本逻辑门(如与、或、非、三态门等)电路来构成。对于任何数字电路来说,与门和或门就可以组合成其逻辑表达式的函数,其原理如图 25-1 所示。

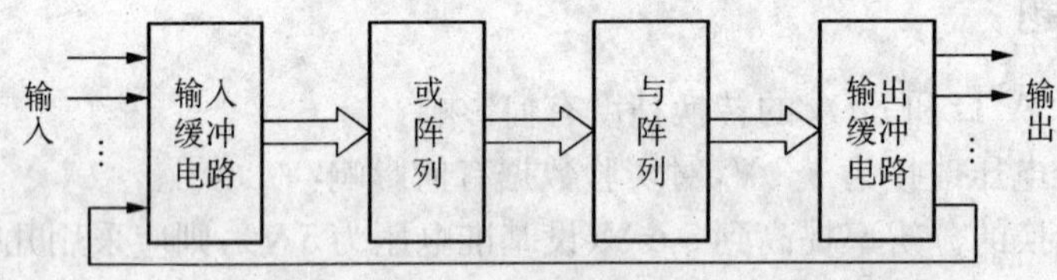

图 25-1　与或阵列构成的逻辑电路

显然,由"与门-或门"组合成的 PLD 器件功能较为简单。随着技术的发展和要求的提高,后来科学工作者又受到 ROM 工作原理、地址信号与输出数据间关系的启发,发展出了采用 SRAM 查找表方式的高速的 PLD 器件,这就是现场可编程逻辑阵列(Field Programmable Gate Array, FPGA)。

可编程逻辑器件 PLD 是 20 世纪 70 年代逐渐发展起来的一种新型器件。它的应用和发展不仅简化了电路设计,降低了成本,提高了系统的可靠性,而且给数字系统的设计方式带来了革命性的变化。PLD 器件从产生到发展形成现在的 FPGA 和 CPLD 两大主流器件,主要经历以下几个阶段。

随着集成电路的发展,特别是大规模集成电路出现以后,在 20 世纪 70 年代中期出现的可编程逻辑阵列(PLA)是 PLD 的雏形。PLA 在结构上由可编程的"与"和"或"阵列组成,由于集成电路技术的制约,阵列规模小,编程也比较繁琐。随后出现的可编程阵列逻辑(PAL)由可编程的"与"阵列和固定的"或"阵列组成,其设计比较灵活,易于编程,器件速度快,因而成为第一代得到普遍应用的 PLD 器件。

20 世纪 80 年代初,美国的 Lattice 公司发明了通用阵列逻辑(GAL)。它采用输出逻辑宏单元(OLMC)的结构和 E^2PROM 工艺,具有可编程、可擦除和可长期保持数据的优点,使用灵活，因而得到了广泛的应用。

20 世纪 80 年代中期，PLD 器件进入了一个快速发展时期，不断向大规模、高速度、低功耗的方向发展。此时期，Altera 公司推出了一种新型可擦除、可编程的逻辑器件（EPLD），它采用 CMOS 和 UVEPROM 工艺制作，集成度更高，设计也更灵活，但内部连线功能较弱。1985 年，美国 Xilinx 公司推出现场可编程门阵列（FPGA），它是采用单元型结构的新型 PLD 器件。在结构上，它内部由许多独立的可编程逻辑单元构成，各逻辑单元之间可以灵活地相互连接，具有密度高、速度快、编程灵活和可重新配置等优点。FPGA 已成为当前主流的 PLD 器件之一。

复杂可编程逻辑器件（CPLD）是从 EPLD 改进而来的，它增加了内部连线，对逻辑宏单元和 I/O 单元也有重大的改进，它的性能更好，使用也更方便。尤其是在 Lattice 公司提出了在系统编程（ISP）的技术后，相继出现了一系列具备 ISP 功能的 CPLD 器件，其中尤以 Altera 公司的 CPLD 器件最具代表性。CPLD 是当前另一主流的 PLD 器件。

当然，随着微电子技术及设计方法的发展，PLD 技术也会随着时代的发展而不断向密度更高、速度更快、功耗更低和功能更强的方向发展。

2. MAX＋plus Ⅱ集成开发环境的使用方法

（1）启动 MAX＋plus Ⅱ。运行 maxstart. exe 进入集成开发环境，出现如图 25－2 所示的界面：

图 25－2

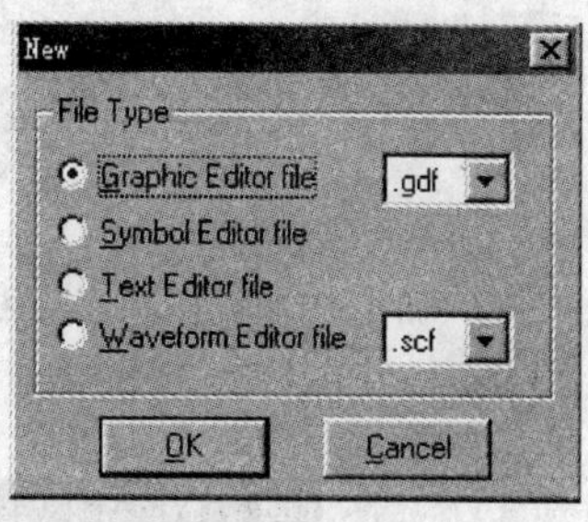

图 25－3

（2）选择设计输入文件类型。打开一个新设计输入文件，出现如图 25－3 所示的选择框：设计输入文件可以采用原理图方式（Graphic Editor file，文件保存为 ＊. gdf）或者采用文本方式（Text Editor file，若使用 VHDL 语言，文本保存为 ＊. vhd；若使用 Verilog 语言则文件保存为 ＊. v），选择“OK”进入编辑状态。

（3）建立设计输入文件。本实验中的设计输入文件采用原理图方式，因此只要熟悉数字电子技术基础即可以进行应用电路的设计。如果熟悉 VHDL 或 Verilog 语言，也可以采用文本方式进行设计。具体的设计实例在实验 25－1 中给出。

（4）对设计文件进行编译。选择 MAX＋plus Ⅱ→Compiler，弹出如图 25－4 所示的编译窗口，按 Start 开始编译。如编译有错误则需要返回设计界面对设计文件进行修改，直至编译通过为止。

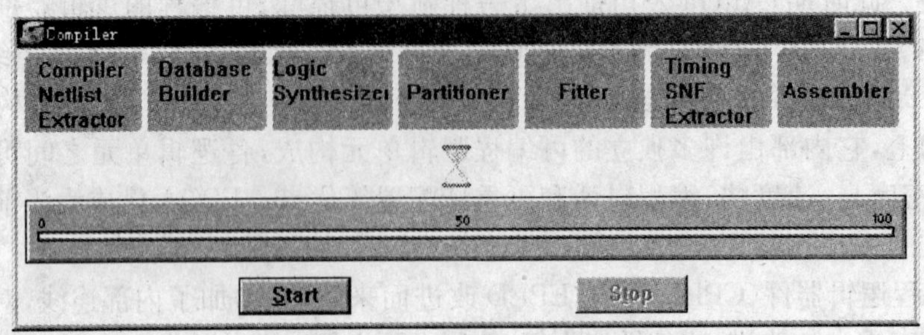

图 25－4

(5) 仿真。设计文件经编译通过后，需进行仿真以检验所设计的数字电路功能的正确性，其步骤如下。

① 打开一个波形文件：选择 MAX＋plus Ⅱ→Waveform Editor，弹出如图 25－5 所示的空白波形文件。

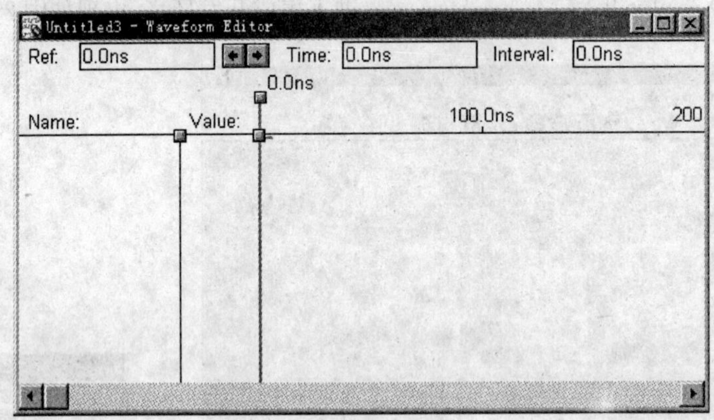

图 25－5

② 确定仿真的时间长度：选择 File→End Time，弹出如图 25－6 所示的对话框。输入 100 μs，按“OK”确定。

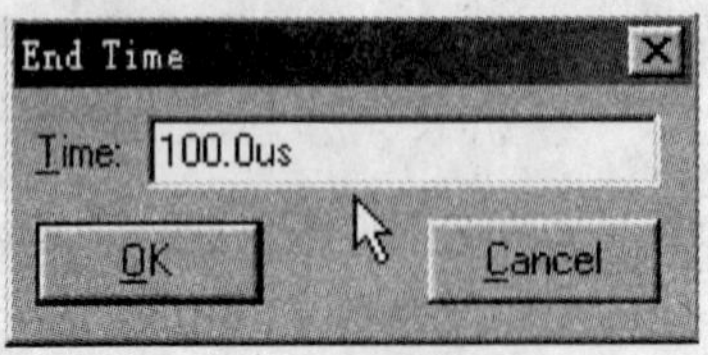

图 25－6

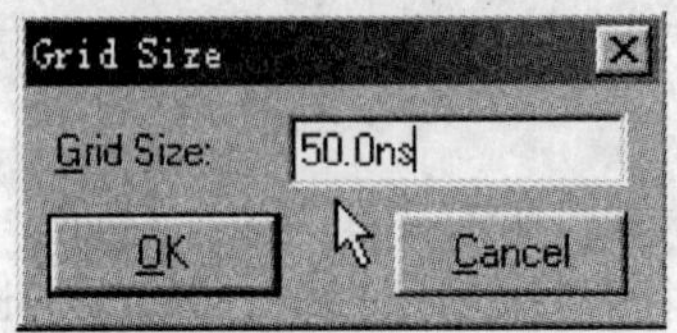

图 25－7

③ 确定仿真的最小时间单位：选择 Option→Grid Size，弹出如图 25－7 所示的对话框。输入 50 ns，按“OK”确定。

④ 输入要仿真的信号名称：选择 Node→Enter Nodes From SNF，在弹出的对话框中(图 25－8)按 List 按钮，可以看到在设计文件中定义的输入输出(I/O)引脚名称：in、out。

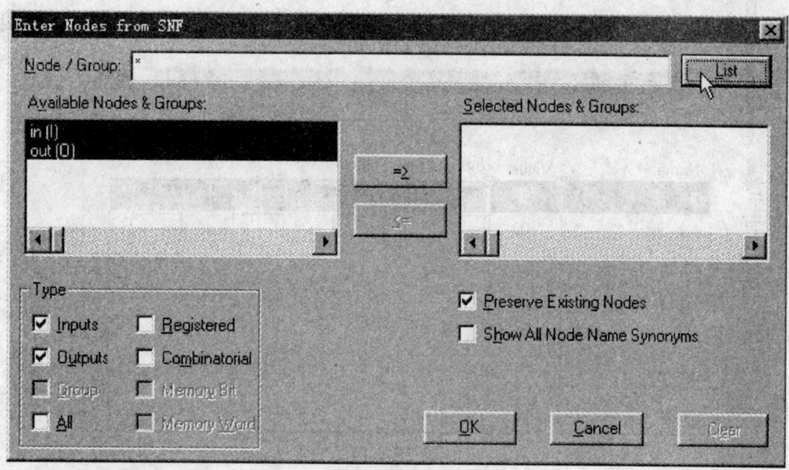

图 25 - 8

按"＝＞"选择要增加的 Nodes，把 in、out 都加入，按"OK"确定。现在 in、out 将出现在波形文件 Wave form Editor 中，如图 25 - 9 所示。

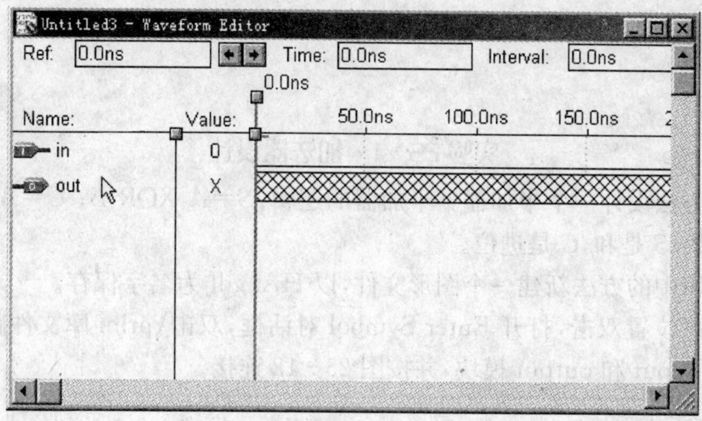

图 25 - 9

⑤ 定义输入信号波形：根据设计功能的要求定义输入信号波形并保存。

⑥ 进行仿真：选择 MAX＋plus Ⅱ→Simulator 调入仿真器，弹出如图 25 - 10 所示的信息框。

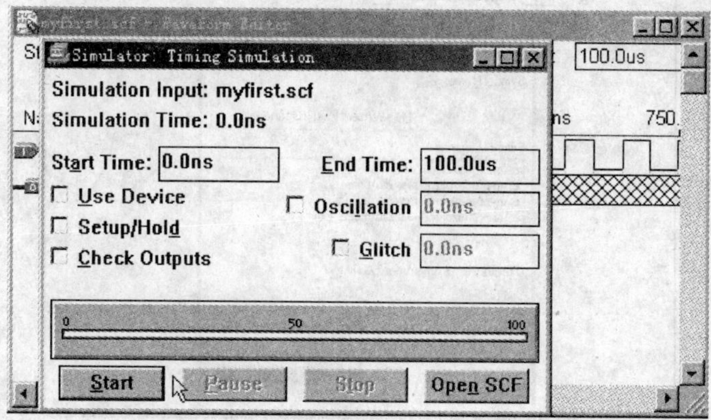

图 25 - 10

按 Start 启动仿真，仿真结束后按 Open SCF，可以看到仿真结果，如图 25－11 所示。

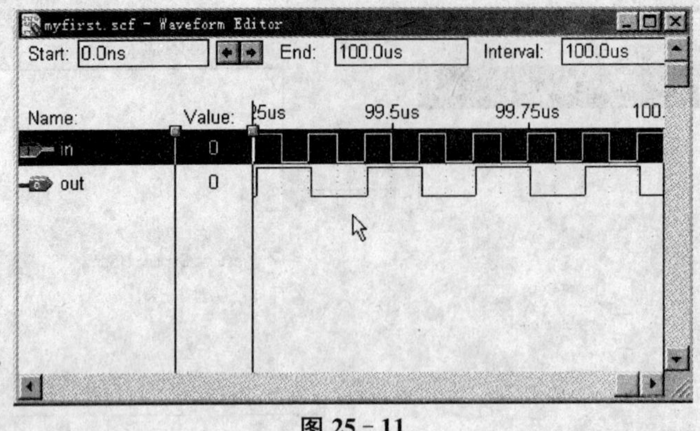

图 25－11

25.3 实验设备

(1) 电脑一台 (2) MAX＋plus Ⅱ集成开发环境软件包(已安装在电脑)

25.4 实验内容

25.4.1 必做实验

实验 25－1 加法器设计

1. 用原理图方法设计一个半加器。半加器的逻辑：$S=A$ XOR B；$C=A$ AND B，其中 A 和 B 是两个相加数，S 是和，C 是进位。

2. 按预备知识中的方法新建一个图形文件，以 HA. gdf 为名字保存。

3. 在文件任意位置双击，打开 Enter Symbol 对话框，双击\prim 库文件路径，从中分别选择 XOR、AND2、input 和 output 模块，并按图 25－12 连接。

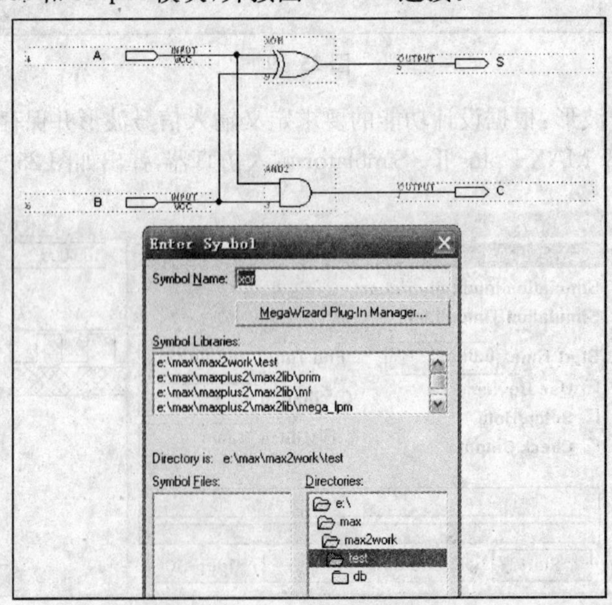

图 25－12 半加器的图形文件

在连接好的原理图中改写输入输出(I/O)引脚名为(如图 25-12 所示):A、B、S、C。保存文件,同时选择 File→Project→Set Project to Current File 确定该文件为当前处理工程。

4. 参考预备知识中的方法对图形文件进行编译→修改→再编译,直至编译通过。

5. 开始进行仿真

(1) 按预备知识中的方法打开一个新的波形文件。

(2) 选择仿真时间长度为 100 μs,仿真最小时间单位为 50 ns。

(3) 输入要仿真的信号名称,选择 Node→Enter Nodes From SNF,在弹出的对话框中点击 List 按钮,可以看到我们前面定义的 I/O 引脚名称:A、B、S、C,如图 25-13 所示。

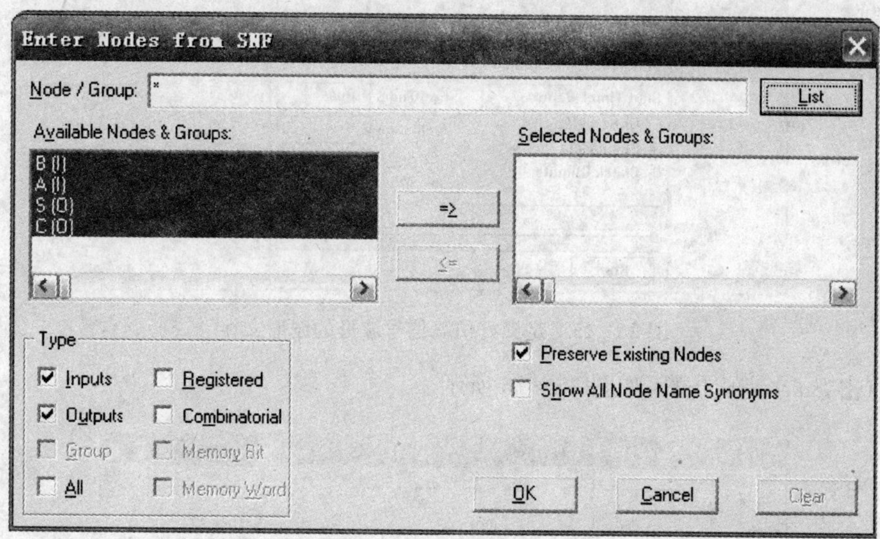

图 25-13　输入仿真信号的对话框

点击=>选择要增加的 Nodes,把 A、B、S、C 都加入,点击确定,则 A、B、S、C 出现在 Wave form Editor 中,如图 25-14 所示。

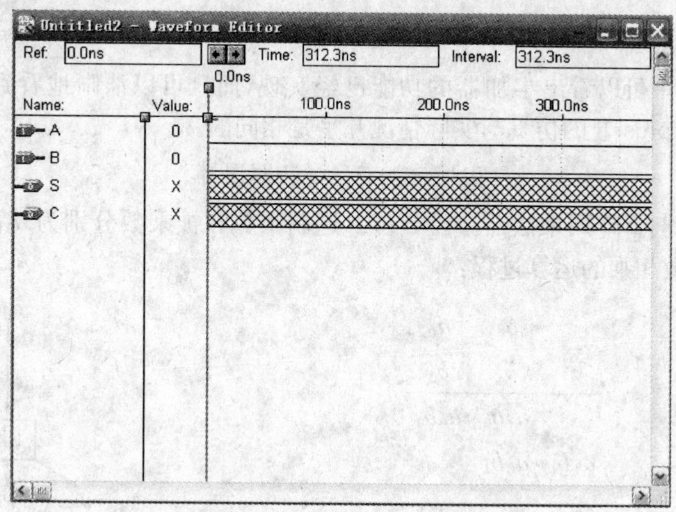

图 25-14　输入完仿真信号的波形文件

(4) 根据半加器的逻辑功能定义波形，并保存。然后选择 MAX+plus Ⅱ→Simulator 调入仿真器，如图 25-15 所示。

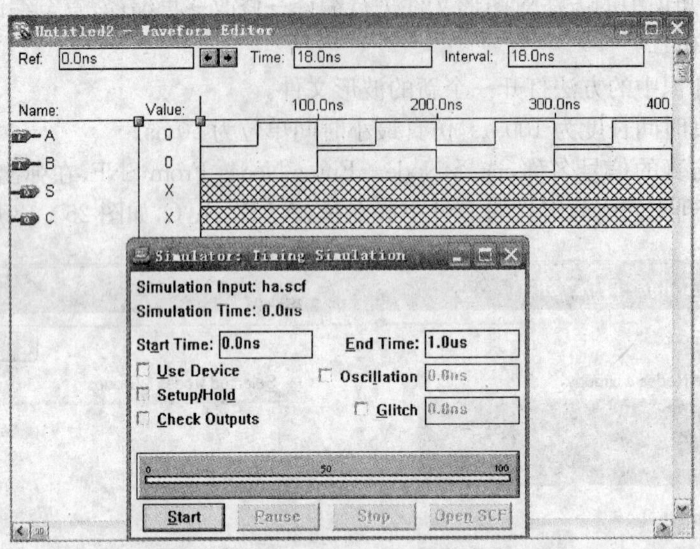

图 25-15　定义好仿真信号波形的波形文件

(5) 点击 Start 完成仿真，如图 25-16 所示。

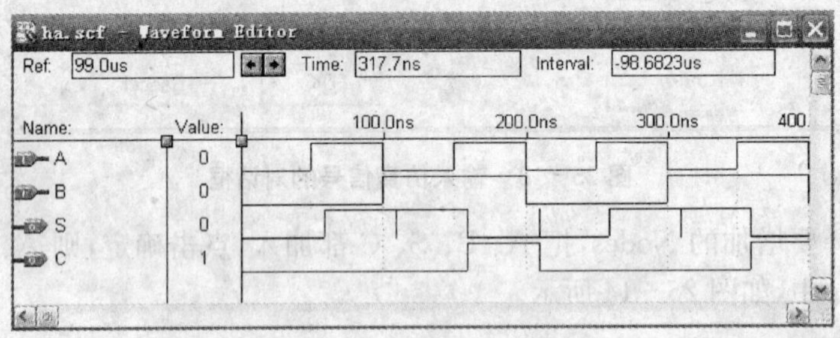

图 25-16　半加器的仿真波形

从仿真波形图中可以看出半加器的功能已经实现，而且可以清晰地看到波形的毛刺和延时，这表明 MAX+plus Ⅱ的仿真与实际情况几乎是相同的。

实验 25-2　乘法器设计

1. 设计一个 2×2 阵列乘法器。设 2 位二进制乘数和被乘数分别为 a_1a_0 和 b_1b_0，乘积为 $p_3p_2p_1p_0$，则由两数相乘的运算过程：

$$\begin{array}{rrr} & a_1 & a_0 \\ \times & b_1 & b_0 \\ \hline & a_1b_0 & a_0b_0 \\ a_1b_1 & a_0b_1 & \end{array}$$

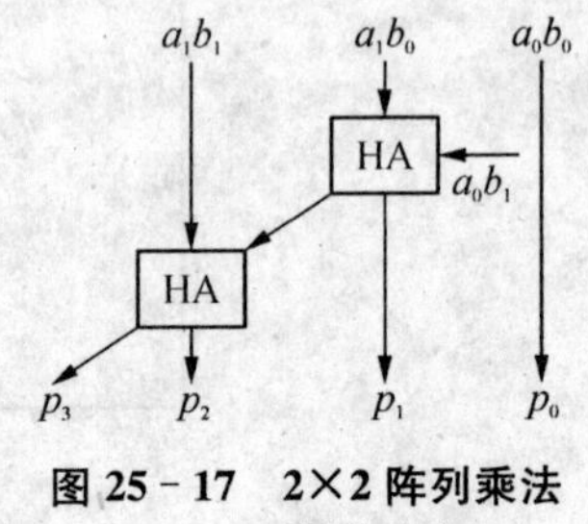

图 25-17　2×2 阵列乘法器的构成

可得乘积为：　$p_0 = a_0b_0$

$$p_1 = a_1 b_0 + a_0 b_1 (\text{产生进位 } c_1)$$
$$p_2 = a_1 b_1 + c_1 (\text{产生进位 } c_2)$$
$$p_3 = c_2$$

容易看出，这个运算过程可以用两个半加器实现，如图 25－17 所示。

2. 打开实验 25－1 中保存的 HA. gdf 文件，选择 File→Create Default Symbol，新建 gdf 文件，这样在 Enter Symbol 对话框中 Directories 选择当前文件夹，就可以使用实验 25－1 所设计的半加器作为模块了。

3. 按图 25－17 设计原理图文件，如图 25－18 所示。

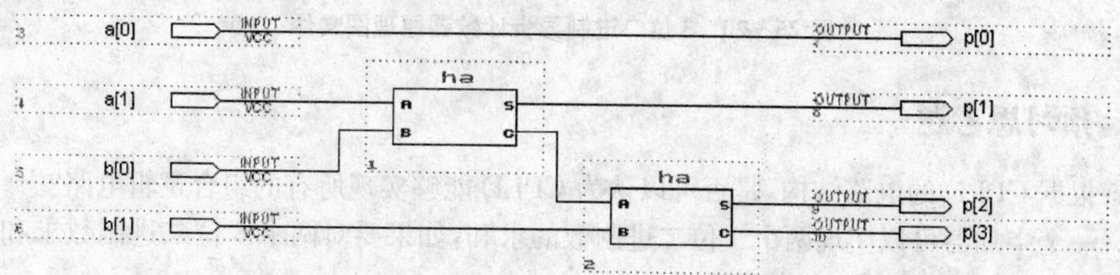

图 25－18　2×2 阵列乘法器的原理图文件

4. 对所设计的原理图文件进行编译→修改→再编译，直至编译通过。
5. 建立波形文件，选择仿真时间长度为 100 μs，仿真最小时间单位为 50 ns。
6. 进行仿真。图 25－19 是供参考的仿真波形。

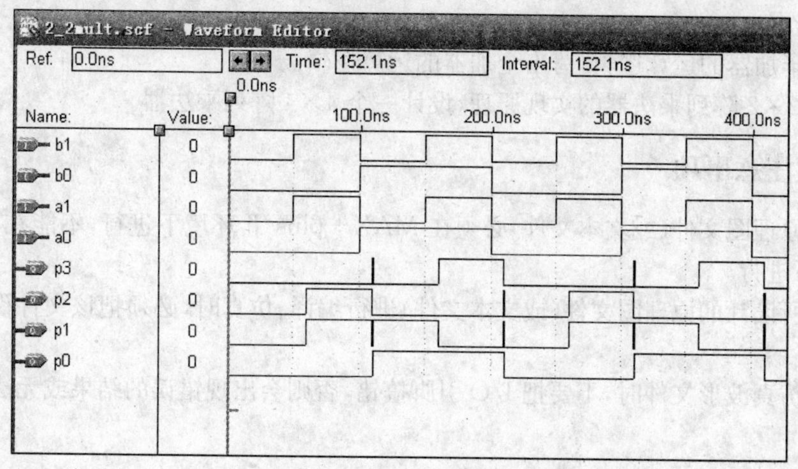

图 25－19　2×2 阵列乘法器的仿真参考波形

25.4.2　选做实验

实验 25－3　计数器设计

1. 设计一个 3 位二进制异步计数器。
2. 仿照上述实验步骤，按图 25－20 设计 3 位二进制异步计数器的原理图文件。
3. 对所设计的原理图文件进行编译→修改→再编译，直至编译通过。
4. 建立波形文件，选择仿真时间长度为 100 μs，仿真最小时间单位为 50 ns。
5. 通过仿真验证设计的正确性。

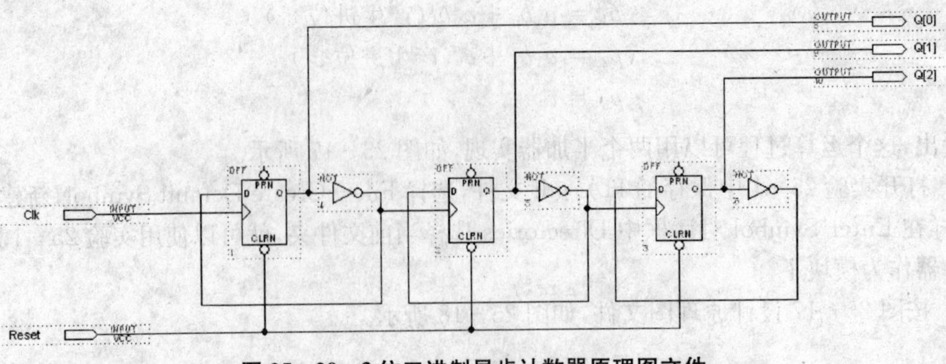

图 25-20 3位二进制异步计数器原理图文件

25.5 预习思考题

1. 根据 CPLD 的电路结构,是否可以认为 CPLD 能够实现所有的组合逻辑电路?

2. 一个半加器可以实现两个 1 位二进制数的求和,如果要对两个 8 位二进制数求和,是否可以采用 8 个半加器实现? 为什么?

3. 半加器和全加器有何区别?

25.6 分析与总结

1. 分析和总结用 CPLD 实现数字逻辑电路的特点,并与集成电路实现数字逻辑电路的传统方法进行比较。

2. 根据半加器的运算逻辑,写出全加器的运算逻辑。

3. 参考 2×2 阵列乘法器的实现原理,设计一个 4×4 阵列乘法器。

25.7 实验注意事项

1. 设计原理图文件(或文本文件)必须在 MAX+plus Ⅱ环境下进行,不能在其他环境(如 WORD 等)下进行。

2. 在对所设计的原理图文件(或文本文件)进行编译、仿真时,必须把该文件设置为当前处理文件。

3. 建立仿真波形文件时,不要把 I/O 引脚搞错,否则会出现错误的结果或无法仿真。

第 3 部分　综合型、设计型实验

实验 26　温度控制系统设计

26.1　实验目的

设计和实现一个温度闭环控制系统，系统包括传感器信号采集、放大、温度显示以及设备自动调节控制环节。通过实验使学生掌握信号系统开发的基本方法，焊接、调试、测量等基本操作技能，在实验中将理论所学内容融会贯通，巩固理论所学知识。

26.2　实验要求和设计指标

1. 实验要求

(1) 运用集成稳压器，设计并搭接一个具有±5 V 和±12 V 输出电源电路。

(2) 学习温度传感器的信号采集电路的设计方法，掌握 Cu 电阻传感器的使用方法，搭建 Cu 电阻的温度信号采集电路。

(3) 学习信号放大电路的设计方法，了解 7650 运算放大器的使用方法，搭建基于 7650 运算放大器的信号放大电路。

(4) 学习信号控制电路的设计方法，了解电压比较器、光电耦合器件、继电器及晶体管放大器的使用方法，搭建以白炽灯为热源设备的信号控制电路。

(5) 学习数字信号显示电路的设计方法，了解 7107 数字显示电路和 LED 的使用方法，搭建基于 7107 集成电路和 LED 的信号显示电路。

2. 设计指标

(1) 电源电压输出：±5 V、±12 V。

(2) 测温范围及精度：0～100℃，精度±1℃。

(3) 温度控制：采用白炽灯为加热源，当温度达到指定温度 1(如 80℃)，由继电器自动切断电源，白炽灯灭；当温度降至指定温度 2(如 60℃)，白炽灯重新点亮，恢复加热。(注：指定温度 1、指定温度 2 可通过电路参数调节，自行设定。)

(4) 温度显示：用四位 LED 数码管显示测得的温度。

26.3　设计步骤

1. 指导思想

电路设计就是根据自己所掌握的知识，查阅并参考有关资料后，制订出一个能满足设计要求的电路。对于同样的一个设计要求，通常所做的设计不是唯一的。衡量一个设计的优劣，在技术上要看设计是否达到设计指标要求；使用上看它是否操作简便、维修容易；经济上要看是否做到使用元件少、成本低。

2. 确定设计的总体方案

所谓设计的总体方案就是对所设计的系统先做一个大致的构思，这种构思常用方框图表示，下面的方框图是本设计可采纳的方案之一：

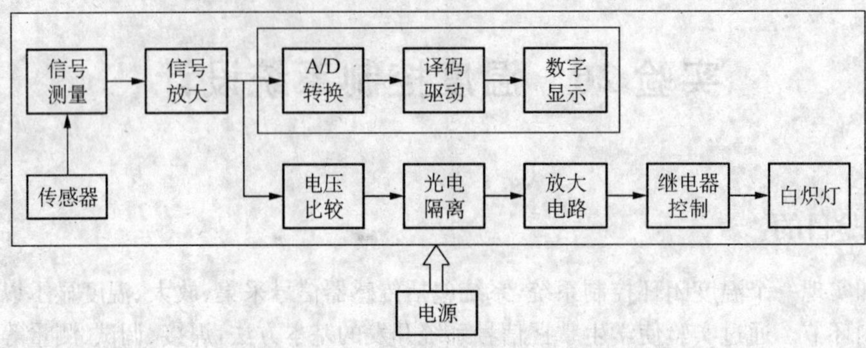

图 26-1 本设计的温度控制系统方框图

3. 单元电路的设计

总体方案确定后，要分别对单元电路进行设计。即在满足逻辑要求的基础上对单元电路设计绘制电路图，选择电路中元器件的型号和参数。如标出集成电路的型号、引脚，电阻的阻值、功率，电容的容量、耐压以及电源极性和电压值。

在各单元设计时要注意电源的选择应该合理，使各部分电路的电源电压尽可能一致。下面是本系统的各单元电路参考设计方案。

(1) 温度传感器的选择

传感器是实现测量与控制的首要环节，是测控系统的关键部件。用于控制系统的温度传感器一般有热电偶、热电阻、集成半导体温度传感器。由于本系统的测温范围为 0～100℃，属常温范围，对传感器没有特殊要求，因此可以采用价格低廉、线性较好的工业用铜热电阻(Cu100)。它的适用范围为－50～＋150℃。

在－50～＋150℃温度范围内，铜电阻 R 与温度呈线性关系：

$$R = R_0(1 + aT)$$

其中，a 为电阻温度系数，其值一般为 4.5×10^{-8}～4.28×10^{-8} ℃$^{-1}$；R_0 是温度为 0℃时的铜电阻值，$R_0 = 100 \pm 0.01\ \Omega$。

铜电阻(Cu100)的分度表如表 26-1 所示，其他主要技术参数请自行查阅。

表 26-1 铜电阻(Cu100)分度表

T(℃)	－50	－40	－30	－20	－10	0		
R(Ω)	78.48	82.80	87.11	91.41	95.71	100.00		
T(℃)	0	10	20	30	40	50	60	70
R(Ω)	100.00	104.29	108.57	112.85	117.13	121.41	125.68	129.96
T(℃)	80	90	100	110	120	130	140	150
R(Ω)	134.24	138.52	142.80	147.08	151.37	155.67	156.96	164.27

(2) 传感器信号测量电路及信号放大电路的设计

利用温度传感器将温度变化信号转换为电阻变化信号时，一般采用电桥作为传感器的测量电路。具体做法是将传感器接入平衡电桥的一个桥臂，当电桥平衡时该电桥输出电压为 0。当温度变化时，作为传感器的铜电阻的阻值发生变化，电桥的平衡破坏，电桥相应地输出某一个电压值，通过对该电压值的采集、换算，就可以得知相应的温度值。

但是模拟量输入信号往往很小，在本系统中电桥输出电压信号仅为毫伏级信号，一般为零到十几毫伏，必须经过放大器将该信号放大到标准幅度（如 0～5 V、0～2 V）后才能推动后续电路工作。本设计选用斩波稳零集成运放 7650，它是采用先进的 CMOS 工艺制成大规模模拟集成电路芯片，具有超低失调和超低漂移、高增益和高输入阻抗，广泛应用于各种微弱信号的前置放大、测量电桥和各种应变仪的前置放大。有关 7650 的管脚及详细性能参数请自行查阅。

传感器信号测量与信号放大电路如图 26－2 所示。

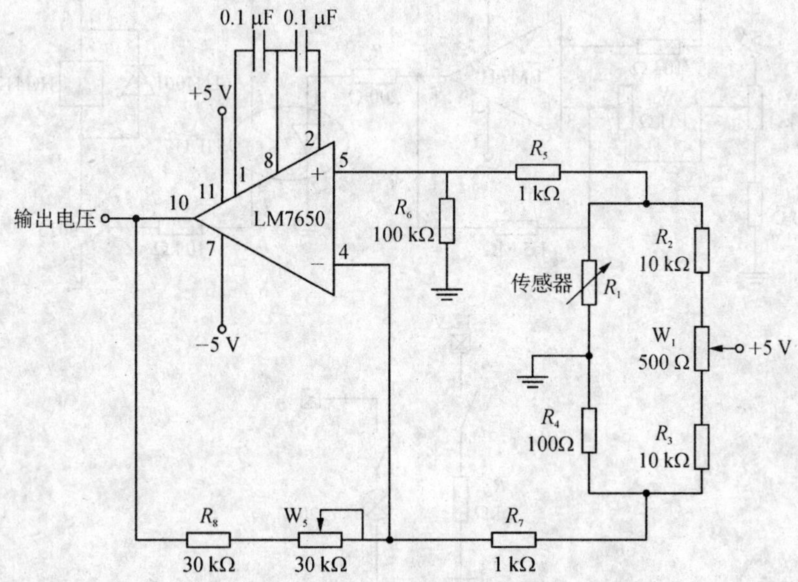

图 26－2　传感器信号测量与信号放大电路

(3) 电压比较电路设计

实验采用白炽灯为加热源。为了实现当温度达到指定温度 T_1（如 80℃），由继电器自动切断电源，关闭白炽灯；当温度降至指定温度 T_2（如 60℃），白炽灯重新点亮，恢复加热，在光电隔离电路和信号放大电路之间加入电压比较电路。设计采用运算放大器 LM741 配合外部电阻网络构成迟滞电压比较器，参考图 26－3。

当 LM741 第 2 脚输入电压小于第 3 脚设定的参考电压，LM741 第 6 脚输出正电源电压，光电耦合器导通，继电器吸合，白炽灯亮，持续加热。反之输出负电源电压，光电耦合器截止，继电器释放，白炽灯灭，停止加热。停止加热后，当热源温度降至指定温度 T_2，LM741 翻转重新输出正电源电压，光电耦合器重新导通，继电器重新吸合，白炽灯重新点亮，恢复加热。

指定温度 1、指定温度 2 可通过调节电路参数自行设定。要设定断电温度，可通过调节 W_3 电位器调节参考电压。要设定恢复加热温度点，可调节 W_4 电位器，调节迟滞宽度。

(4) 光电隔离及继电器控制电路

本系统的控制装置为白炽灯，其控制状态均只有两种："开"或"关"，因此，属于位式调节控制装置。

在大设备与小信号的接口电路中，继电器是常用的功率接口器件，它具有接触电阻小，流过电流大和耐压高等优点，特别适合于大电流高电压的使用场合。本系统利用继电器（直流继电器）作为放大后输出与负载之间的执行机构，通过继电器的输出，完成从低压直流到高压交流的过渡。但是由于继电器采用电磁吸合原理，动作时，对数字电路部分（显示）有一定的干扰，为了提高系统的可靠性，在前级系统和继电器之间还采用光电耦合器件进行隔离。

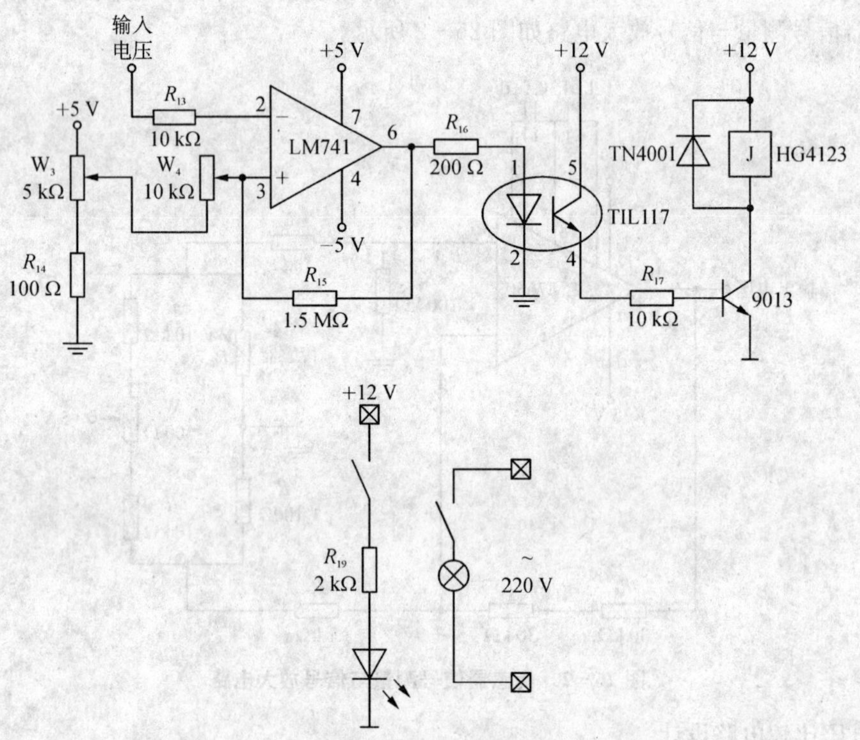

图 26－3　电压比较、光电隔离及继电器控制电路

在图 26－3 中，在比较器和继电器之间起隔离作用的光电耦合器件使用 TIL117，它具有较高的电流传输比，最小为 50%。继电器 HG4137 由晶体管 9013 驱动。R_{17} 取 10 kΩ。光电耦合器的输入电流由 LM741 输出电压决定，当 LM741 第 2 脚输入电压小于第 3 脚设定的参考电压，LM741 第 6 脚输出电压约为 5 V，光电耦合器件第 1、2 脚压降约 1.4 V，正向电流 I_F 通常取 10～30 mA，因此 R_{16} 约取 200 Ω。图中二极管 IN4001 为续流二极管。当 9013 关断时，线圈 J_1 产生的感应电势下正上负。当感应电压与 U_C 之和大于晶体管 9013 的集电极反向耐压时，晶体管 T 就有可能损坏。加入二极管后，感应电流便可由二极管流过，因此不会产生很高的感应电压，晶体管得到了保护。

继电器选用 HG4123，它具有两个动合触点，一路控制发光二极管，一路控制白炽灯，调试时，可在发光二极管一路工作正常后，再接入白炽灯。

(5) A/D 转换及数字显示电路设计

该部分涉及数字电路的知识，感兴趣的同学可以选作。

从传感器和放大器传送出来的电信号是模拟量信号，必须转换为数字信号才能送入 LED 进行显示，这就需要将信号经过 A/D(模/数)转换器后再送入 LED 显示。

选择 A/D 转换器件主要从速度、精度和价格上考虑。目前，A/D 转换器的电路种类很多，应用较为广泛的有逐次逼近型和双积分型。其中，逐次逼近型转换精度较高，速度较快，属中速 A/D 转换器；双积分型转换速度较低，属低速 A/D 转换器，但精度可以做得较高，它对周期变化的干扰信号积分为零，抗干扰能力较好，价格也相对较低。

分析本系统，采集的温度信号变化范围大致为 0～100℃，信号变化缓慢，可选用双积分型 A/D 芯片 7107。图 26－4 是用 7107 组成的 3 位半数字温度显示器的原理图。

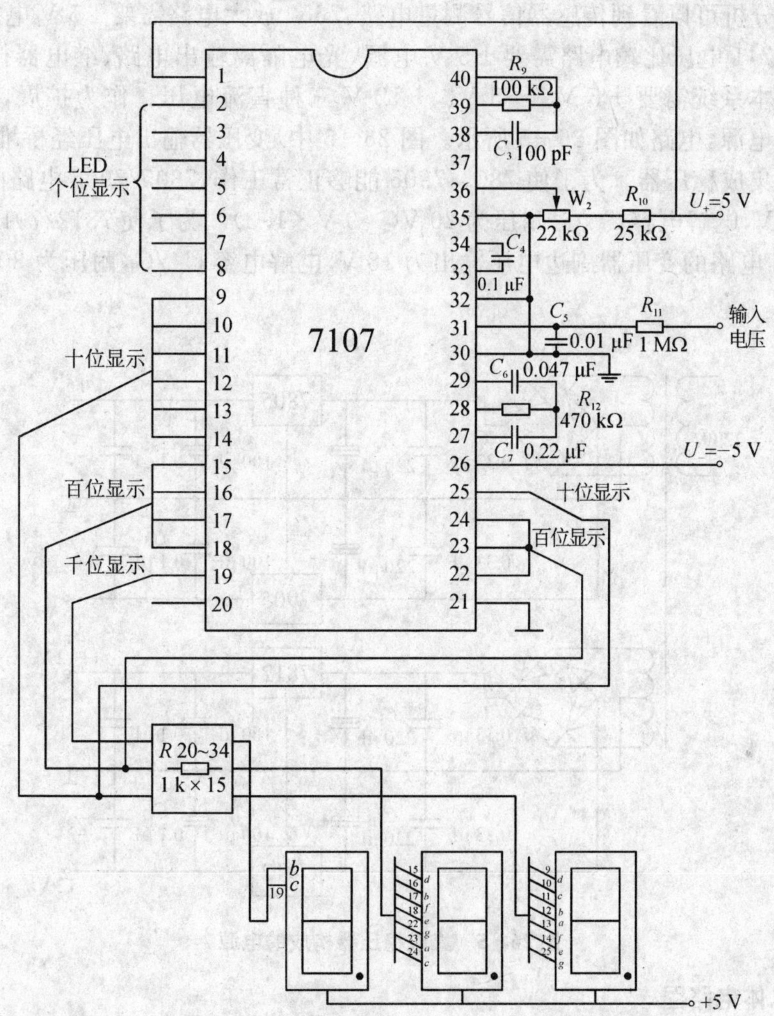

图 26－4　7107 组成 3 位半数字温度显示器的原理图

7107 有 200 mV 和 2 V 两种基本量程，对应的基准电压应分别为 100 mV 和 1 V。通过调节 7650 的反馈电阻，将 7650 输出电压限定在 0～1 V，因此选用 7107 的 2 V 量程挡。基准电压可用于校正显示温度，使之与实际的测量温度一致。电压显示数值 U_d 与基准电压 U_{ref}、输入电压 U_{in}之间的关系是：

$$U_d = 1\,000 \times \frac{U_{in}}{U_{ref}}$$

本系统温度显示在 0～100℃范围内，显示精度为±1℃，需三片 LED 显示器，分别显示温度的百位、十位和个位。电路如图 26－4 所示。百位因为只显示“1”，采用 7107 千位输出 19 脚同时驱动 LED 的两段 b、c，显示温度的十位采用 7107 百位输出驱动，显示温度的个位采用 7107 十位输出驱动。

(6) 电源部分设计

为了给系统各部分提供稳定的直流电压，本系统用集成稳压电路。

从前面的分析可以看到传感器信号测量电路、7650 放大电路需要＋5 V 电源，7107 数字显示电路、LM741 电压比较电路需要±5 V 电源，光电隔离输出电路、继电器控制电路需要＋12 V电源。本系统需要＋5 V、－5 V、＋12 V 三种直流电压。作为扩展，设计±5 V、±12四种直流电源，电路如图 26－5 所示。图 26－5 中，变压器输出电压经桥堆全波整流，电容滤波后送入集成稳压器。为了使 7805/7905 能够正常工作，7805/7905 电路的变压器副边电压输出为 9 V，电解电容 C_3/C_4 耐压为 20 V(＞9 V×1.2)。为了使 7812/7912 能够正常工作，7812/7912 电路的变压器副边电压输出为 18 V，电解电容 C_{11}/C_{12}耐压为 30 V(＞18 V×1.2)。

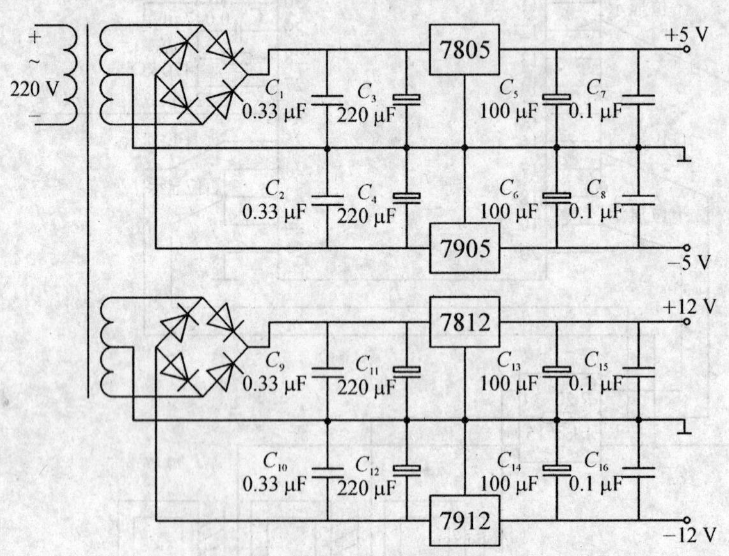

图 26－5　集成稳压器构成的电源

4. 画出总体电路图

把各单元电路连接起来，设计出总体电路，如图 26－6 所示。

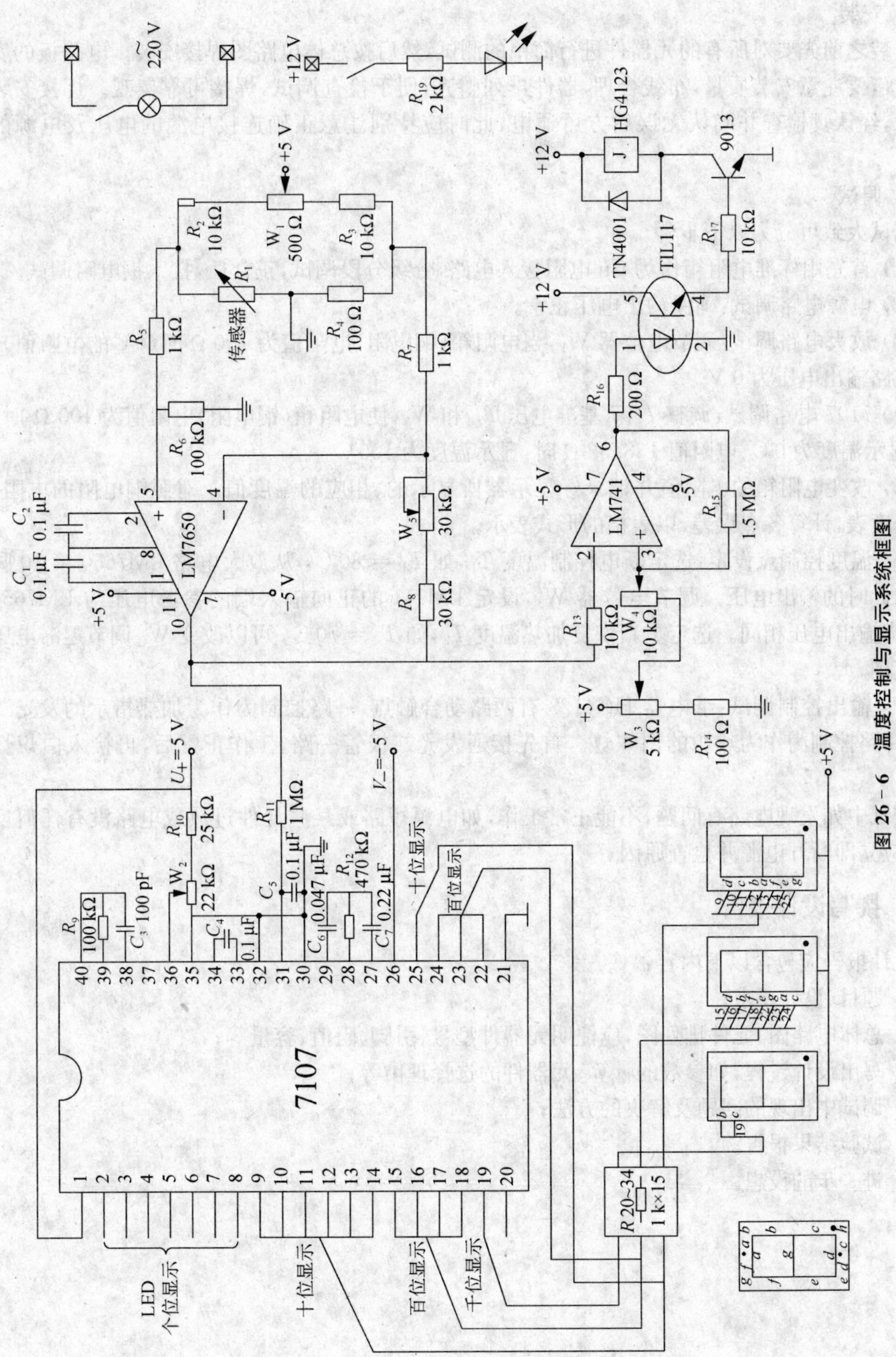

图 26－6　温度控制与显示系统框图

26.4 安装调试

1. 安装

安装之前先要对所有的元器件进行简单的测试，然后按总体电路图焊接安装。电路板的安装、焊接，要注意安装质量，布线合理，器件排列整齐，便于检查调试，焊接可靠美观。焊接安装结束后，经认真检查并确认无误后方可通电，此时应特别注意正确连接电源的电压及电源的极性。

2. 调试

调试大致可分为以下步骤。

(1) 首先用标准电阻箱作为Cu电阻接入电路，分级分段调试，正常后，接入铜电阻调试。

(2) 电源电路调试：确保输出电压正常。

(3) 放大电路调试：调节电位器 W_1，当电阻箱(铜电阻)电阻值为 100 Ω 时(0℃的电阻值)，放大电路输出电压为 0 V。

(4) 7107 电路调试：调整 7107 基准电压 U_{ref} 和 W_5，使电阻箱(铜电阻)电阻值为 100 Ω 时，7107 显示温度为 0℃；电阻值 138.52 Ω 时，显示温度为 100℃。

(5) 改变电阻箱的电阻值并记录好显示器所显示的、相应的温度值。对照铜电阻的电阻-温度分度表，计算各点误差，以表格的形式表示。

(6) 温度控制点设定：选定断电控制温度 T_1，如 $T_1 = 80℃$，从放大电路 LM7650 第 10 脚测量出此时的输出电压。调节电位器 W_3，设定 LM741 的正向输入端的参考电压与 LM7650 第 10 脚输出电压相同。选定重新恢复加热温度 T_2，如 $T_2 = 70℃$，可以改变 W_4 调节迟滞电压回差范围。

(7) 输出控制调试：继电器 HG4123 有两路动合触点，一路控制为作为加热指示的发光二极管，一路控制为作为热源的白炽灯。首先接通发光二极管一路，工作正常后，再接入白炽灯电路。

调试中如发现电路有问题，不能正常工作，如电源短路或某些元件过热或电路没有任何反应时，应立即断开电源并检查原因。

26.5 撰写设计报告

设计报告应包含以下内容：

1. 题目、设计要求；
2. 总体电路图、元件排列图，应注明元器件型号、引脚、阻值、容量等；
3. 写出设计过程，如参数的计算、元器件的选择理由等；
4. 调试中出现的问题及解决的方法；
5. 试验结果报告；
6. 进一步的设想。

实验 27　步进电机综合控制系统设计

27.1　实验目的

1. 将模拟电子技术和数字电子技术结合应用于步进电机的控制。

2. 学习和掌握步进电机专用集成电路的工作原理和应用方法,并由此加深对步进电机运行特性的了解。

3. 学习用 CPLD 技术设计和实现对步进电机的控制方法。

27.2　预备知识

1. 步进电机

(1) 步进电机简介

步进电机是一种用电脉冲控制,并将电脉冲信号转换成相应的角位移或线位移的控制电机,它可以看作是一种特殊运行方式的同步电动机,是由专用的电源供给电脉冲,每输入一个脉冲,步进电机就移近一步,所以称为步进电机。又因其绕组上所加电压是脉冲电压,也称为脉冲电机。

步进电机是脉冲信号控制的,因此它适合于作为数字控制系统的伺服元件。它的直线位移量或角位移量与脉冲数成正比,所以步进电机的线速度或转速也与脉冲频率成正比,通过改变脉冲频率的高低就可以在很大的范围内调节电机的转速,并能快速起动、制动和反转。步进电机中有些形式在停止供电状态下还有定位转矩,有些在停机后某些相绕组仍保持通电状态,也具有自锁能力,不需要机械的制动装置。

近年来,步进电机已广泛地应用于数字控制系统中,例如数控机床、绘图机、计算机外围设备等。相应地,其研制工作进展迅速,电机性能也有较大提高。步进电机具有无累积定位误差,适于数字计算机控制,机械结构简单,很少或无需维护,可重复地堵转而不会损坏等优越性,但步进电机也具有效率较低的缺点,并且需要配上适当的驱动电源。一般说来,它带负载惯量的能力不强,在使用时既要注意负载转矩大小,又要注意负载转动惯量的大小,只有两者选择在合适的范围内时,电机才能获得满意的运行性能。此外,共振和振荡也常常是运行中出现的问题。

(2) 步进电机的分类

① 反应式步进电动机　反应式步进电动机的转子是由软磁材料制成的,转子中没有绕组。它的结构简单,成本低,步距角可以做得很小,但动态性能较差。

② 永磁式步进电动机　永磁式步进电动机的转子是用永磁材料制成的,转子本身就是一个线圈。它的输出转矩大,动态性能好。转子的极数与定子的极数相同,所以步距角一般较大。

③ 混合式步进电动机　混合式步进电动机综合了反应式和永磁式两者的优点,它的输出转矩大,动态性能好,步距角小,但结构复杂,成本较高。

由于反应式步进电机的性能价格比比较高,因此这种步进电机应用得非常广泛,在单片机系统中尤其是运动控制系统中大量使用。

(3) 步进电机的工作原理

如果给处于错齿状态的相通电，则转子在电磁力的作用下，将向磁导最大的位置转动，即向趋于对齐齿的状态转动。步进电动机就是基于这一原理转动的。图 27－1 所示为一台三相反应式步进电机的工作原理图。当 A 相控制绕组通电时，将使转子齿 1－3 和定子极 A－A′对齐，如图 27－1(a)所示。当 A 相断电，B 相绕组通电时，则转子将在空间转过 30°，即步距角 θ＝30°，此时转子齿 2－4 和定子极 B－B′对齐，如图 27－1(b)所示。如再有 B 相断电，C 相通电时，转子又在空间转过 30°，此时将使转子 1－3 和定子极 C－C′对齐，如图 27－1(c)所示。如此循环往复，并按 A→B→C→A 顺序通电，步进电机按一定的方向转动。步进电机的转速取决于控制绕组电源接通或断开的变化频率。若按 A→C→B→A 的方向通电，则步进电机反向转动。这种方式称为三相单三拍。

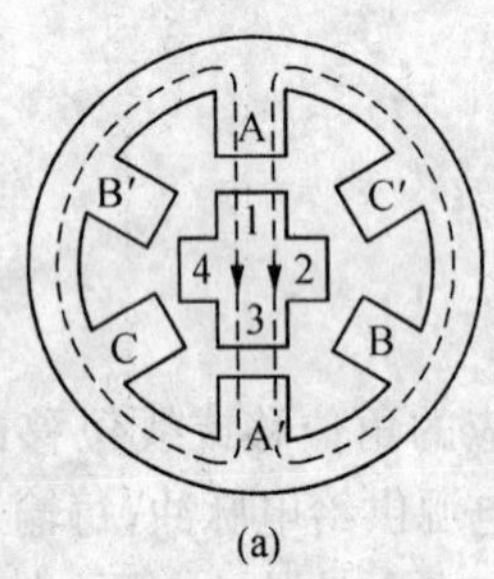

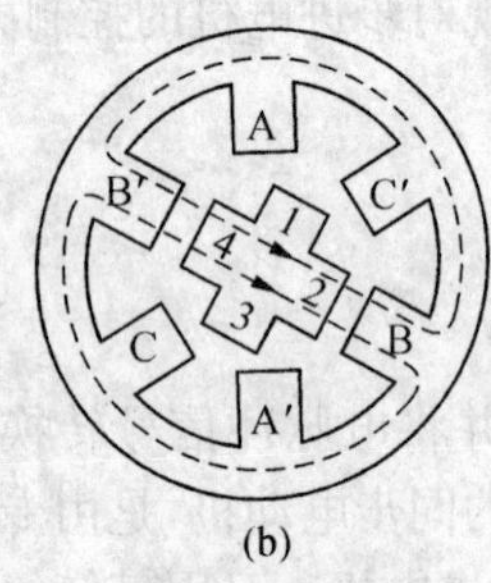

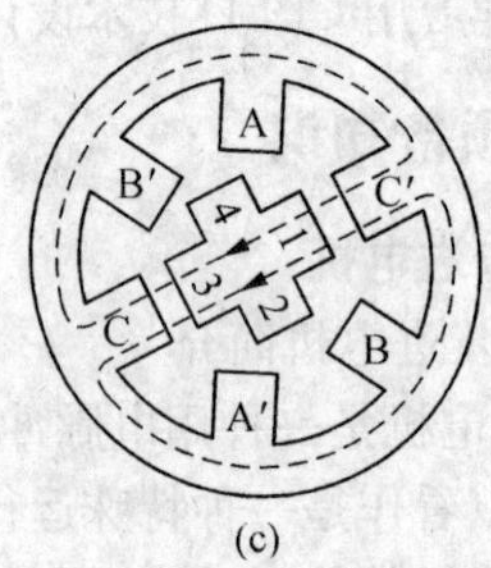

图 27－1　反应式步进电机的工作原理

三相步进电机还经常工作于单、双六拍通电方式，这时通电顺序为：A→AB→B→BC→C→CA→A 或 A→AC→C→CB→B→BA→A，也就是 A 相控制绕组通电：以后 AB 相控制绕组同时通电；再然后断开 A 相控制绕组，由 B 相控制绕组单独通电，再使 BC 相控制绕组同时通电，依次进行。采用这种通电方式时，定子三相控制绕组通过六次切换通电状态才能完成一个循环，其步距角 θ＝15°。除此两种通电方式之外还有双三拍通电方式，即按 AB→BC→CA→AB 的通电顺序，或按 AC→CB→BA→AC 的通电顺序进行。这时每个通电状态均为两个控制绕组同时通电，其步距角 θ＝30°。

步进电机的步距角 θ 大小是由转子的齿数 Z_r、控制绕组的相数 m 和通电方式所决定的，它们之间存在以下关系：

$$\theta = 360^\circ/(m \cdot Z_r \cdot c)$$

式中，c 为通电状态系数，当采用单拍或双拍方式时，$c = 1$；而采用单、双拍方式时 $c = 2$。若步进电机通电的脉冲频率为 f，即每秒的拍数或每秒的步数为 f，则步进电机的转速为 $n = 60^\circ \cdot f(m \cdot Z_r \cdot c)$，式中 f 的单位是赫兹，n 的单位是转/分。

步进电机除三相外，也可以做成二相、四相、五相、六相或更多相数，但相数和转子齿数越多，则步距角 θ 就越小，这样步进电机在脉冲频率一定时转速也越低。另外电机相数越多，相应电源越复杂，造价越高，所以步进电机一般不超过五相，只有个别电机才做成更多相数的。

2. 步进电机专用集成电路 CH250

CH250 是三相双三拍和三相六拍步进电机专用驱动信号发生、控制电路，它具有应用广泛、外围电路简单和成本低廉等特色。CH250 是步进电机入门级的控制芯片，由于其控制精度不高导致在高精度控制时无法满足精度要求而影响了它的应用范围。

CH250 环形脉冲分配器是三相步进电机的理想脉冲分配器，通过其控制端的不同接法可以组成三相双三拍和三相六拍的不同工作方式。图 27－2 是 CH250 的引脚排列图。R_1 是六拍的复位端，R_2 是双三拍的复位端，对引脚置“1”可分别将其复位，使芯片进入初始状态以免随机出现的禁态；J_{3R}、J_{3L} 双端子是三相双三拍的转向控制端，J_{6R}、J_{6L} 是三相六拍的转向控制端；CL 是脉冲输入端，EN 是时钟控制端(高电平有效)，两者均可作为脉冲输入使用，当使用 CL 作时钟输入时 EN 为输出控制，当使用 EN 作时钟输入时 CL 为输出控制；A、B、C 为分配器的三个输出端，经驱动后可推动步进马达。芯片的功能如表 27－1 所示。

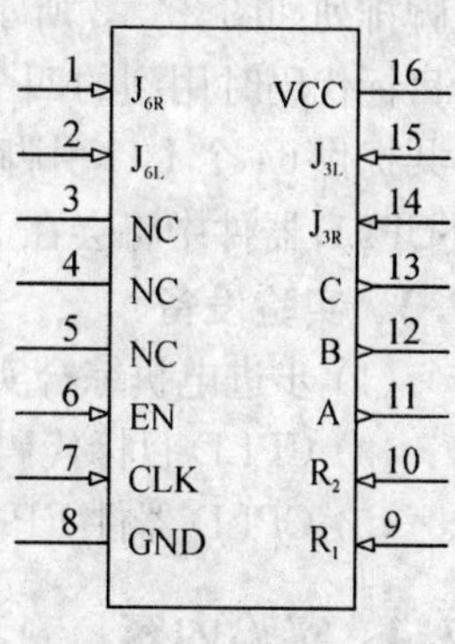

图 27－2　CH250 的引脚排列图

表 27－1　CH250 的逻辑功能

工作方式		CL	EN	J_{3R}	J_{3L}	J_{6R}	J_{6L}
六拍	正转	0	↓	0	0	1	0
	反转	0	↓	0	0	0	1
双三拍	正转	0	↓	1	0	0	0
	反转	0	↓	0	1	0	0
六拍	正转	↑	1	0	0	1	0
	反转	↑	1	0	0	0	1
双三拍	正转	↑	1	1	0	0	0
	反转	↑	1	0	1	0	0

3. CPLD 器件 EPM7128SLC84

EPM7128SLC84 是 Altera 公司 MAX7000 系列 CPLD 器件中的一款，属于复杂可编程逻辑器件(CPLD)。其型号中的“128”表示片内有 128 个逻辑单元(LE)，“84”表示引脚数。器件

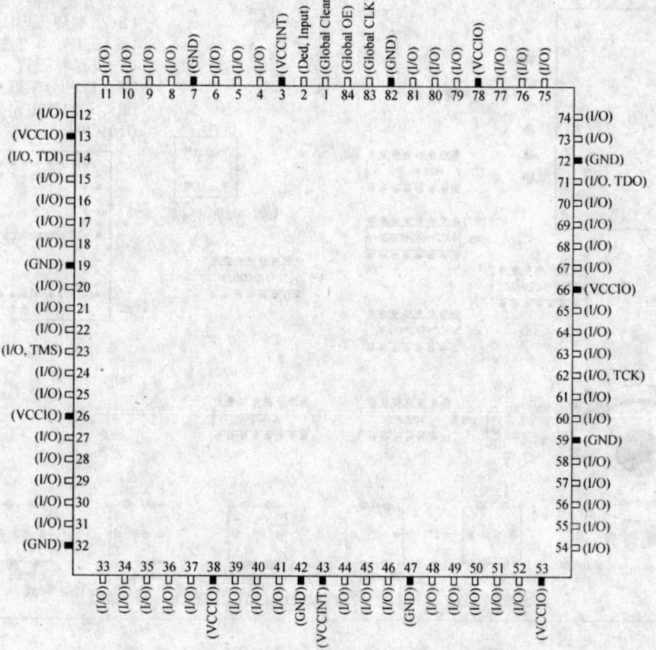

图 27－3　EPM7128SLC84 引脚排列图

引脚排列如图 27－3 所示。84 个引脚中除去电源端(VCCINT、VCCIO)、接地端(GND)和下载目标代码时用到的四个 JTAG (边界扫描接口)引脚 TDI、TMS、TCK、TDO 以外,此芯片一共提供 64 个 I/O 引脚给用户使用。如何配置这些用户使用的引脚以及如何将目标代码下载到 CPLD 器件中将会在下面的实验过程中介绍。

27.3 实验设备

(1) 步进电机综合实验平台 (2) 电脑(已安装 MAX＋plusⅡ集成开发环境)

(3) CPLD 目标代码下载线 (4) 步进电机专用集成电路 CH250

(5) CPLD 器件 EPM7128SLC84 (6) 直流稳压电源

27.4 实验内容

实验 27－1 CH250 控制步进电机的应用

1. 步进电机综合实验平台介绍

图 27－4 是实验平台的布局。实验电路由公共电路、专用集成电路 CH250 及其外围电路、CPLD 电路、信号切换电路、单片机接口电路组成,如图 27－5 所示。完整的实验平台电路原理图可参阅本指导书后的附录 A。

在图 27－5 所示的实验电路原理框图中,由双时基电路 LM556 与外围电路组成可调输出脉宽的脉冲发生器,作为步进电机的步进脉冲源;步进脉冲分配器的功能由步进电机专用集成电路 CH250 与逻辑电路组成的芯片配置电路实现;4 位设置开关用于脉冲信号选择以及正、反转和步进方式(3、6 拍)的控制;键盘模块由轻触开关和上拉电路组成;电子开关模块由 3 路 2

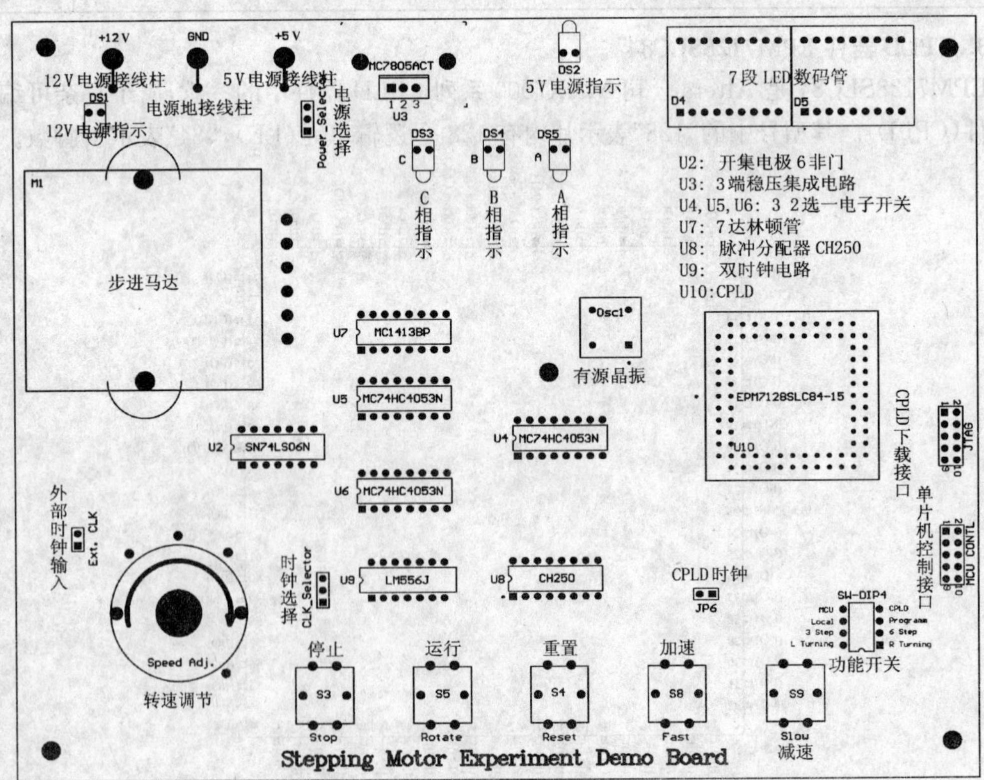

图 27－4 步进电机综合实验平台布局

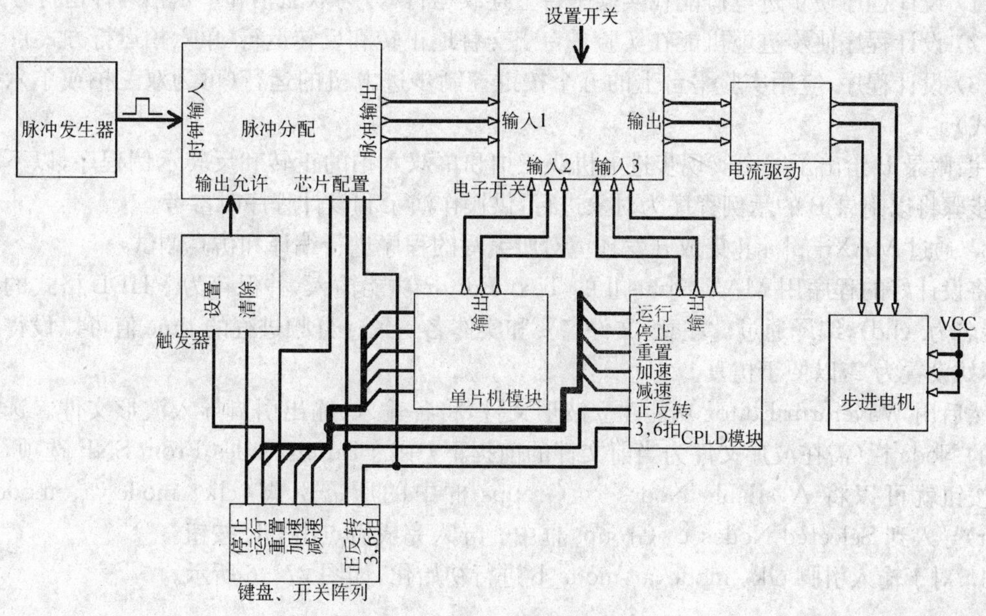

图 27－5　实验电路原理框图

选 1 电子开关 4053 与电平匹配电路组成；电流驱动模块由组合达林顿管 2003 组成（为提高电流输出能力本电路采用 2 路并联输出方式）。CPLD 模块由 CPLD 芯片 EPM7128SLC84、4MHz 有源晶振、4 路 7 段 LED 数码管和 JTAG 接口组成。

2. 实验前的准备工作

(1) 熟悉步进电机综合实验平台。

(2) 熟悉 CH250 的功能及其引脚定义。

(3) 分析步进电机综合实验平台上时钟芯片 LM556（双 555 集成定时器）中两个 555 定时器的不同用法及原理，掌握时钟芯片 LM556 原理及其应用方法。

3. 按 3 拍方式运行的实验步骤

设置、确认功能开关处于 Local（即步进脉冲由 CH250 分配）、3 Step（3 拍）、L Turning（正转）位置；设置 CLK_Selector 跳线处于本地位置；根据电源情况设置 Power_Selector 跳线；连接电源线。逆时针旋转电位器到底，按下运行键（若步进马达不能正常运转则先按重置键再按下运行键），缓慢顺时针旋转电位器至适合记录位置，记录 3 相上电情况。按下停止键，拨动开关至 R Turning（反转）位置，按下运行键记录 3 相上电情况。分别在正、反转下缓慢顺时针旋转电位器，观察电机运转状态和 3 相上电情况。

4. 按 6 拍方式运行的实验步骤

设置功能开关处于 6 Step（6 拍）、L Turning（正转）位置；逆时针旋转电位器到底，按下运行键，缓慢顺时针旋转电位器至适合记录位置，记录 3 相上电情况。按下停止键，拨动开关至 R Turning（反转）位置，按下运行键记录 3 相上电情况。分别在正、反转下缓慢顺时针旋转电位器，观察电机运转状态和 3 相上电情况。

实验 27－2　CPLD 控制步进电机的应用

1. 学习复杂可编程逻辑器件（CPLD）EPM7128SLC84 的应用原理。

2. 用 VHDL 语言设计步进电机的控制驱动程序

(1) 设计程序使步进电机能在实验平台上连续运行(分为双三拍和单六拍两种运行方式);

(2) 设计程序使步进电机能在实验平台上交替地正转和反转运行(单六拍运行方式);

(3) 设计程序,应用实验平台上的五个按键控制步进电机的运行(可为双三拍或单六拍运行方式)。

注:附录B给出了一个实现步进电机双三拍和单双六拍的正转和反转示例程序,以下的各操作步骤将以附录B的示例程序为对象进行,供操作演示和设计程序时参考。

3. 通过MAX+plusⅡ集成开发环境对所编写的程序进行编译和仿真调试

将设计好的程序用MAX+plusⅡ的Text Editor功能输入,并保存为VHDL格式的文件(扩展名为.vhd),编译通过。注意,文件名要和实体名一致。分频进程的time值可以设得小一点,不妨设置为2,以便于仿真。

然后用Waveform Editor功能建立波形文件,将各输入、输出引脚导入波形文件。选择菜单中的Node栏(需在波形文件为当前文件的前提下)中的Enter Nodes From SNF选项,点击List按钮就可以将Available Nodes & Groups框中的所需引脚(clk、mode_a、mode_b、motor)导入到Selected Nodes & Groups框中。导入完成后点击OK按钮。

4. 对于输入引脚clk、mode_a、mode_b进行初始化,如图27-6所示。

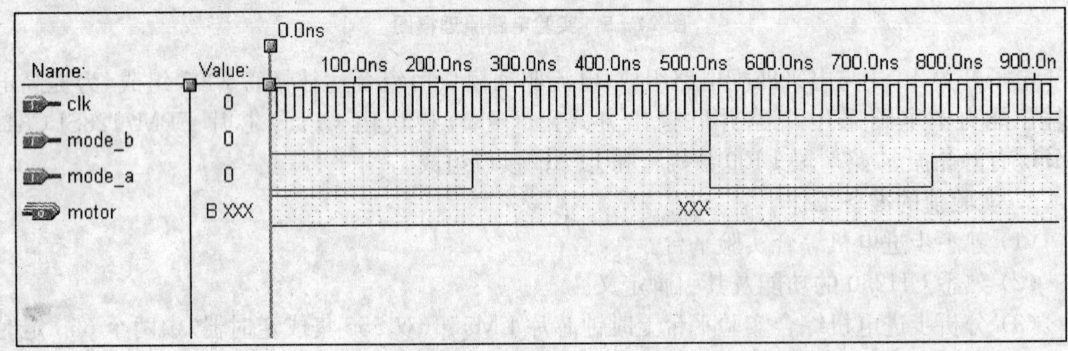

图27-6 输入引脚的初始化

5. 保存波形文件,文件名和VHDL文件名一致,并进行仿真。选择MAX+plusⅡ→Simulator→Start→Open SCF,观看仿真结果,看一看是否和预计的结果一致。波形如图27-7所示(注意调整Grid Size和End Time,使得仿真更明显)。

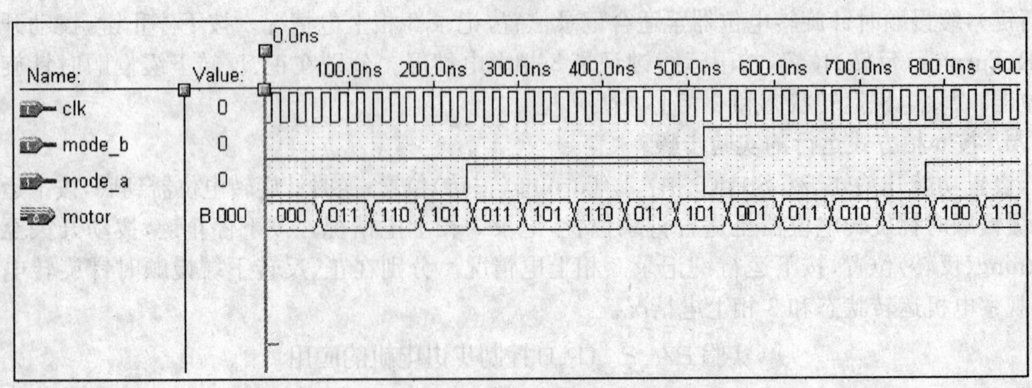

图27-7 CPLD输出步进脉冲的仿真波形

6. 学习对 CPLD 芯片进行管脚配置

可以通过以下两种方法对 CPLD 的引脚进行配置：

(1) 点选 Assign→Pin/Location/Chip ... 在 Node Name 框中输入待配置的引脚名称，在 Pin 下拉菜单中选择芯片引脚号，点选 Add 就可以配置。全部配置完毕后点 OK。如果不记得引脚名称，可以点 Search→List 查找。如图 27－8 所示。

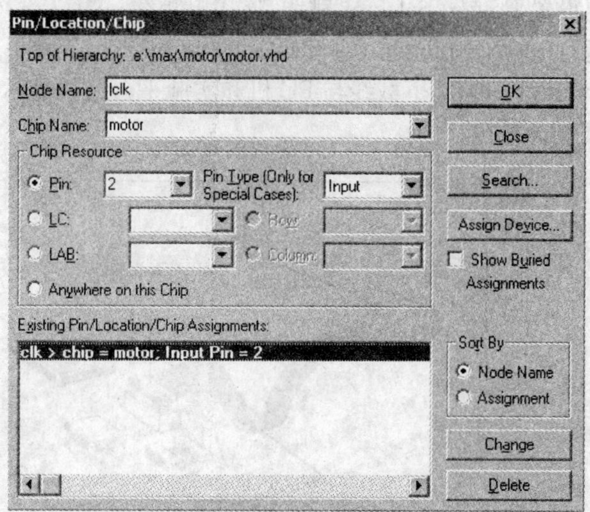

图 27－8　通过配置对话框进行引脚配置

(2) 点选 Max＋plus Ⅱ→Floorplan editor，再点选 Layout→Device View，就可以看到图 27－9 所示的界面。

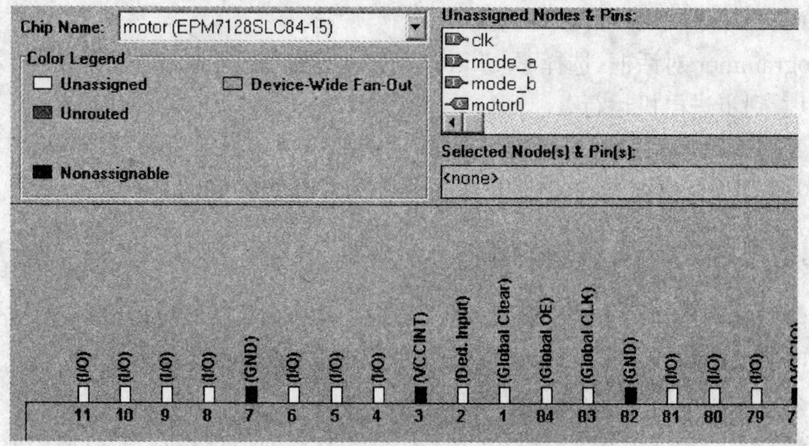

图 27－9　直接通过芯片图进行引脚配置

接下来只要把 Unassigned Nodes & Pins 框中的引脚拖曳到芯片图中的对应管脚位置，就可以对管脚进行配置了。

第一种方法比较方便，适合熟练者；第二种方法比较直观，适合初学者。注意：此芯片 64 个用户 I/O 有 4 个较为特别，即 83、84、1、2 号引脚，一般不要做普通 I/O 使用，不用时接地。当要接入外部时钟时，只能接 83 或 2 号引脚。要接入全局清零信号时，最好用 1 号引脚。配置完引脚后，把分频进程的 time 值再改回 100 000，即 3 拍大约 3.33 周/秒，6 拍 1.67 周/秒。再重新编译一遍。(本实验平台上的 CPLD 芯片 EPM7128SLC84 的各引出脚定义见附录 C,未定义的引出脚可在配置管脚时加以处理。)

7. 通过 JTAG 接口将目标代码下载至实验平台上的 CPLD 并运行验证控制程序的正确性。

(1) 设置、确认功能开关处于 Local(CH250)、CPLD 位置;

(2) 连接 JTAG 接口;

(3) 根据电源情况设置 Power_Selector 跳线,连接电源线;

(4) 在计算机上运行 MAX+plus Ⅱ,对设计好的程序进行编译并下载到实验板运行。

图 27-10 是用 ByteBlasterMV 下载线与 PC 机和实验平台连接的示意图。注意:JTAG 下载端口有凸起的一面要朝向板内。

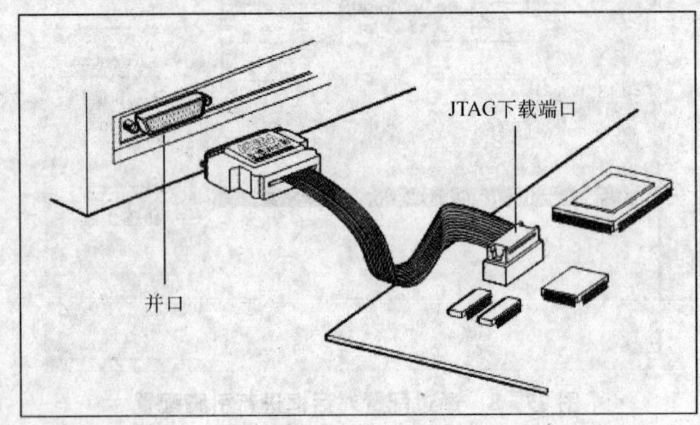

图 27-10 ByteBlasterMV 下载线的连接示意图

连接完毕后,点选 Max+plus Ⅱ→Programmer,在跳出的 Hardware Setup 对话框中选择 ByteBlaster[MV],点击 OK。

弹出 Programmer 对话框,选择 Configure,下载成功。把实验装置上的 4 号拨动开关拨到 CPLD 就可以看到步进电机运行。

注意:下载时 CPLD 端口状态会发生变化,会造成不可预料的后果,必须确认功能开关处于 Local(CH250)、CPLD 位置,即此时步进电机不是由 CPLD 控制的。

27.5 预习思考题

1. 步进电机的基本运行方式有哪几种? 分别用 A、B、C 三相电流循环分配表示出来。
2. 步进电机专用集成电路 CH250 可以控制步进电机以几种方式运行?
3. 为什么不能用 CH250 直接驱动步进电机?
4. 实验平台上的集成电路 MC1413(或 ULN2003,称为达林顿阵列)有何用途?
5. CPLD 外围电路中的 4 MHz 晶振有何用途? 本实验中是否可以用 555 集成定时器构成的矩形波发生器取代晶振?
6. 在开始仿真前,为什么要对仿真波形文件中的输入引脚进行初始设定?
7. 为什么要对 CPLD 芯片的引脚进行配置?

27.6 分析与总结

1. 分析实验 27-1 的结果,说明将脉冲频率控制旋钮旋至最高频率值时,对应于不同的运行方式，可以看到什么现象？

2. 对应于不同的运行方式，本实验平台上的步进电机每旋转一周共运行多少步？并由此分别计算出相应的步距角。

3. 画出用逻辑图形方式或 VHDL 语言设计的实现对步进电机进行基本运行控制的逻辑框图或程序源代码。

4. 简述实验平台上的 CPLD 芯片 EPM7128SLC84 的片内资源，统计出本次实验中对片内资源的使用情况。

5. 给出对应于不同运行方式的 CPLD 的仿真波形。

6. 简述对实验平台上的功能按键的 CPLD 控制方法，说明如何解决功能按键使用中的机械抖动问题。

27.7　实验注意事项

1. 本实验平台有两种电源电压(＋12 V 和＋5 V)，务必注意不能接错。

2. 实验前应充分预习实验指导书，熟悉实验平台的布局和各功能开关、按键、发光二极管指示的用途。

3. 转速调节得过高时步进电机会出现失步或停转，属正常现象，此时只需调低转速并按“重置”按键即可恢复正常运行。

4. 下载时 CPLD 端口状态会发生变化，会造成不可预料的后果。必须确认功能开关处于 Local(CH250)、CPLD 位置，即此时步进电机不是由 CPLD 控制的。

附录 A　实验平台电路原理图

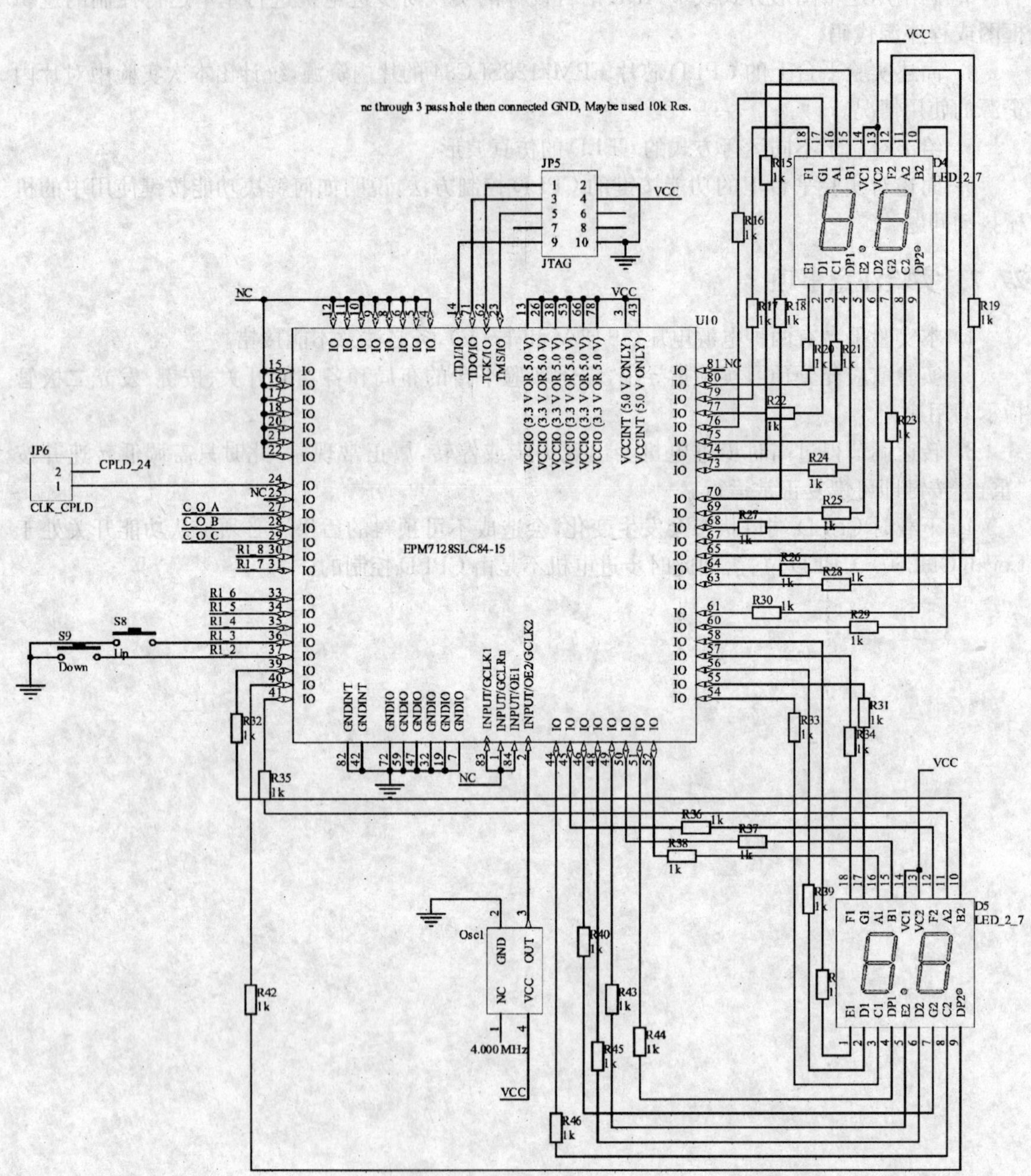

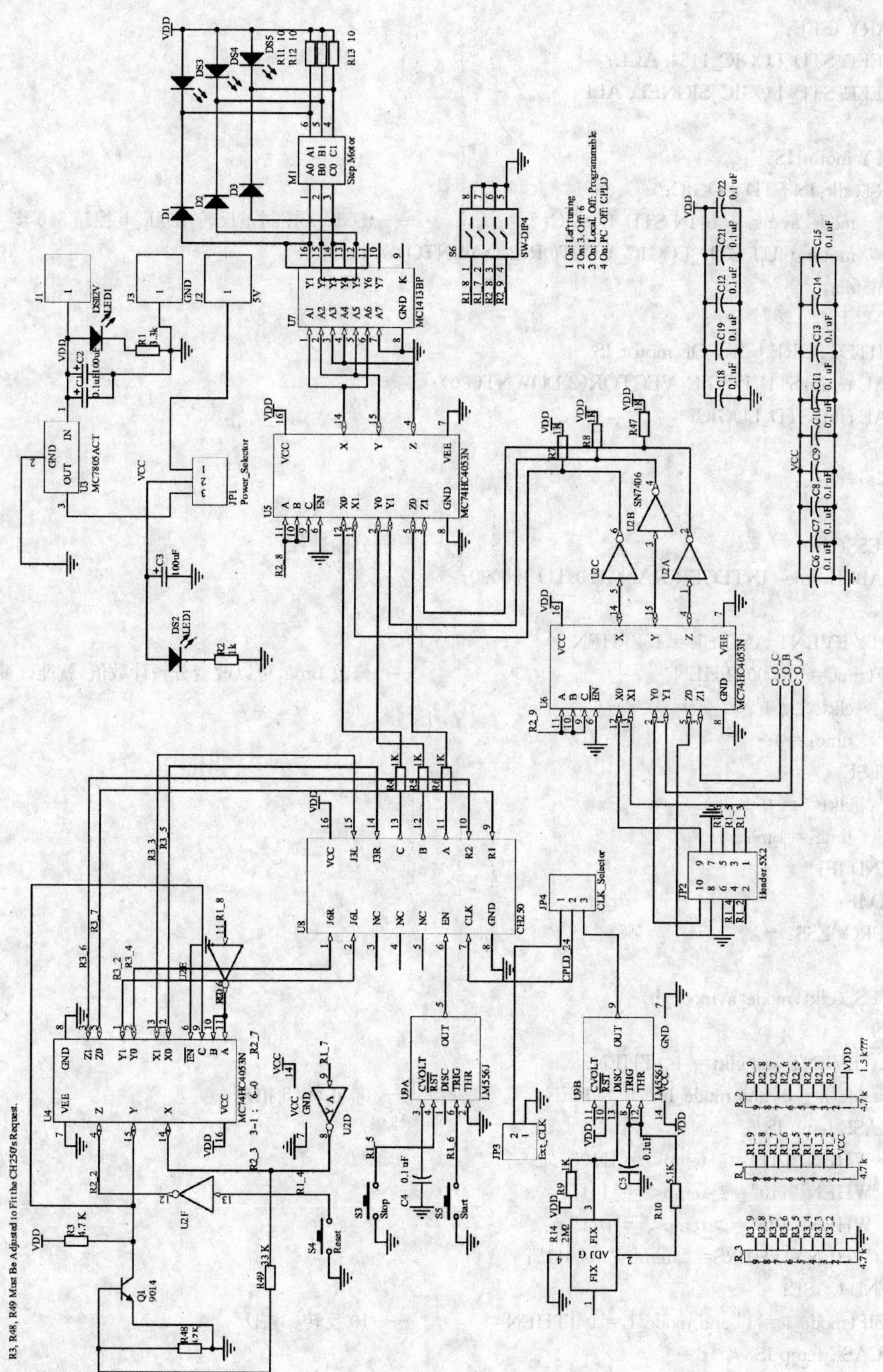
R3, R48, R49 Must Be Adjusted to Fit the CH250's Request.
MC7805ACT
Power_Selector
MC1413BP
Step Motor
SW-DIP4
1 On: LeftTurning
2 On: 3. Off: 6
3 On: Local. Off: Programmable
4 On: PC. Off: CPLD
MC74HC4053N
SN7406
CH250
CLK_Selector
LM556J
Header 5X2
Ext_CLK
CPLD_24
Reset
Stop
Start
9014

附录 B　步进电机的 VHDL 控制程序示例

```
LIBRARY IEEE;
USE IEEE.STD_LOGIC_1164.ALL;
USE IEEE.STD_LOGIC_SIGNED.ALL;

ENTITY motor IS
  PORT(clk:IN STD_LOGIC;
        mode_a, mode_b:IN STD_LOGIC;                 --mode_a 控制正反转,mode_b 控制 3、6 步
        motor:OUT STD_LOGIC_VECTOR(2 DOWNTO 0));
END motor;

ARCHITECTURE behav OF motor IS
SIGNAL temp:STD_LOGIC_VECTOR(2 DOWNTO 0);
SIGNAL clkt:STD_LOGIC;
BEGIN
motor<=temp;

PROCESS(clk)                                         --分频进程
VARIABLE time: INTEGER RANGE 0 TO 100000;
BEGIN
  IF(clk'EVENT AND clk='1')THEN
    IF(time=100000)THEN                              --修改 time,可以改变分频计数值,就能改变转速
        clkt<='1';
        time:=0;
    ELSE
        clkt<='0';
        time:=time+1;
    END IF;
  END IF;
END PROCESS;

PROCESS(clkt,mode_a,mode_b)
BEGIN
IF(clkt'EVENT and clkt='1')THEN
  IF(mode_a='0' and mode_b='0')THEN                  --00 正转(3 拍)
    CASE temp IS
      WHEN "011"=>temp<="110";
      WHEN "110"=>temp<="101";
      WHEN "101"=>temp<="011";
      WHEN OTHERS=>temp<="011";
    END CASE;
  ELSIF(mode_a='1' and mode_b='0')THEN               --10 反转(3 拍)
     CASE temp IS
        WHEN "110"=>temp<="011";
        WHEN "011"=>temp<="101";
```

```
        WHEN "101"=>temp<="110";
        WHEN OTHERS=>temp<="110";
    END CASE;
  ELSIF(mode_a='0' and mode_b='1')THEN                ——01 正转(6 拍)
    CASE temp IS
        WHEN "001"=>temp<="011";
        WHEN "011"=>temp<="010";
        WHEN "010"=>temp<="110";
        WHEN "110"=>temp<="100";
        WHEN "100"=>temp<="101";
        WHEN "101"=>temp<="001";
        WHEN OTHERS=>temp<="001";
    END CASE;
  ELSIF(mode_a='1' and mode_b='1')THEN                ——11 反转(6 拍)
    CASE temp IS
        WHEN "001"=>temp<="101";
        WHEN "101"=>temp<="100";
        WHEN "100"=>temp<="110";
        WHEN "110"=>temp<="010";
        WHEN "010"=>temp<="011";
        WHEN "011"=>temp<="001";
        WHEN OTHERS=>temp<="001";
    END CASE;
  END IF;
END IF;
END PROCESS;
END behav;
```

附录 C　实验平台上 EPM7128SLC84 的各输出引脚定义

管 脚 名 称	管脚号	0	1
外部时钟 4 MHz	2		
CPLD 时钟输出	24		
电机 A 相驱动	27	A 相断电	A 相通电
电机 B 相驱动	28	B 相断电	B 相通电
电机 C 相驱动	29	C 相断电	C 相通电
正反转控制(功能开关 K1)	30	正转	反转
三六拍控制(功能开关 K1)	31	三拍	六拍
运行键	33	运行	键无效
停止键	34	停止	键无效
重置键	35	复位	键无效
加速键(UP)	36	加速	键无效
减速键(DOWN)	37	减速	键无效
数码管 D4—A1	74	亮	灭
数码管 D4—B1	70	亮	灭
数码管 D4—C1	75	亮	灭
数码管 D4—D1	77	亮	灭
数码管 D4—E1	80	亮	灭
数码管 D4—F1	79	亮	灭
数码管 D4—G1	76	亮	灭
数码管 D4—DP1	73	亮	灭
数码管 D4—A2	63	亮	灭
数码管 D4—B2	60	亮	灭
数码管 D4—C2	64	亮	灭
数码管 D4—D2	68	亮	灭
数码管 D4—E2	69	亮	灭
数码管 D4—F2	65	亮	灭
数码管 D4—G2	67	亮	灭
数码管 D4—DP2	61	亮	灭
数码管 D5—A1	52	亮	灭
数码管 D5—B1	50	亮	灭
数码管 D5—C1	54	亮	灭
数码管 D5—D1	56	亮	灭
数码管 D5—E1	58	亮	灭
数码管 D5—F1	57	亮	灭

续　表

管 脚 名 称	管脚号	0	1
数码管 D5—G1	55	亮	灭
数码管 D5—DP1	51	亮	灭
数码管 D5—A2	41	亮	灭
数码管 D5—B2	39	亮	灭
数码管 D5—C2	44	亮	灭
数码管 D5—D2	48	亮	灭
数码管 D5—E2	49	亮	灭
数码管 D5—F2	45	亮	灭
数码管 D5—G2	46	亮	灭
数码管 D5—DP2	40	亮	灭

附　录

1　Multisim 仿真软件

一、Multisim 简介

EDA 技术(Electronic Design Automation 电子设计自动化)是电子、信息技术发展的杰出成果。它的发展与应用引发了一场电路设计与制造工业的技术革命。EDA 技术是以计算机硬件和系统软件为工作平台,继承和借鉴了前人在电路、图论、拓扑逻辑以及优化理论等多学科多理论的最新科技成果,其目的是使电子工程师开发设计新的电子系统与电路、IC 和 PCB 时,利用计算机进行设计、分析、仿真以及制造等工作,最大限度地降低成本、缩短开发周期,提高设计的成功率。Multisim 是一个完整的设计工具系统,提供了一个非常大的元件数据库,并提供原理图输入接口、全部的数模 Spice 仿真功能、VHDL/Verilog 设计接口与仿真功能、FPGA/CPLD 综合、RF 设计能力和后处理功能,还可以进行从原理图到 PCB 布线工具包(如:Electronics Workbench 的 Ultiboard)的无缝隙数据传输,界面直观,操作方便。创建电路模型、选用元器件和测量仪器均可直接点击鼠标从屏幕图标中选取。Multisim 具有以下突出的特点。

(1) 建立电路原理图方便快捷

Multisim 为用户提供了数量众多的现实元器件和虚拟元器件,分门别类地存放在 14 个器件库中,绘制电路图时只需打开器件库,再用鼠标左键选中要用的元器件,并把它拖放到工作区,当光标移动到元器件的引脚时,软件会自动产生一个带十字的黑点,进入到连线状态,单击鼠标左键确认后,移动鼠标即可实现连线,搭接电路原理图既方便又快捷。

(2) 用虚拟仪器仪表测试电路性能参数及波形准确直观

用户可在电路图中接入虚拟仪器仪表,方便地测试电路的性能参数及波形,Multisim 软件提供的虚拟仪器仪表有数字万用表、函数信号发生器、示波器、扫描仪、字信号发生器、逻辑分析仪、逻辑转换仪、功率表、失真分析仪、频谱分析仪和网络分析仪等,这些仪器仪表不仅外形和使用方法与实际仪器相同,而且测试的数值和波形更为精确可靠。

(3) 多种类型的仿真分析

Multisim 可以进行直流工作点分析、交流分析、瞬态分析、傅里叶分析、噪声分析、失真分析、直流扫描分析、温度扫描分析、参数扫描分析、灵敏度分析、传输函数分析、极点-零点分析、最坏情况分析、蒙特卡罗分析、批处理分析、噪声图形分析及 RF 分析,分析结果以数值或波形直观地显示出来,为用户设计分析电路提供了极大的方便。

(4) 提供了与其他软件信息交换的接口

Multisim 可以打开由 PSpice 等其他电路仿真软件所建立的 Spice 网络表文件,并自动形成相应的电路原理图。也可将 Multisim 建立的电路原理图转换为网络表文件,提供给 Ultiboard 模块或其他 EDA 软件(如 Protel、Orcad 等)进行印制电路板图的自动布局和自动布线。

Multisim 7 是加拿大 Electronics Workbench 公司的 EDA 产品,在高校学生中作为电路、电子技术等电子信息课程学习的辅助工具被广泛使用,有效地提高了学习效率,加深了对电路、电子技术课程内容的理解。在个人计算机上安装了 Multisim 7 电路仿真软件，就好像将电子实验室搬回了家和宿舍，就完全可以在家或宿舍的个人电脑上进行电路与电子技术实验。

二、Multisim 7 基本界面

1. Multisim 7 的主窗口

启动 Multisim 7，可以看到如图 F1－1 所示的 Multisim 7 的主窗口。

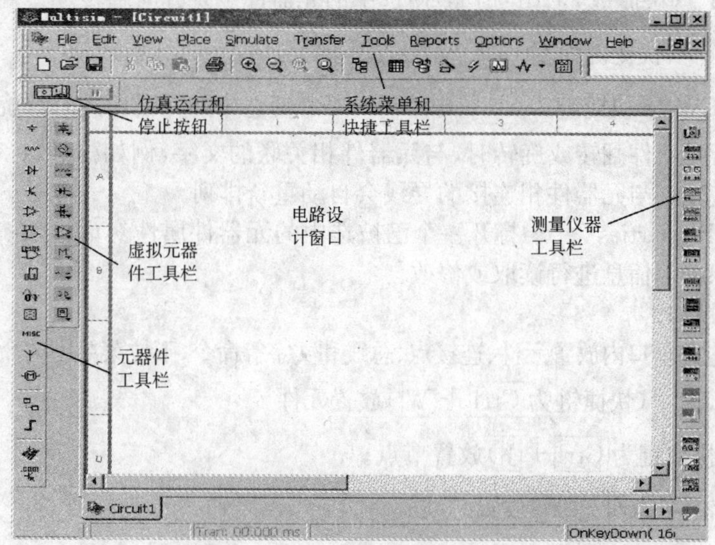

图 F1－1　Multisim 7 的主窗口

主窗口的最上部是标题栏，显示当前运行的软件名称。接着是菜单栏，再向下是系统工具栏、屏幕工具栏、设计工具栏、使用元件列表窗口和仿真开关，主窗口中部最大的区域是电路工作区，用于建立电路和进行电路仿真分析。窗口的左侧是器件库工具栏，右侧为仪器库工具栏。主窗口最下方是状态栏，显示当前的状态信息。左上方是仿真运行与停止按钮，相当于电源开关。要进行仿真设计时，按以下步骤进行。

(1) 从左侧元器件库选择所需元器件，并放置到工作区；

(2) 对工作区摆放的元器件调整其布局，使之美观、整齐；

(3) 连接导线；

(4) 在需进行测试测量的地方(节点)放置测量仪器，如万用表、示波器等；

(5) 设置仿真参数；

(6) 运行仿真，观察波形和仿真数据。

若仿真结果不合要求，分析原因，再修改元器件参数和仿真参数，然后观察分析仿真结果。

2. Multisim 7 的菜单栏

Multisim 7 的菜单栏共有 11 项主菜单命令，如图 F1－2 所示。当单击主菜单命令时，会弹

图 F1－2　Multisim 7 的主菜单命令

出下拉菜单命令。本节重点介绍相关主菜单命令及其下拉菜单命令的功能及使用操作。

(1) Edit(编辑)

主要用于在电路设计绘制过程中,对电路、元器件及仪器进行各种处理操作,下拉菜单中的部分命令及功能如下。

Flip Horizontal (快捷键为Alt+X)使选中的元器件水平方向翻转。

Flip Vertical (快捷键为Alt+Y)使选中的元器件竖直方向翻转。

90 Clockwise (快捷键为Ctrl+R)使选中的元器件顺时针旋转 90°。

90 Counter CW (快捷键为Shift+Ctrl+R)使选中的元器件逆时针旋转 90°。

说明:在进行元器件翻转或旋转时,与元器件相关联的文字,例如标号、标称值和模型信息随之变动,但不旋转。与元器件相连接的导线会自动重新排列。

Component Properties ... 打开一个已被选中的元器件属性对话框,在其中可对该元器件的参数值、标识符等信息进行读取或修改。

(2) Place(放置)

用来提供在电路窗口内放置元件、连接点、总线和文字等命令,下拉菜单中的命令及功能如下。

Component ... (快捷键为Ctrl+W)放置元件。

Junction (快捷键为Ctrl+J)放置节点。

Bus (快捷键为Ctrl+U)放置总线。

Bus Vector Connect 总线矢量连接。

HB/SB Connector (快捷键为Ctrl+I)放置 HB/SB 连接端。

Hierarchical Block (快捷键为Ctrl+H)放置层次块。

Create New Hierarchical Block 创建新的层次块。

Subcircuit (快捷键为Ctrl+B)放置子电路。

Replace by Subcircuit (快捷键为Ctrl+Shift+B)用子电路替代。

Off-Page Connector off-page 连接器。

Text (快捷键为Ctrl+T)放置文字。

Graphics 放置图形。

Title Block 标题块。

(3) Simulate(仿真)

用来提供电路仿真设置与操作命令,下拉菜单中的部分命令及功能如下。

Instruments 选择仿真仪表。

Default Instrument Settings ... 打开预置仪表设置对话框。

Digital Simulation Settings ... 选择数字电路仿真设置。

Analyses 选择仿真分析项目。

Postprocess ... 打开后处理器对话框。

Simulation Error Log/Audit Trail 设置是否显示仿真的错误记录/检查仿真踪迹。

XSpice Command Line Interface 设置是否显示 Xspice 命令行界面。

VHDL Simulation 运行 VHDL 语言仿真。

Verilog HDL Simulation　运行 Verilog HDL 仿真。

Auto Fault Option...　自动设置电路故障。

Global Component Tolerances ...　全局元件容差设置。

(4) Transfer(文件输出)

用来提供将仿真结果传递给其他软件处理的命令。

(5) Tools(工具)

主要用于编辑或管理元器件和元件库的命令,下拉菜单中的命令及功能如下。

Database Management ...　元件数据库管理。

Symbol Editor ...　符号编辑器。

Component Wizard　元件编辑器。

555 Timer Wizard　555 定时器编辑。

Filter Wizard　滤波器编辑。

Electrical Rules Check　电气法则测试。

Renumber Components　元件重命名。

Replace Component　替代元件。

Update HB/SB Symbols　HB/SB 符号升级。

Convert V6 Database ...　V6 数据转换。

Modify Title Block Data ...　更改图明细表数据。

Title Block Editor　明细表编辑器。

(6) Options(选项)

用于定制电路的界面和电路某些功能的设定,下拉菜单中的命令及功能如下。

Preferences ...　打开参数选择对话框。

Customize　定制 Multisim 界面。

Modify Title Block ...　修改标题栏内容。

Simplified Version　简化版本。

Global Restriction ...　全局限制设置。

Circuit Restrictions ...　电路限制设置。

3. Multisim 的元器件工具栏

Multisim 的器件库工具栏按元件模型分门别类地放到 21 个器件库中,每个器件库放置同一类型的元件。由这 21 个器件库按钮(以元器件符号区分)组成的元器件工具栏,通常放置在工作窗口的左边(图 F1－1),也可将该工具栏任意移动,为编写方便,将工具栏横向放置。Multisim 的器件库分虚拟器件和实际器件。所谓虚拟器件,即理想元器件。通常,虚拟元器件放置到电路工作区后,都要设置参数。而实际器件则没有这个必要,一般不需要设置参数。

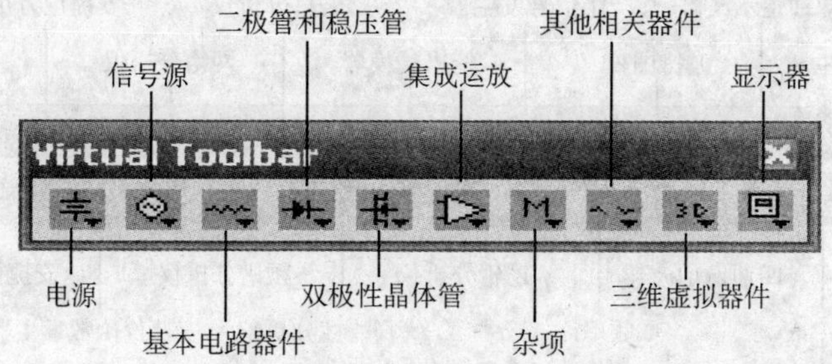

图 F1－3　虚拟元器件工具栏

如图 F1－3 所示为虚拟元器件工具栏，其中基本电路器件包括电阻、电容、电感、变压器等，双极型晶体管包括三极管等，杂项包括晶振、七段字符显示器等。

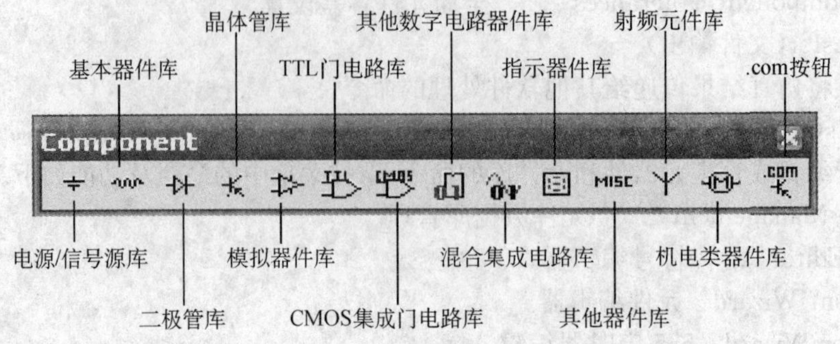

图 F1－4　元器件工具栏

如图 F1－4 所示为实际元器件工具栏，但其中电源和信号源也是虚拟的，可修改其模型参数，而其他器件，则不能修改其模型参数。

Source(电源/信号源库)　包括了各种电源和信号源。

Basic(基本器件库)　包括各种阻值的电阻、电容、电感、开关、变压器等。

Diodes(二极管库)　包括常用的二极管、稳压二极管、可控硅等。

Transistor(晶体管库)　包括常用的三极管、IGBT、场效应管等。

Analog(模拟器件库)　包括集成运算放大器、比较器等。

TTL　TTL 门电路库，包括 74 和 74LS。

CMOS　CMOS 集成门电路库。

Miscellaneous Digital　其他数字电路器件库。

Mixed(混合电路库)　包括 555 定时器、模数转换器等。

Indicator(指示器件库)　包括电压表、电流表、灯、探测器、蜂鸣器、七段字符显示器等。

RF Components　射频元件库。

Electro Mechanical Components　机电类器件库。

. com 按钮　Multisim 的. com按钮是为方便用户通过因特网进入EDAparts. com网站。需要什么电路器件，就需要到相应的库去寻找。查找库元器件的方法一个是点击左侧元器件工具栏进入，二是通过菜单 Place\\Components 进入，还有一个快捷方式是键盘操作 Ctrl＋W。

4. Multisim 7 仪器工具栏

Multisim 的仪器工具栏如图 F1－5 所示。该工具栏有 17 种用来对电路进行测试的虚拟仪器，习惯上将该工具栏放置在窗口的右侧，为了使用方便，也可以将其横向放置。

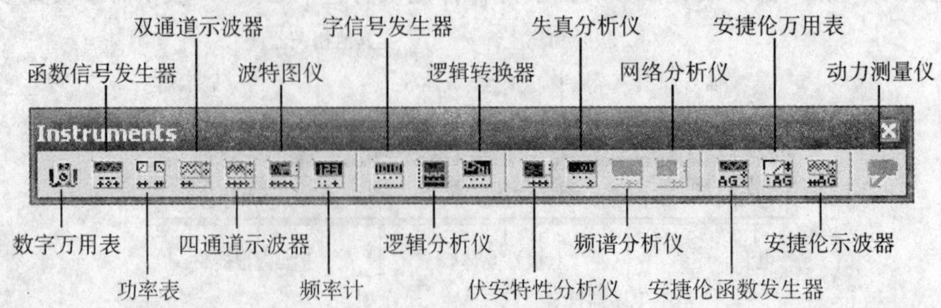

图 F1－5　仪器工具栏

虚拟仪器有两种视图:连接于电路的仪器图标,双击打开的仪器面板(可以设置仪器的控制和显示选项)。使用时,单击仪器库图标,拖拽所需仪器图标至电路设计区,按要求接至电路测试点,然后双击该仪器图标就可打开仪器的面板,进行设置和测试。

(1) 数字万用表(Multimeter)

数字万用表用来完成直流电压、电流和电阻的测量显示,也可以用分贝形式显示电压和电流,其图标和面板如图 F1－6 所示。测电阻或电压时与所测端点并联,测电流时串联于被测支路中。

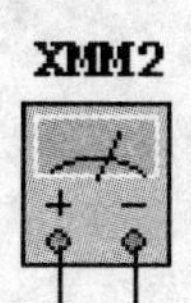

图 F1－6　万用表图标和面板

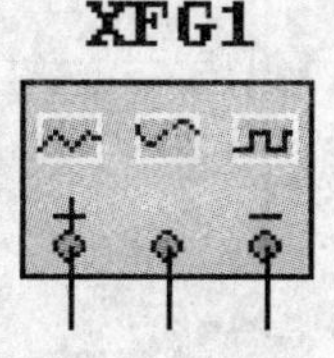

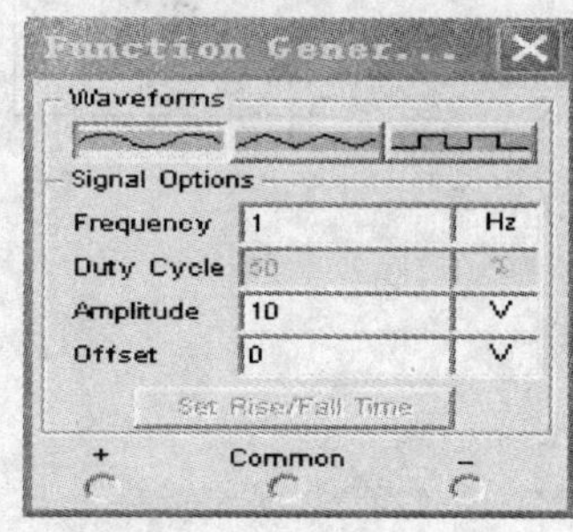

图 F1－7　函数信号发生器图标和面板

(2) 函数信号发生器(Function Generator)

函数信号发生器是用来产生正弦波、方波、三角波信号的仪器,其图标和面板如图 F1－7 所示。占空比只用于三角波和方波,设定范围为 0.1%～99%。偏置电压设置是指把三种波形叠加在设置的偏置电压上输出。

在仿真过程中要改变输出波形的类型、大小、占空比或偏置电压时,必须暂时关闭"I/O"开关,对上述内容改变后,重新启动,函数信号发生器才能按新设置的数据输出信号波形。函数信号发生器的"＋"端子与 common 端子(公共段)输出的信号为正极性信号(必须把 common 端子与公共地 ground 符号连接),而"－"端子与 common 端子之间输出负极性信号。两个信号极性相反,幅度相等。

(3) 功率表(Wattmeter)

功率表用来测量电路的功率,交流或者支流均可测量。功率表的图标和面板如图 F1－8 所示,用鼠标双击功率表的图标,可以放大功率表的面板。电压输入端与测量电路并联连接,电流输入端与测量电路串联连接。

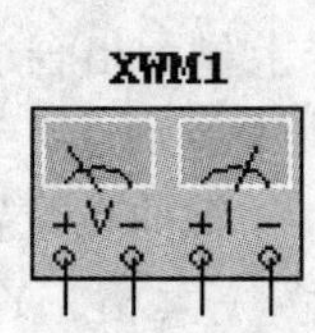

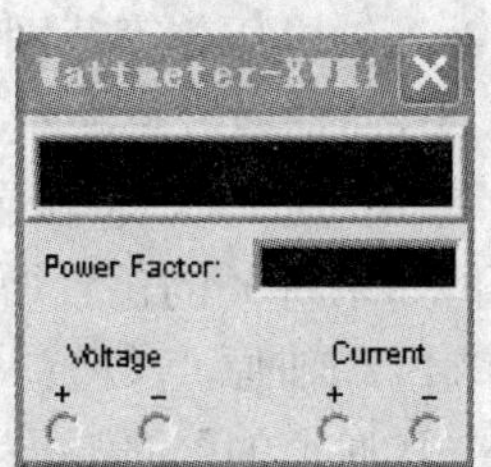

图 F1－8　功率表图标和面板

(4) 双通道示波器(Oscilloscope)

双通道示波器用来显示电压信号波形的形状、大小和频率等参数,其图标和面板如图 F1－9 所示。示波器图标上的端子与电路测量点相连接,其中 A、B 为通道号,G 是接地端,T 是外触发端。一般可以不画接地线,其默认是接地的,但电路中一定需要接地。示波器显示波形的颜色可以通过设置连接示波器的导线颜色确定。用鼠标拖拽读数指针可精确测量信号的周期和幅值等数据。

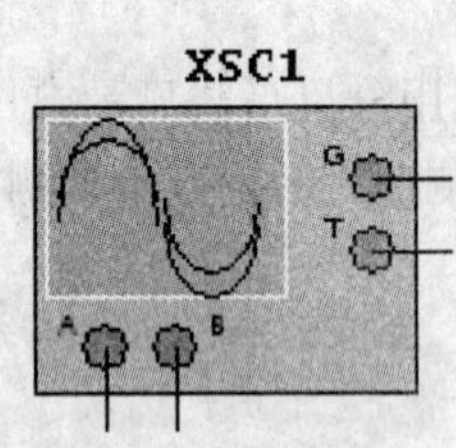

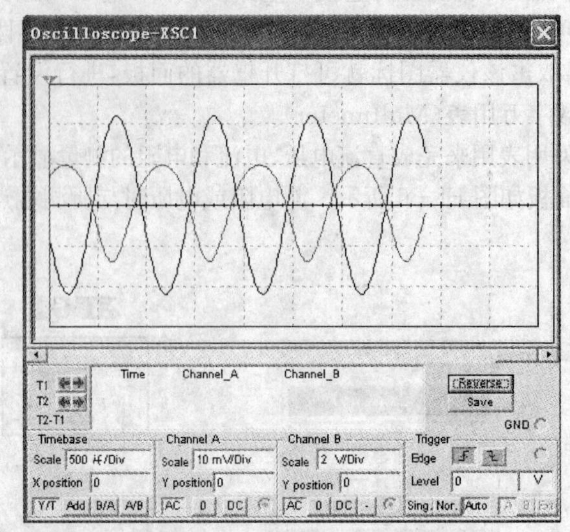

图 F1－9　示波器图标和面板

① 时基(Time base)控制部分的调整

(a) 时间基准(Scale)　*X* 轴刻度显示示波器的时间基准，其基准为 0. 1ns/Div～1s/Div 可供选择。

(b) *X* 轴位置控制(X Position)　*X* 轴位置控制 *X* 轴的起始点。当 *X* 的位置调到 0 时，信号从显示器的左边缘开始，正值使起始点右移，负值使起始点左移。*X* 位置的调节范围为 －5. 00～＋5. 00。

(c) 显示方式选择　显示方式选择示波器的显示，可以从“幅度/时间(Y/T)”切换到“Add”方式或“A 通道/B 通道(A/B)”、“B 通道/A 通道(B/A)”。

Y/T 方式：*X* 轴显示时间，*Y* 轴显示电压值。

Add 方式：*X* 轴显示时间，*Y* 轴显示 A 通道和 B 通道的输入电压之和。

A/B、B/A：*X* 轴和 *Y* 轴都显示电压值。

② 示波器输入通道(Channel A/B)的设置

(a) *Y* 轴刻度(Scale)　*Y* 轴电压刻度范围为 10 μV/Div～5 kV/Div，可以根据输入信号大小来选择 *Y* 轴刻度值的大小，使信号波形在示波器显示屏上显示出合适的幅度。

(b) *Y* 轴位置控制(Y Position)　*Y* 轴位置控制 *Y* 轴的起始点。当 *Y* 的位置调到 0 时，*Y* 轴的起始点与 *X* 轴的重合，如果将 *Y* 的位置增加到 1. 00，*Y* 轴原点位置从 *X* 向上移一大格，若将 *Y* 的位置减小到 －1. 00，*Y* 轴原点位置从 *X* 向下移一大格。*Y* 的位置的调节范围为 －3. 00～＋3. 00。改变 A、B 通道的 *Y* 的位置有助于比较或分辨两通道的波形。

(c) *Y* 轴输入方式　*Y* 轴输入方式即信号输入的耦合方式。当用 AC 耦合时，示波器显示信号的交流分量。当用 DC 耦合时，示波器显示信号的交流分量和直流分量之和。当用 0 耦合时，在 *Y* 轴设置的原点位置显示一条水平直线。

③ 触发方式(Trigger)的调整

(a) 触发沿(Edge)选择　可以选择上升沿或下降沿触发。

(b) 触发电平(Level)选择　选择触发电平的范围。

(c) 触发信号选择　一般选择自动触发(Auto)“A”或“B”，则用相应通道的信号作为触发信号;选择“EXT”,则由外触发输入信号触发;选择“Sing”为单脉冲触发;选择“Nor”为一般脉冲触发。

④ 示波器显示波形读数

要显示波形读数的精确值时,可用鼠标将垂直光标拖到需要读取数据的位置。在显示屏幕下方的方框内,显示光标与波形垂直相交点处的时间和电压值,以及两光标位置之间的时间、电压的差值。

用鼠标单击“Reverse”按钮可改变示波器屏幕的背景颜色。用鼠标单击“Save”按钮可按ASCII码格式存储波形读数。

(5) 波特图仪(Bode Plotter)

波特图仪类似于扫频仪,可以测量和显示被测电路的幅频特性和相频特性,其图标和面板如图F1-10所示。

波特图仪有IN和OUT两对端口,IN输入端口接被测电路的输入端,OUT输出端口接被测电路输出端。应当注意的是在使用波特图仪时,必须在电路的输入端接入交流信号源或函数发生器,此信号源由波特图仪自行控制不需设置。

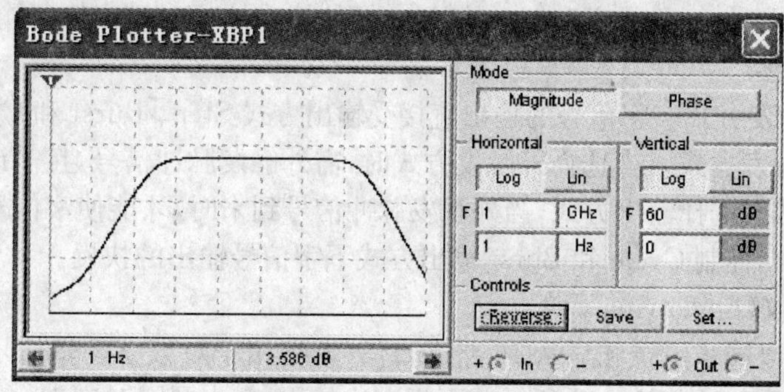

图 F1-10　波特图仪图标和面板

(6) 字信号发生器(Word Generator)

字信号发生器是一个能够产生32位同步逻辑信号的仪器,用于对数字逻辑电路进行测试时的测试信号或输入信号,其图标和面板如图F1-11所示。

字信号发生器图标下沿有32个输出端口。输出电压是低电平0 V,高电平4～5 V。输出端口与被测电路的输入端相连。数据准备好输出端R输出与字信号同步的时钟脉冲,T为外部触发信号输入端。

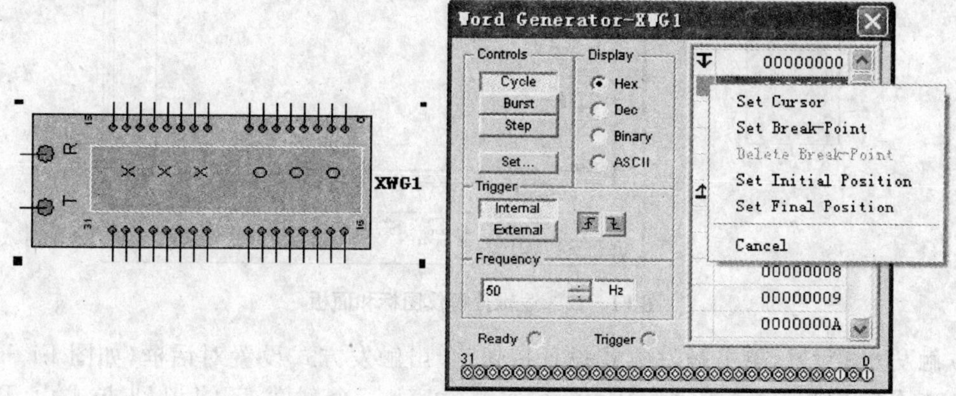

图 F1-11　字信号发生器图标和面板

① 字信号编辑区

编辑和存放以 8 位十六进制数表示的 32 位字信号，其显示内容可以通过滚动条上下移动。用鼠标单击某一条字信号即可实现对其的编辑。正在编辑或输出的某条字信号，它被实时地以二进制数显示在“Binary”框里和 32 位输出显示板上。对某条字信号的编辑也可在“Binary”框里输入二进制数来实现，系统会自动地将二进制数转换为十六进制数，并显示在字信号编辑区。点击鼠标右键可设置/去除断点、设置输出字信号的首地址（Set Initial Position）、设置输出字信号的末地址（Set Final Position）。

② 输出方式选择

Cycle 字信号在设置的首地址和末地址之间周而复始地输出。

Burst 字信号从设置的首地址逐条输出，输出到末地址自动停止。

Step 字信号以单步的方式输出，即鼠标点击一次，输出一条字信号。

Break Point 用于设置断点。在 Cycle 和 Burst 方式中，若使字信号输出到某条地址后自动停止，可预先点击该字信号，再右键设置“Break Point”。断点可设置多个。当字信号输出到断点地址而暂停输出时，可单击主窗口上的“Pause”按钮或按“F6”键来恢复输出。

③ 触发方式选择

Internal 内触发方式。字信号的输出直接受输出方式 Step、Burst 和 Cycle 的控制。

External 外触发方式。当选择外触发方式时，需外触发脉冲信号，且需设置“上升沿触发”或“下降沿触发”，然后选择输出方式，当外触发脉冲信号到来时，才能使字信号输出。

输出频率设置 控制 Cycle 和 Burst 输出方式下字信号输出的快慢。

(7) 逻辑分析仪（Logic Analyzer）

逻辑分析仪可以同步纪录和显示 16 路逻辑信号，可用于对数字逻辑信号的高速采集和时序分析，其图标和面板如图 F1－12 所示。面板左边的 16 个小圆圈对应 16 个输入端，小圆圈内实时显示各路输入逻辑信号的当前值，从上到下依次为最低位至最高位。通过修改连接导线颜色来区分显示的不同波形，波形显示的时间轴可通过 Clocks per division 予以设置。拖拽读数指针可读取波形的数据。

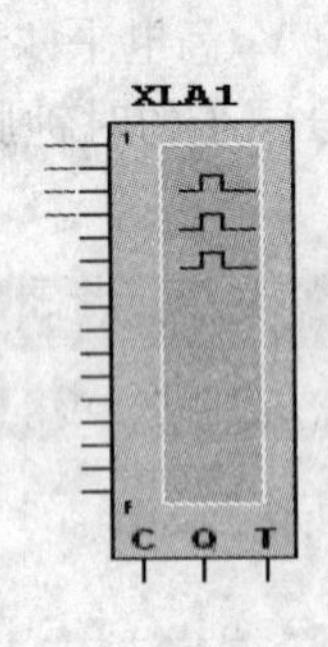

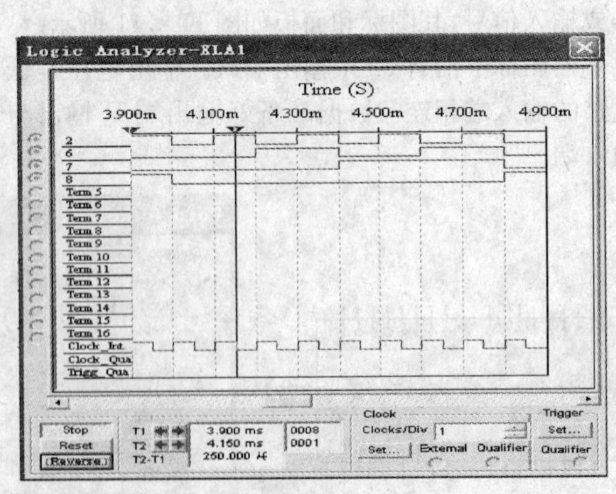

图 F1－12　逻辑分析仪图标和面板

① 触发方式设置：单击触发方式设置按钮，弹出触发方式设置对话框，如图 F1－13 所示。在对话框中可以输入 A、B、C 三个触发字，三个触发字的识别方式由 Trigger combinations(触发组合)选择。触发字的某一位设置为 X 时,则该位为 0 或 1 都可以,三个触发字的默认设置均为××××××××××××××××,表示只要第一个输入逻辑信号到达,不论逻辑值为 0 或 1,逻辑分析仪均被触发开始波形采集,否则必须满足触发字的组合条件才能触发。

Trigger qualifier(触发限定字)　对触发起控制作用。若该位为 X,触发控制不起作用,触发由触发字决定;若该位设置为 1(或 0),只有图标上连接的触发控制输入信号为 1(或 0)时,触发字才起作用;否则,即使 A、B、C 三个触发字的组合条件被满足也不能引起触发。

② 取样时钟设置:单击取样时钟设置按钮,弹出时钟设置选择对话框,如图 F1-14 所示。时钟可以选择内时钟或外时钟,上升沿或下降沿有效。如选择内时钟可以设置频率。另外对 Clock qualifier(时钟限定)进行设置可以决定输入时钟的控制方式,若使用默认方式 X,表示时钟总是开放,不受时钟控制信号的限制。若设置为 1 或 0,表示时钟控制为 1 或 0 时开放时钟,逻辑分析仪可以进行取样。

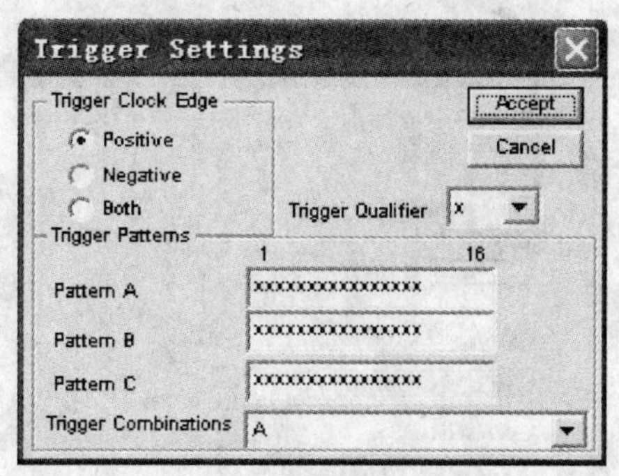

图 F1-13　Trigger setup 对话框

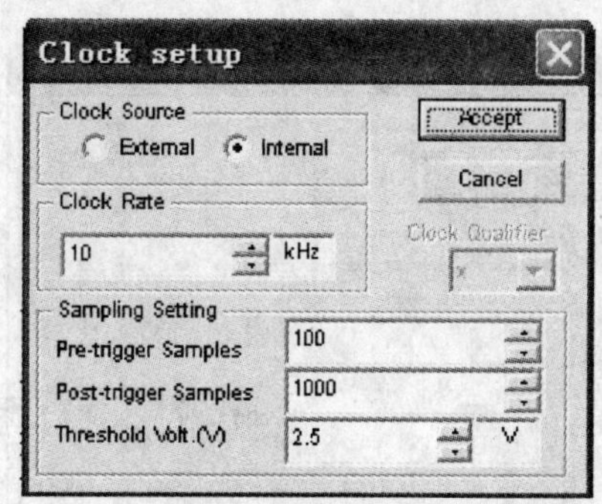

图 F1-14　Clock setup 对话框

三、Multisim 7 的操作使用方法

本节以图 F1-15 所示"单管放大电路"为例,说明 Multisim 7 建立电路、放置元器件、连接电路、连接仪表、运行仿真和保存电路文件等操作,使初学者轻松容易地掌握 Multisim 使用要领,从而为编辑设计复杂的电子线路原理图奠定良好的基础。

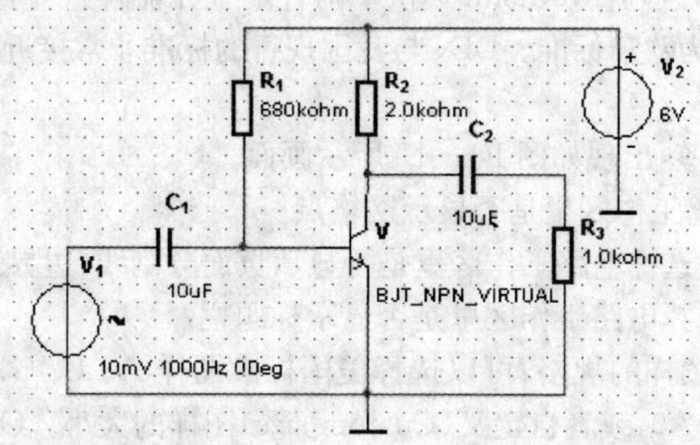

图 F1-15　单管放大电路

1. 建立电路文件

启动 Multisim 7，软件就自动创建一个默认标题为“Circuit1”新电路文件，该电路文件可以在保存时重新命名。

2. 定制用户界面

初次打开 Multisim 时，Multisim 仅提供一个基本界面，新文件的电路窗口是一片空白。定制用户界面的目的在于方便原理图的创建、电路的仿真分析和观察理解。因此，创建一个电路之前，最好根据具体电路的要求和用户的习惯设置一个特定的用户界面。定制用户界面的操作主要通过执行命令 Option\Preferences . . . ，在弹出的对话框中对若干选项进行设置来实现。

该对话框中有 8 个页，每个页中包含若干个功能选项。这 8 个页基本能对电路的界面进行较为全面的设置，现将主要的 3 个页设置分别说明如下。

(1) Component Bin 标签

执行命令 Option\Preferences . . . ，弹出 Preferences 对话框，打开 Component Bin 标签，如图 F1 - 16 所示。

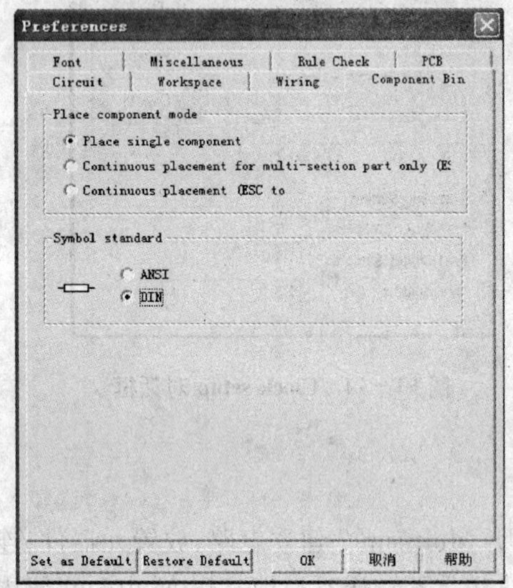

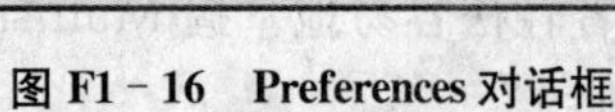
图 F1 - 16 Preferences 对话框

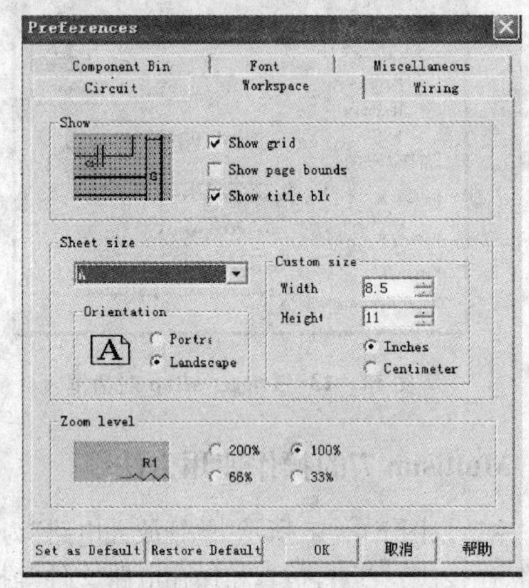

图 F1 - 17 Workspace 标签页

在 Symbol standard 区内，Multisim 提供了两种电气元器件符号标准，一种是 ANSI，为美国标准；另一种是 DIN，为欧洲标准。DIN 与我国现行的标准非常接近，所以应选择 DIN。

(2) Workspace 标签

打开 Workspace 标签，出现如图 F1 - 17 所示画面。

Show grid：选择电路工作区里是否显示网格点。

Show page bounds：选择电路工作区里是否显示页面分割线(边界)。

Show title block：选择电路工作区里是否显示标题栏。

Sheet size 区：选择图样的规格，可以选择美国标准图样 A、B、C、D、E，也可以选择国际标准 A4、A3、A2、A1、A0，或者自定义(Custom size)图样的大小。Orientation 栏中可以设置图样摆放的方向：Portrait(纵向)或 Landscape (横向)。我们选择 A4 标准图样，Landscape (横向)放置。

Zoom level 区：设定目前电路工作区的显示比例为 200%，100%，66%或者 33%。

(3) Circuit 标签

打开 Circuit 标签，出现如图 F1-18 所示画面。

Show component labels：选择是否显示零件的标示文字。

Show component reference Ids：选择是否显示零件序号。

Show node names：选择是否显示连接线的节点序号。

Show component values：选择是否显示零件值。

Show component attribute：选择是否显示零件的属性。

Adjust component identifiers：选择是否自动调整零件序号。

Color 中的 5 个按钮用来选择电路工作区的背景、元器件、导线等的颜色。

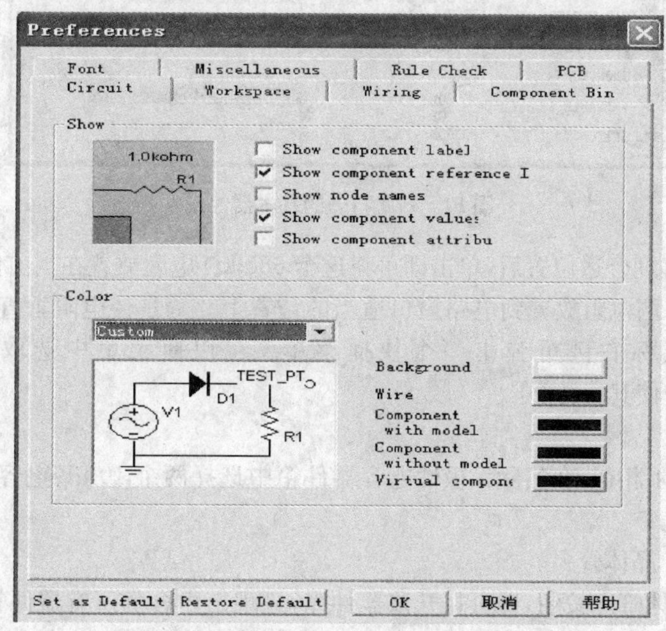

图 F1-18　Circuit 对话框

3. 放置元器件

Multisim 软件不仅提供了数量众多的元器件符号图形，而且精心设计了元器件的模型，并分门别类地存放在各个元器件库中。放置元器件就是将电路中所用的元器件从器件库中放置到工作区。我们现在要建立的单管放大电路中有电阻器、电容器、NPN 晶体管和直流电压源、接地和交流电压源等。下面具体说明元器件放置的方法步骤。

(1) 放置电阻

用鼠标单击 Basic 基本器件库按钮，即可打开该器件库，显现出内含的器件箱，如图 F1-19 所示。从图中可以看出，器件库中有两个电阻箱，一个存放着现实存在的电阻元件，其阻值符合实际标准，如 1.0 kΩ、2.2 kΩ 及 5.1 kΩ 等。这些元件在市面上可以买到，称为实际电阻。而像 1.4 kΩ、3.5 kΩ 及 5.2 kΩ 等非标准化电阻，在现实中不存在，我们称为虚拟电阻，虚拟电阻箱用绿色衬底表示，虚拟电阻调出来默认值均为 1 kΩ，可以对虚拟电阻重新任意设置阻值。为了与实际电路接近，应该尽量选用现实电阻元件。

将光标移动到现实电阻箱上，单击鼠标左键，弹出一个元器件浏览对话框。在对话框中拉动滚动条，找出 680 kΩ，单击 OK 按钮，即将 680 kΩ 电阻选中。选中的电阻紧随着鼠标指针在

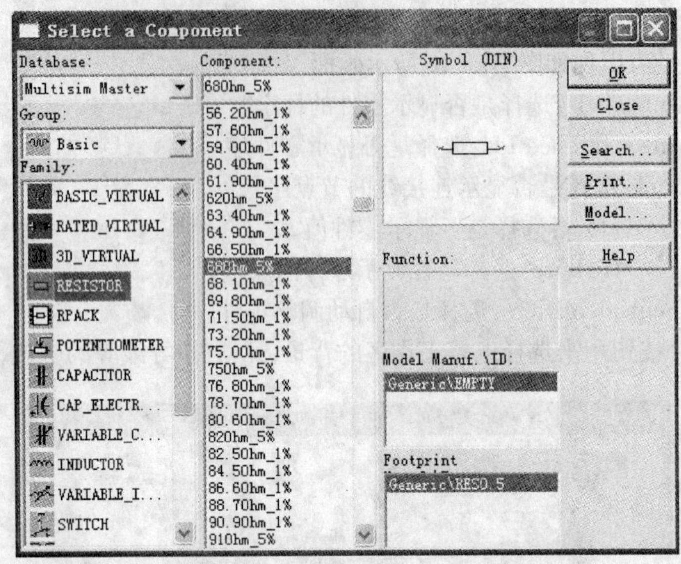

图 F1-19　打开的基本器件库

电路窗口内移动,移到合适位置后,单击即可将这个 680 kΩ 电阻放置在当前位置。以同样的操作可将 2 kΩ、1 kΩ 两电阻放置到电路窗口适当的位置上。为了使电阻垂直放置,可让光标指向某元件,单击鼠标右键可弹出一个快捷菜单。在快捷菜单中选取 90 Clockwise 或 90 CounterCW命令使其旋转 90°。

(2) 放置电容

与前述放置电阻相似,在实际无极性电容器件箱中选择两个 10 μF 电容,并将其放置到电路窗口的合适位置。

(3) 放置 NPN 晶体管

用鼠标单击晶体管库按钮,即可打开该器件库,显现出内含的所有器件箱。因电路中所用

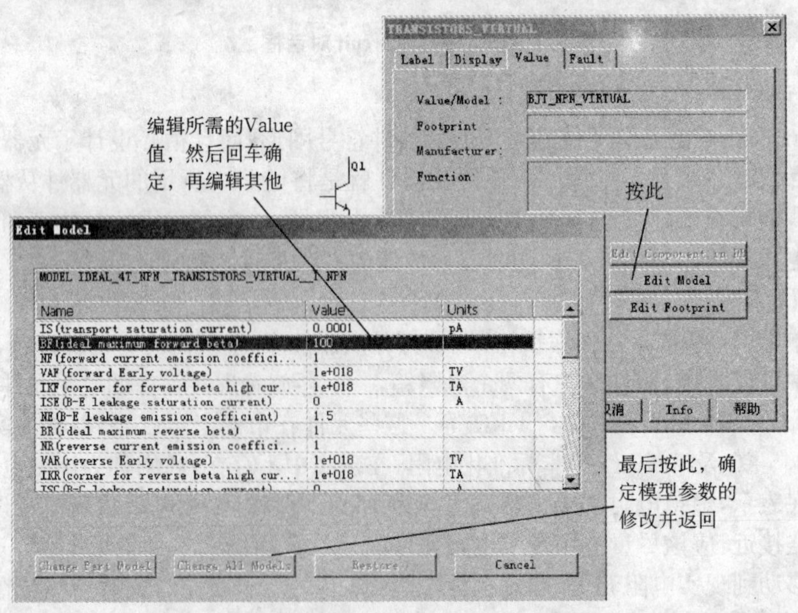

图 F1-20　BJT_NPN_VIRTUAL 对话框

的晶体管为 3DG6($\beta=60$)为我国产品型号，现实器件箱中没有，因此单击 BJT_NPN 虚拟器件箱，立即会出现一个 BJT_NPN_VIRTUAL 晶体管跟随光标移动，到合适位置单击鼠标左键将其放置，然后双击该元件，弹出 BJT_NPN_VIRTUAL 对话框如图 F1－20 所示。在 Label 标签页中将其标号修改为 V1；单击 Value 标签页中的 Edit Model 按钮，弹出如图 F1－20 所示对话框，在对话框中将 BF(即 β)数值 100 修改为 60，然后单击 Change Part Model 按钮，回到 BJT_NPN_VIRTUAL 对话框，单击“确定”按钮，则完成对 BJT_NPN_VIRTUAL 的修改。

(4) 放置 6 V 直流电源

直流电源为放大电路提供电能，这个直流电压源可从 Source 电源库来选取。单击 Source 电源库，在弹出的电源箱中单击，出现一个直流电源跟随着光标移动，到合适位置单击放置，但看到其默认值为 12 V，双击该电源，出现图 F1－21 所示的对话框，在对话框中将 Voltage 电压值改为 6 V，单击下部的“确定”按钮即可。

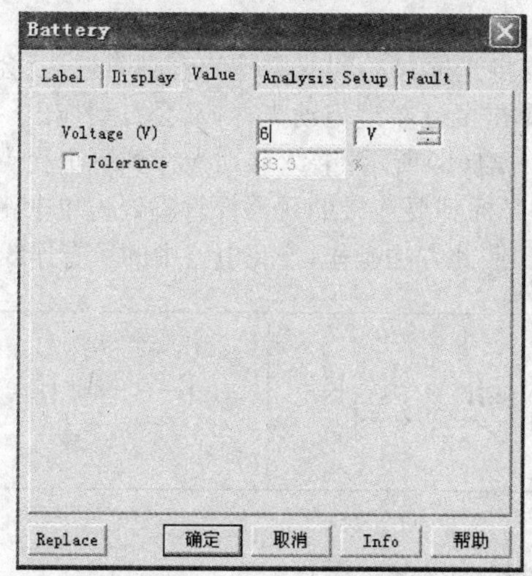

图 F1－21　Battery 对话框

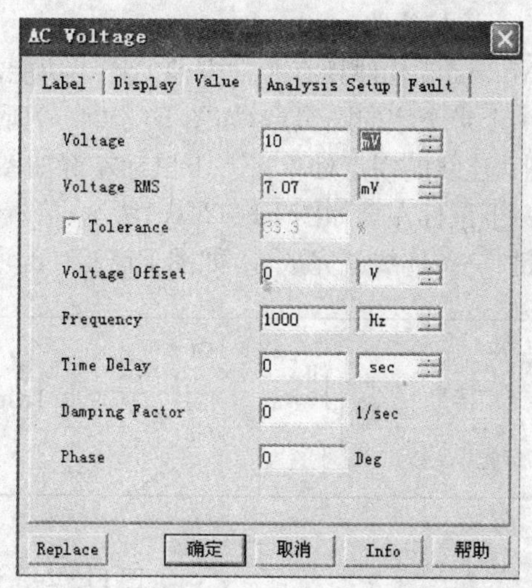

图 F1－22　AC Voltage 对话框

(5) 放置交流信号源

单击 Source 电源库中的图标，一个参数为 1 V 1 000 Hz 0Deg 的交流信号源跟随光标出现在电路窗口，将其放到适当位置上。本电路要求信号源是 10 mV 1 000 Hz 0Deg，因此双击该信号源符号，弹出一个 AC Voltage 对话框，如图 F1－22 所示。在 Value 标签页中将 Voltage 的值修改为 10 mV，这是最大电压值，其相应的电压有效值为 7.07 mV。

交流信号也可以由函数信号发生器来提供。

(6) 放置接地端

接地端是电路的公共参考点，参考点的电位为 0 V。一个电路考虑连线方便，可以有多个接地端，但它们的电位都是 0 V，实际上属于同一点。如果一个电路中没有接地端，通常不能有效地进行仿真分析。

放置接地端非常方便，只需单击 Source 器件库中的接地按钮后再将其拖到电路窗口的合适位置即可。

删除元器件的方法是：单击元器件将其选中，然后按下 Del 键，或执行 Edit\Delete 命令。

单管放大电路所有元器件放置完毕后的电路窗口如图 F1－23 所示。

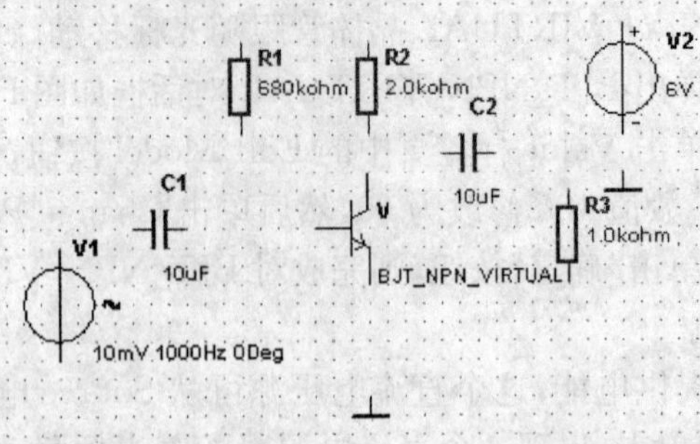

图 F1-23　元器件放置完毕后的电路窗口

4. 连接线路和放置节点

(1) 连接线路

Multisim 软件具有非常方便的连线功能，只要将光标移动到元器件的管脚附近，就会自动形成一个带十字的圆黑点，如图 F1-24(a)所示，单击鼠标左键拖动光标，又会自动拖出一条虚线，到达连线的拐点处单击一下鼠标左键如图 F1-24(b)所示；继续移动光标到下个拐点处再单击一下鼠标左键如图 F1-24(c)所示；接着移动光标到要连接的元器件管脚处再单击一下鼠标左键，一条连线就完成了，如图 F1-24(d)所示。照此方法操作，连完电路中的所有连线。

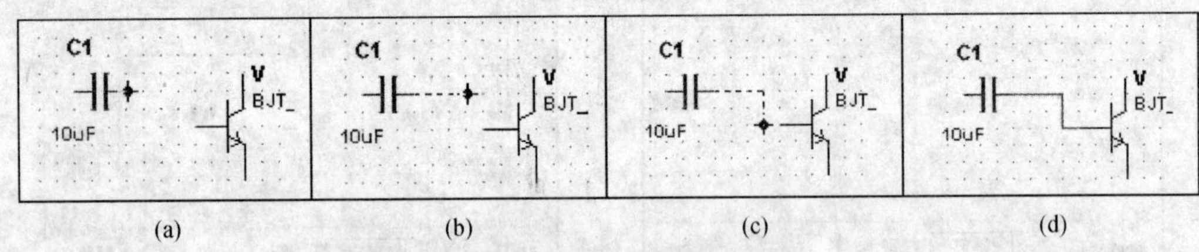

图 F1-24　连接线路操作过程

(2) 放置节点

节点即导线与导线的连接点，在图中表示为一个小圆点。一个节点最多可以连接四个方向的导线，即上下左右每个方向只能连接一条导线，且节点可以直接放置在连线中。放置节点的方法是：执行菜单命令 Place\Place junction，会出现一个节点跟随光标移动，即可将节点放置到导线上合适位置。使用节点时应注意：只有在节点显示为一个实心的小黑点时才表示正确连接；两条线交叉连接处必须打上节点；两条线交叉处的节点可以从元器件引脚向导线方向连接自然形成，如图 F1-25 所示。也可以在导线上先放置节点，然后从节点再向元器件引脚连线，如图 F1-26 所示。

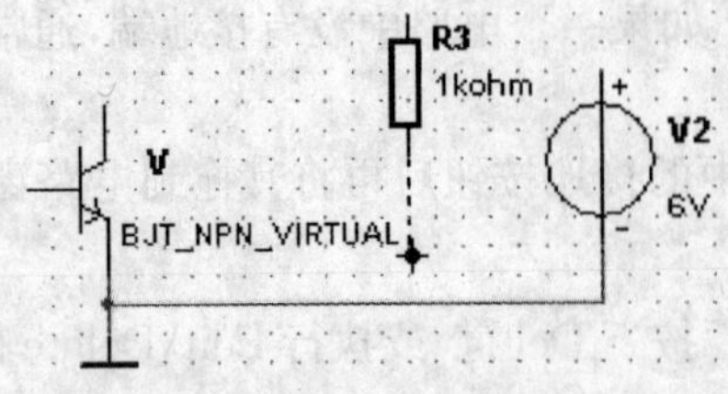

图 F1-25　从元器件引脚向导线方向连线

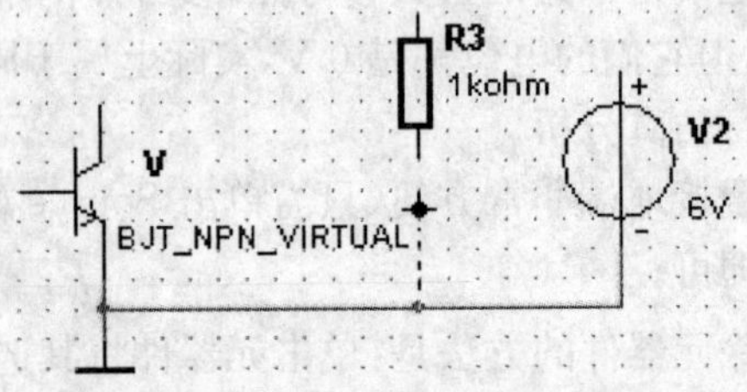

图 F1-26　从节点向元器件引脚连线

在连接电路时，Multisim 自动为每个节点分配一个编号，要显示节点编号可执行命令 Options\Preferences ...，弹出 Preferences 对话框，如图 F1－27 所示。打开 Circuit 标签，将 Show 区的 Show node names 项选中，单击对话框下部的 OK 按钮即可。

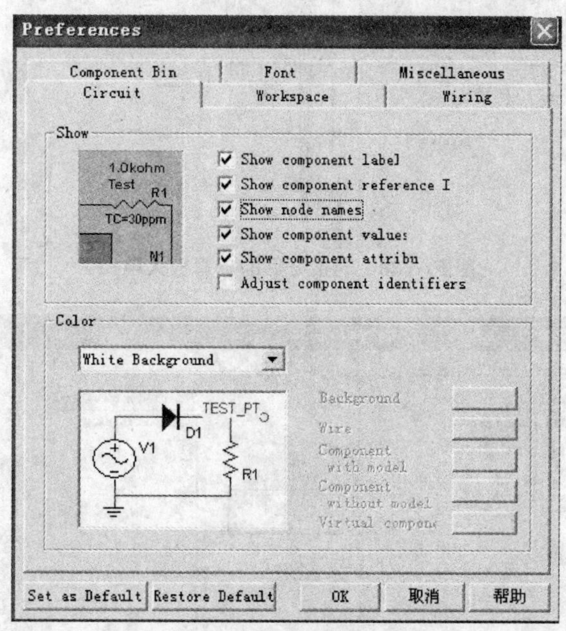

图 F1－27 Preferences 对话框

删除连线或节点的方法是：①让光标箭头端部指向连线或节点，单击将其选中，然后按下 Del 键，或执行 Edit\Delete 命令；②让光标箭头端部指向连线或节点，单击右键，出现一个快捷菜单，执行 Delete 命令。

5. 连接仪器仪表

电路图连接好后就可以将仪器仪表接入，以供实验分析使用。例如接入电流表电压表测电流电压，接入波特图示仪可测试电路的幅频特性曲线。本例是接入一台示波器，首先单击仪器库按钮，弹出仪器器件箱，找到示波器图标并单击，示波器图标就跟随光标出现在电路窗口，移动光标在合适位置放置好示波器，然后将其与单管放大电路连接，示波器的 A 通道端接在输入信号源端，示波器的 B 通道端接在电路的输出端，示波器的接地端直接接地。因电路中已有接地，示波器的接地端也可不接地。为了便于对电路图和仪器的波形识别和读数，通常将某些特殊的连线及仪器的输入、输出线设置为不同的颜色。要设置某导线的颜色，可用鼠标右键单击该导线，屏幕弹出快捷菜单，执行 Color 命令即弹出“颜色”对话框，根据需要用鼠标单击所需色块，并按下“确定”按钮，即可设置连线的不同颜色。

连接好后的单管放大电路如图 F1－28 所示。

6. 运行仿真

(1) 静态工作点分析

电路图绘制好后，在输出波形不失真情况下，单击 Options→Preference→Show node names，如电路图 F1－28 显示节点编号，然后单击 Analysis→DC operating Point→Output variables 选择需仿真的变量，如图 F1－29 所示，然后单击 Simulate 按钮，系统自动显示出运行

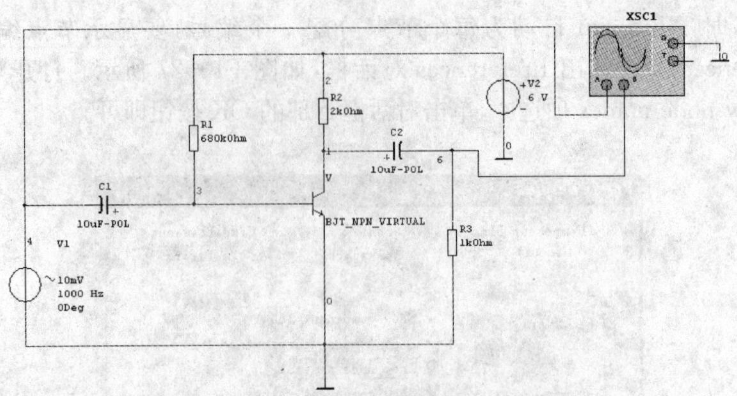

图 F1-28　连接好后的单管放大电路

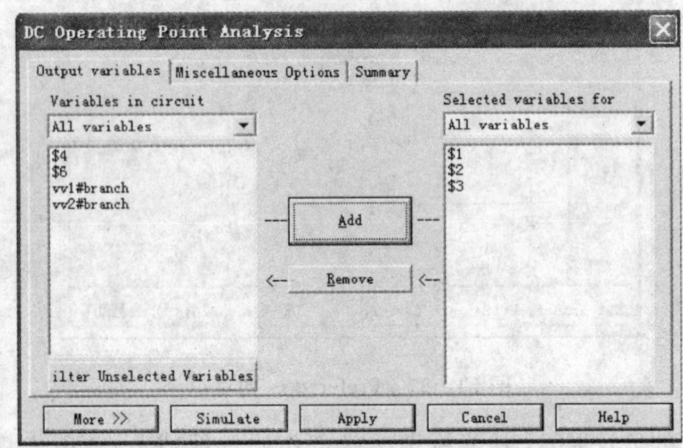

图 F1-29　静态工作点分析窗口

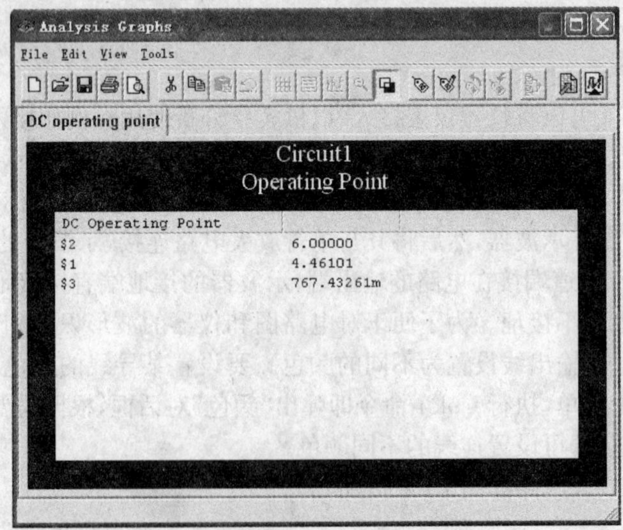

图 F1-30　系统运行结果显示

结果，如图 F1-30 所示。

(2) 动态分析

用鼠标左键单击主窗口左上角的开关图标，软件自动开始运行仿真，要观察波形还需要双击示波器图标，展现示波器的面板，并对示波器作适当的设置，就可以显示测试的数值和波形，如图F1－31所示为单管放大电路连接的示波器所显示的输入输出波形，从波形上可以看出信号的周期为1 ms，输入信号幅值为10 mV，输出信号幅值为216.2 mV，输出信号与输入信号呈反相关系。

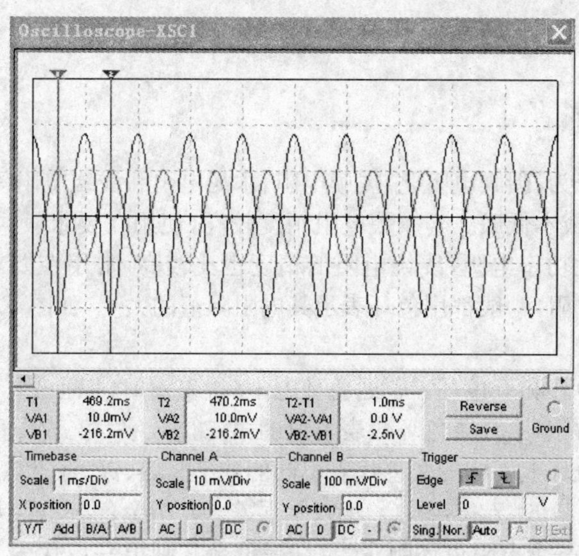

图 F1－31　示波器显示的单管放大电路输入输出波形

如果要暂停仿真操作，用鼠标左键单击主窗口右上角的暂停图标，软件将停止运行仿真。也可以选择Simulate\Pause命令停止仿真。再次按下，或选择执行Simulate\Run命令，将激活电路，重新进入仿真过程。

若电路中用到开关，需按键盘的空格键（或通过对开关的键值重新设置），它才起作用。若用到可变电阻，需对它进行参数设置（键值、初始值、改变量），每按一次键，电阻值就会改变。

7. 保存电路文件

要保存电路文件，可以执行File\Save命令。当想设计一个电路又不想改变原来的电路图时，用File\Save As命令是很理想的。

通过上面的实例，我们可以总结出电路原理图的设计流程，如图F1－32所示。

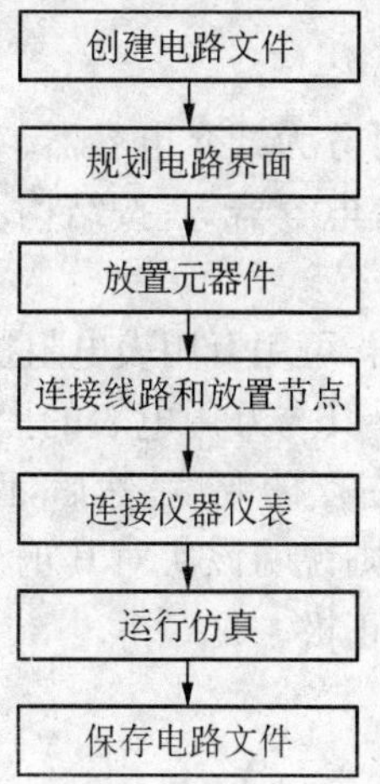

图 F1－32　电路原理图的设计流程

2 常用电子元器件的判别

一、色环电阻的判别

电阻按材料一般分为:碳膜电阻、金属膜电阻、水泥电阻和线绕电阻等。在家用电器中一般使用碳膜电阻,因为它成本低廉。金属膜电阻精度较高,使用在要求较高的设备上。水泥电阻和线绕电阻一般用作大功率电阻,线绕电阻的精度也比较高,常用在要求很高的测量仪器上。小功率碳膜和金属膜电阻,一般都用色环表示其电阻阻值的大小,如图 F2-1 所示,阻值的单位为欧姆。

色环电阻分为四色环和五色环。普通色环电阻(误差±5%以上)只有四个色环,第一条色环代表阻值的第一位数字,第二条色环代表阻值的第二位数字,第三条色环代表 10 的幂数,第四条色环代表误差。色环上不同的颜色代表不同的数字。黑、棕、红、橙、黄、绿、蓝、紫、灰、白分别代表 0, 1, 2, 3, 4, 5, 6, 7, 8, 9,金、银表示误差。其中金色表示误差为 5%;银色为 10%;无色为 20%。例如:有一个电阻色环顺序为:红绿橙金。则第一位代表 1;第二位代表 5;第三位代表 10 的幂为 3(即 1 000);误差为 5%,那么阻值=25×1 000=25 000 欧姆=25 千欧。对于五色色环电阻,它用五条色环表示电阻的阻值大小:第一条色环代表阻值的第一位数字,第二条色环代表阻值的第二位数字,第三条色环代表阻值的第三位数字,第四条色环代表 10 的幂数,第五条色环代表误差(常见是棕色,误差为 1%)。例如:有一个电阻的色环黄蓝黑橙棕,则前三位数字是 460, 第四位表示 10 的 3 次方,即 1 000, 阻值为:460×1 000 欧=460 千欧。

为了区分色环电阻的首尾,注意,最后一个色环和其他色环距离较远。同时,在判断四色色环电阻时,金、银色环通常位于最后。

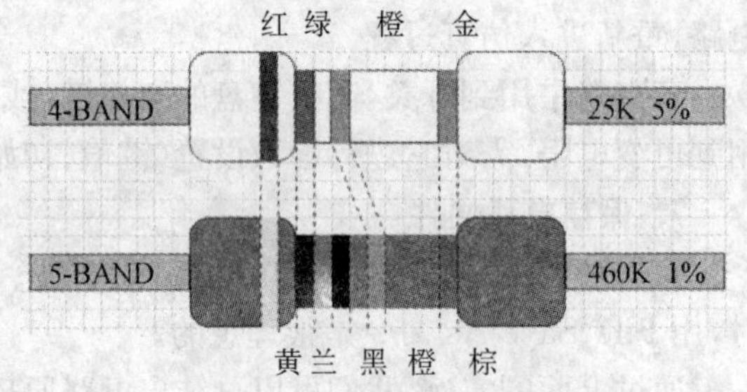

图 F2-1 色环电阻示意图

二、电容器极性判别

电容器的种类较多,按介质不同可分为纸介电容器、有机薄膜电容器、涤纶电容器、瓷介电容器、玻璃釉电容器、云母电容器、电解电容器等;按结构不同可分为固定电容器、可变电容器、微调(俗称半可变)电容器等。

对失掉正、负极标志的电解电容器,可用万用表电阻挡(一般用 $R\times1$ k 挡)测电阻的方法来判别极性。可先假定某极为“+”极,让其与万用电表的黑表笔相接,另一个电极与万用电表的红表笔相接,同时观察并记住表针向右摆的幅度;然后,两只表笔对调重新测量。在两次测量中,若表针最后停留的摆动幅度较小,则说明该次对其正、负极的假设是对的,对某些铝壳电容器来说,其外壳为负极,中间的电极为正极。

三、晶体二极管极性和质量判别

从外观上看,二极管两端中有一端会有白色或黑色的一圈,这圈就代表二极管的负极,即

N 极。

如果二极管失掉正、负标记，则可以利用二极管的单向导电性，即其正向电阻小（一般为几百欧）而反向电阻大（一般为几十千欧至几百千欧），使用万用表对其进行极性和质量好坏判别。

1. 极性判别

将万用表拨到 $R\times100$（或 $R\times1$ k）的欧姆挡（注意不要用 $R\times1$ 挡或 $R\times10$ k 挡，因为 $R\times1$ 挡使用的电流太大，容易烧坏管子，而 $R\times10$ k 挡使用的电压太高，可能击穿管子），将二极管的两只管脚分别与万用表的两根表棒相连，如图 F2－2 所示。如果测出的电阻较小（约几百欧），则与万用表黑表笔相接的一端是正极，另一端就是负极。相反，如果测出的电阻较大（约百千欧），那么与万用表黑表笔相连接的一端是负极，另一端就是正极。

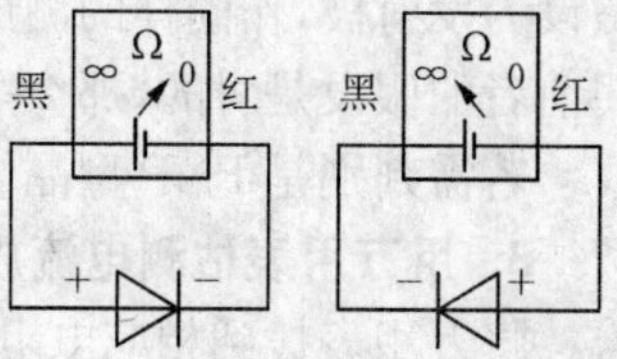

图 F2－2　利用万用表判断二极管极性示意图

注意：如果使用数字万用表，不能用数字表的电阻挡来测量二极管，必须用二极管挡。此时，用两支表笔分别接触二极管两个电极，若显示值在 1 V 以下，说明管子处于正向导通状态，红表笔接的是正极，黑表笔接的是负极。若显示溢出符号“1”，表明管子处于反向截止状态，黑表笔接的是正极，红表笔接的是负极。

2. 二极管质量好坏的判别

一个二极管的正、反向电阻差别越大，其性能就越好。如果双向电值都较小，说明二极管质量差，不能使用；如果双向阻值都为无穷大，则说明该二极管已经断路。如双向阻值均为零，说明二极管已被击穿。

对于稳压管的极性判别可以使用相同的方法。

四、三极管管脚和管型判别

三极管的种类较多，按使用的半导体材料不同，可分为锗三极管和硅三极管两类。目前国产锗三极管多为 PNP 型，硅三极管多为 NPN 型；按制作工艺不同，可分为扩散管、合金管等；按功率不同，可分为小功率管、中功率管和大功率管；按工作频率不同，可分为低频管、高频管和超高频管；按用途不同，又可分为放大管和开关管等。另外每一种三极管中，又有多种型号，以区别其性能。在电子设备中，比较常用的是小功率的硅管和锗管。

要准确了解三极管的参数，需用专门的测量仪器进行测量，如晶体管特性图示仪，当没有专用仪器时也可以用万用表粗略判断，下面以指针式万用表为例介绍如何进行管脚的判别。

用万用表判别管脚的根据是：把晶体管的结构看成是两个背靠背的 PN 结，如图 F2－3 所示，对 NPN 管来说，基极是两个结的公共阳极；对 PNP 管来说，基极是两个结的公共阴极。

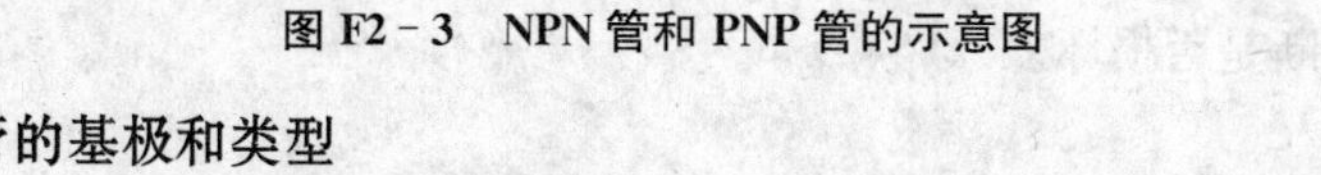

图 F2－3　NPN 管和 PNP 管的示意图

1. 判断三极管的基极和类型

对于功率在 1 W 以下的中小功率管，可用万用表的 $R\times100$ 或 $R\times1$ k 挡测量，对于功率在 1 W 以上的大功率管，可用万用表的 $R\times1$ 或 $R\times10$ 挡测量。

用黑表棒接触某一管脚，用红表棒分别接触另两个管脚，如表头读数都很小，则与黑表棒接触的那一管脚是基极，同时可知此三极管为 NPN 型。若用红表棒接触某一管脚，而用黑表棒分别接触另两个管脚，表头读数同样都很小时，则与红表棒接触的那一管脚是基极，同时可知此三极管为 PNP 型。用上述方法既可判定晶体三极管的基极，又可判别三极管的类型。

2. 判断三极管发射极和集电极

以 NPN 型三极管为例，确定基极后，假定其余的两只脚中的一只是集电极，将黑表棒接到此脚上，红表棒则接到假定的发射极上。用手指把假设的集电极和已测出的基极捏起来（但不要相碰），看表针指示，并记下此阻值的读数。然后再作相反假设，即把原来假设为集电极的脚假设为发射极，作同样的测试并记下此阻值的读数。比较两次读数的大小，若前者阻值较小，说明前者的假设是对的，那么黑表棒接的一只脚就是集电极，剩下的一只脚便是发射极。

若需判别是 PNP 型晶体三极管，仍用上述方法，但必须把表棒极性对调一下。

3. 用万用表估测电流放大系数 β

将万用表拨到相应电阻挡，按管型将万用表表棒接到对应的极上（对 NPN 型管，黑笔接集电极，红笔接发射极，对 PNP 型管黑笔接发射极，红笔接集电极）。测量发射极和集电极之间的电阻，再用手捏着基极和集电极，观察表针摆动幅度大小。摆动越大，则 β 越大。手捏在极与极之间等于给三极管提供了基极电流 I_b，I_b 的大小和手的潮湿程度有关。也可接一只 50～100 kΩ的电阻来代替手捏的方法进行测试。

一般的万用表具备测 β 的功能，将晶体管插入测试孔中就可以从表头刻度盘上直接读 β 值。若依此法来判别发射极和集电极也很容易，只要将 e、c 脚对调一下，在表针偏转较大的那一次测量中，从万用表插孔旁的标记就可以直接辨别出晶体管的发射极和集电极。

注意：如果使用数字万用表，必须用三极管挡来测量三极管。

五、万用表检测可控硅的方法

单向可控硅有阴极（K）、阳极（A）、控制极（G），如图 F2-4 所示。

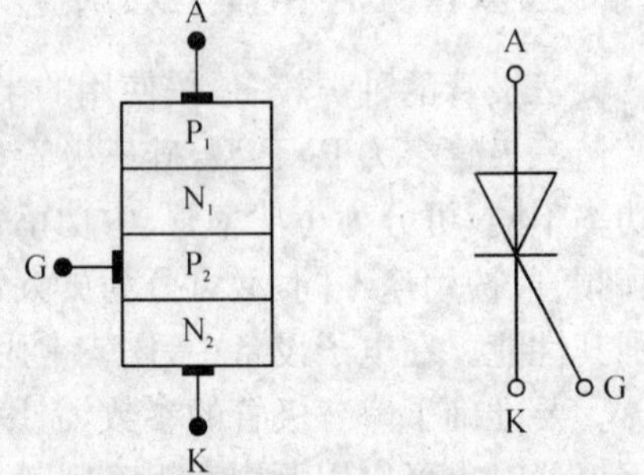

图 F2-4 单向可控硅的内部结构和符号

1. 单向可控硅的极性判别

先任测两个极，若正、反测指针均不动（$R\times1$ 挡），可能是 A、K 或 G、A 极。若其中有一次测量指示为几十至几百欧，则红笔所接为 K 极，黑笔接的为 G 极，剩下即为 A 极。

2. 单向可控硅性能好坏的判别

使用万用表 $R\times1$ 挡，对于 1～6 A 单向可控硅，红笔接 K 极，黑笔同时接通 G、A 极，在保持黑笔不脱离 A 极状态下断开 G 极，指针应指示几十欧至一百欧，此时可控硅已被触发，且触发电压低（或触发电流小）。然后瞬时断开 A 极再接通，指针应退回∞位置，则表明可控硅良好。

若保持接通 A 极时断开 G 极，指针立即退回∞位置，则说明可控硅触发电流太大或损坏。需要进一步测量判断是否损坏。

3　UT803 型万用表使用说明

一、概述

UT803 万用表是 5999 计数 $3\frac{5}{6}$ 数位，自动量程真有效值数字台式万用表。具有全功能显示，全量程过载保护功能。该仪表可测量：真有效值交流电压和电流、直流电压和电流、电阻、二极管、电路通断、电容、频率、温度(℃/℉)、hFE、最大/最小值等参数。并具备 RS232、USB 标准接口，数据保持、欠压显示、背光和自动关机功能。

二、面板说明

UT803 面板如图 F3－1 所示。旋钮开关及按钮功能说明如表 F3－1 所示。LCD 显示器及各指示说明如图 F3－2 和表 F3－2 所示。

图 F3－1　UT803 型万用表外形结构图

表 F3－1　旋钮开关及按键功能表

开关符号	功能说明	开关符号	功能说明
V≂	交直流电压测量	μA≂ mA≂ A≂	0.1 μA～5 999 μA 交直流电流测量 0.01 mA～599.9 mA 交直流电流测量 0.01 A～20.00 A 交直流电流测量
Ω	电阻测量	POWER	电源按键开关
➜⊦	二极管，PN 结正向压降测量	LIGHT	背光控制轻触按键
•)))	电路通断测量	SELECT	选择交流或直流；电阻、二极管或电路通断；频率或华氏温度轻触按键
⊣⊢	电容测量	HOLD	数据保持轻触按键
Hz	频率测量	RANGE	量程选择轻触按键
℃	摄氏温度测量	RS232C	RS232 串行数据输出按键
℉	华氏温度测量	MAX MIN	最大或最小值选择按键
hFE	三极管放大倍数 β 测量	AC AC+DC	交流或交流＋直流选择按键开关

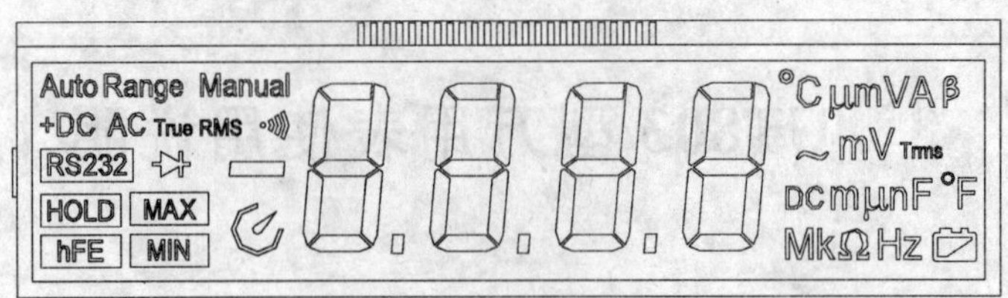

图 F3－2　LCD 显示器

表 F3－2　LCD 显示器上各指示说明

符　号	指 示 说 明	符　号	指 标 说 明
True RMS	真有效值提示符	⏩	二极管测量提示符
HOLD	数据保持提示符	•)))	电路通断测量提示符
	具备自动关机功能提示符	Auto Manual	自动或手动量程提示符
—	显示负的读数	MAX MIN	最大或最小值提示符
AC	交流测量提示符	RS232	RS232 接口输出提示符
DC	直流测量提示符		电池欠压提示符
AC＋DC	交流＋直流测量提示符	HFE	三极管放大倍数测量提示符
OL	超量程提示符		

三、使用说明

1. 交直流电压测量

(1) 根据被测电压值的大小，将红表笔插入“mV/V”插孔，黑表笔插入“COM”插孔。如果被测电压值小于 600.0 mV，必须将红表笔改插入“mV”插孔。同时，利用“RANG”按钮，使仪表处于“手动”600.0 mV 挡(LCD 屏有“MANUL”和“mV”显示)。

(2) 将功能旋钮开关置于“V ≂”电压测量挡，按 SELECT 键选择“DC/AC”，将表笔并联到待测电源或负载上。如果需要测量交流加直流电压的真有效值，SELECT 键必须选择“AC＋DC”。

(3) 从显示器上直接读取被测电压值，交流测量显示值为真有效值。

注意：该万用表的输入阻抗均约为 10 MΩ(除 600 mV 量程为大于 3 000 MΩ 外)，仪表在测量高阻抗的电路时会引起测量上的误差。但是，大部分情况下，电路阻抗在 10 kΩ 以下，所以误差(0.1％或更低)可以忽略。

2. 交直流电流测量

(1) 根据测量电流的量程将红表笔插入“μA/mA”或“A”插孔，黑表笔插入“COM”插孔。

(2) 将功能旋钮开关置于电流测量挡“μA ≂、mA ≂或 A ≂”，按 SELECT 键选择“DC/AC”，将表笔串联到待测回路中。如果需要测量交流加直流电压的真有效值，SELECT 键必须选择“AC＋DC”。

(3) 从显示器上直接读取被测电流值，交流测量显示真有效值。

注意：不要用万用表的电流挡去测量电压，否则将会损坏仪器。

3. 电阻测量

(1) 将红表笔插入“Ω”插孔，黑表笔插入“COM”插孔。

(2) 将功能旋钮开关置于“Ω •))) ⏩”测量挡，按 SELECT 键选择电阻测量，并将表笔并联到被测电阻两端上。

(3) 从显示器上直接读取被测电阻值。

4. 二极管测量

(1) 将红表笔插入"Ω"插孔,黑表笔插入"COM"插孔。红表笔极性为"+",黑表笔极性为"−"。

(2) 将功能旋钮开关置于"Ω •))) ⊳⊢"测量挡,按 SELECT 键,选择二极管测量,红表笔接到被测二极管的正极,黑表笔接到二极管的负极。

(3) 从显示器上直接读取被测二极管的近似正向 PN 结电压。对硅 PN 结而言,一般500～800 mV 确认为正常值。

5. 电容测量

(1) 将红表笔插入"HzΩmV"插孔,黑表笔插入"COM"插孔。

(2) 将功能旋钮开关置于"⊣⊢"挡位,此时仪表会显示一个固定读数,此数为仪表内部的分布电容值。对于小量程挡电容的测量,被测量值一定要减去此值,才能确保测量精度。

(3) 在测量电容时,可以使用转接插座代替表笔（正负应该对应),将被测电容插入转接插座的对应孔位进行测量。使用转接插座,对于小量程挡电容的测量将更准确、稳定。

6. 三极管 hFE 测量

(1) 将功能旋钮开关置于"hFE"挡位。

(2) 将转接插座插入"μA/mA"和"Hz"两插孔。

(3) 将被测 NPN 或 PNP 型三极管插入转接插座对应孔位。

(4) 从显示器上直接读取被测三极管 hFE 近似值。

四、仪器使用注意事项

1. 在仪器采用电池供电时,当 LCD 显示器显示"▱"标志时,应及时更换电池,以确保测量精度。

2. 测量完毕应及时关断电源。长时间不用时,应取出电池(仅适用于电池供电)。

3. 当仪表正在测量时,不要接触裸露的电线、连接器、没有使用的输入端或正在测量的电路。特别是测量高于直流 60 V 或交流 30 V 以上的电压时,务必小心谨慎,切记手指不要超过表笔护指位,以防触电。

4. 在不能确定被测量值的范围时,须将仪表工作于最大量程位置。

5. 测量时,功能开关必须置于正确的位置。在功能开关转换之前,必须断开表笔与被测电路的连接,严禁在测量进行中转换挡位,以防损坏仪表。

6. 进行在线电阻、二极管或电路通断测量之前,必须先将被测器件所在电路中所有的电源切断,并将所有的电容器放尽残余电荷。

7. 万用表在使用中,当搁置一段时间不用时,屏幕会自动进入节能模式,显示消失,轻触面板上的【LIGHT】键可恢复显示。

8. 不要在高温、高湿、易燃、易爆和强电磁场环境中存放或使用仪表。

4　GPS－3303C 型直流稳压电源使用说明

一、概述

GPS－3303C 直流稳压电源具有 3 组独立直流电源输出，3 位数字显示器，可同时显示两组电压及电流，具有过载及反向极性保护，可选择连续/动态负载，输出具有 Enable/Disable 控制，具有自动串联及自动并联同步操作，定电压及定电流操作，并具有低涟波及杂讯的特点。其主要工作特性如表 F4－1 所示。

表 F4－1　GPS－3303C 直流稳压电源主要工作特性

	CH1	CH2	CH3
输出电压	0～30 V		5 V 固定
输出电流	0～3 A		3 A 固定
串联同步输出电压	0～60 V		—
并联同步输出电压	0～6 A		

二、面板说明

面板说明参见图 F4－1 和表 F4－2。

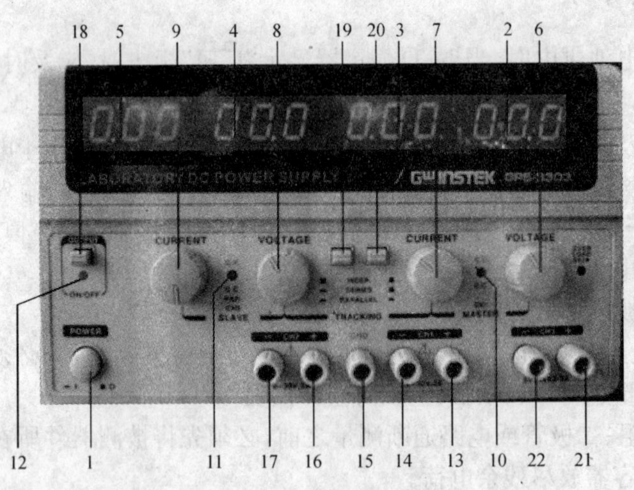

图 F4－1　GPS－3303C 型直流稳压电源面板图

表 F4－2　GPS－3303C 型直流稳压电源面板说明

序号	功 能 说 明
1	电源开关
2	CH1 输出电压显示 LED
3	CH1 输出电流显示 LED

续表

序号	功 能 说 明
4	CH2 输出电压显示 LED
5	CH2 输出电流显示 LED
6	CH1 输出电压调节旋钮，在双路并联或串联模式时，该旋钮也用于 CH2 最大输出电压的调整
7	CH1 输出电流调节旋钮，在并联模式时，该旋钮也用于 CH2 最大输出电流的调整
8	CH2 输出电压调节旋钮，用于独立模式的 CH2 输出电压的调整
9	CH2 输出电流调节旋钮，用于独立模式的 CH2 输出电流的调整
10、11	C. V. /C. C. 指示灯，输出在恒压源状态时，C. V. 灯（绿灯）亮；输出在恒流源状态时，C. C. 灯（红灯）亮
12	输出指示灯，输出开关 18 揿下后，指示灯亮
13	CH1 正极输出端子
14	CH1 负极输出端子
15	GND 端子，大地和底座接地端子
16	CH2 正极输出端子
17	CH2 负极输出端子
18	输出开关，用于打开或关闭输出
19、20	TRACKING 模式组合按键，组合两个按键可将双路构成 INDEP（独立），SERIES（串联）或 PARALLEL（并联）的输出模式
21	CH3 正极输出端子
22	CH3 负极输出端子

三、使用方法

1. 做独立电压源使用

（1）打开电源开关 **1**；

（2）保持 **19**、**20** 两个按键都未按下；

（3）选择输出通道，如 CH1；

（4）将 CH1 输出电流调节旋钮 **7** 顺时针旋到底，CH1 输出电压调节旋钮 **6** 旋至零；

（5）调节旋钮 **6**，输出电压值由显示 LED **2** 读出；

（6）关闭电源，红/黑色测试线分别插入输出端正/负极，连接负载，待电路连接完毕，检查无误，打开电源，按下输出开关 **18**，信号灯 **12** 亮，电压源对电路供电。

2. 做并联或串联电压源使用

在用作电压源串联或并联时，两路电源分为主路电源（MASTER）和从路电源（SLAVE）。其中 CH1 为主路电源，CH2 为从路电源。

SERIES（串联）追踪模式：按下按钮 **19**，按钮 **20** 弹出，此时 CH1 输出端子负端（“－”）自动与 CH2 输出端子的正端（“＋”）连接。在该模式下，CH2 的输出最大电压和电流完全由 CH1 电压和电流控制。实际输出电压值为 CH1 表头显示的 2 倍，实际输出的电流可从 CH1 和 CH2 电流表表头读出。注意，在做电流调节时，CH2 电流控制旋钮需顺时针旋转到底。

在串联追踪模式下，如果只需单电源供电，可按图 F4－2 接线。如果希望得到一组共地的正负直流电源，可按图 F4－3 接线。

PARALLEL(并联)追踪模式：按下按钮 **19**、**20**，此时 CH1 输出端和 CH2 输出端自动并联，输出电压和电流由 CH1 主路电源控制。实际输出电压值为 CH1 表头显示值，实际输出的电流为 CH1 电流表表头显示读数的 2 倍。

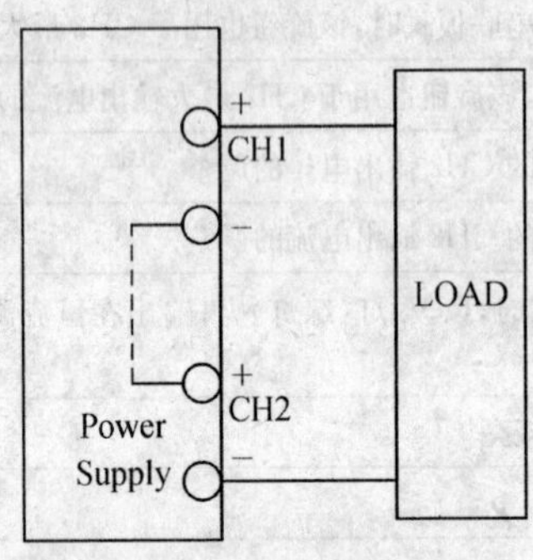

图 F4－2　单电源供电接线图

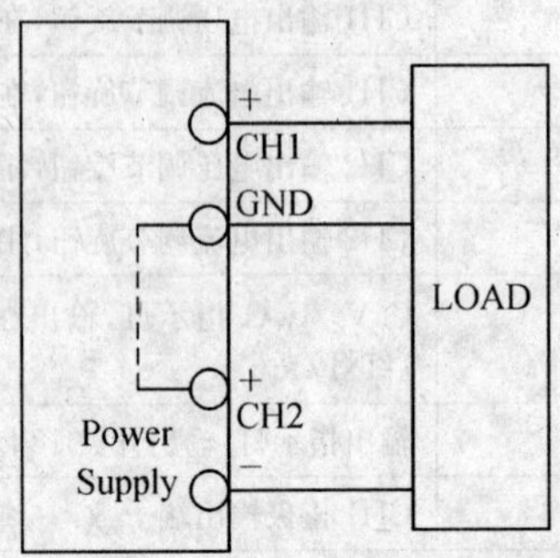

图 F4－3　正负电源供电接线图

四、注意事项

1. 电源使用时，必须正确与市电电源连接，并确保机壳良好接地。
2. 为了避免损坏仪器，请不要在周围温度超过 40℃以上的环境下使用此电源。

5 GOS－6031 型示波器使用说明

一、概述

GOS－6031 型示波器为手提式示波器，该示波器具有以微处理器为核心的操作系统，它具有两个输入通道，每一通道垂直偏向系统具有从 1 mV 到 20 V 共 14 挡可调，水平偏向系统可在 0.2 μs 到 0.5 μs 范围内调节。仪器具有 LED 显示及蜂鸣报警、TV 触发、光标读出、数字面板设定、面板设定存储及呼叫等多种功能。

二、面板介绍

GOS－6031 示波器的前面板可分为：1——垂直控制（Vertical），2——水平控制（Horizontal），3——触发控制（Trigger）和 4——显示控制四个部分，如图 F5－1 所示。

图 F5－1　GOS－6031 示波器面板图

下面分部分介绍实验中常用的一些旋钮的功能和作用。

1. 垂直控制

如图 F5－2 所示，垂直控制按钮用于选择输出信号及控制幅值。

(1) CH1，CH2：通道选择。

(2) POSITION：调节波形垂直方向的位置。

(3) ALT/CHOP：ALT 为 CH1、CH2 双通道交替显示方式，CHOP 为断续显示模式。

(4) ADD－INV：ADD 为双通道相加显示模式，此时，两个信号将成为一个信号显示。INV 为反向功能，按住此钮几秒后，使 CH2 信号反向 180°显示。

(5) VOLTS/DIV：波形幅值挡位选择旋钮，顺时针方向调整旋钮，以 1—2—5 顺序增加灵敏度，逆时针则减小。挡位可从 1 mV/DIV 到 20 V/DIV 之间选择，调节时挡位显示在屏幕上。

按下此旋钮几秒后，可进行微调。

(6) AC/DC：交直流切换按钮。

(7) GND：按下此钮，使垂直信号的输入端接地，接地符号"⏚"显示在LCD上。

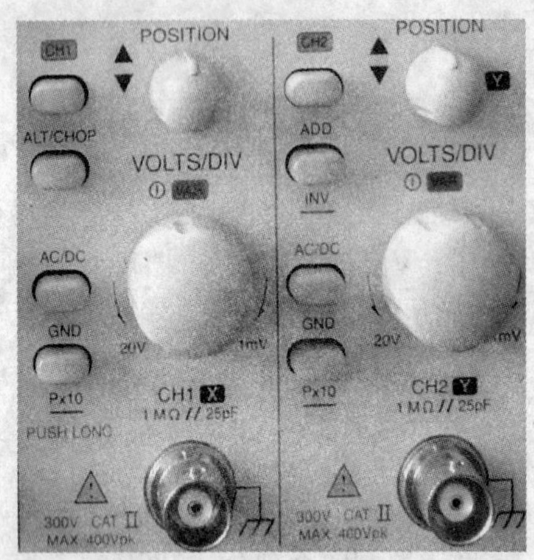

图F5-2　垂直控制部分面板

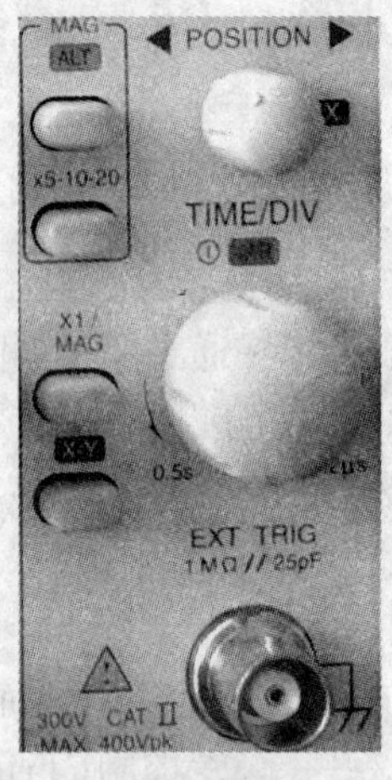

图F5-3　水平控制部分面板

2. 水平控制

如图F5-3所示，水平控制可选择时基操作模式和调节水平刻度、位置和信号的扩展。

(1) POSITION：信号水平位置调节旋钮，将信号在水平方向移动。

(2) TIME/DIV-VAR：波形时间挡位调节旋钮，顺时针方向调整旋钮，以1—2—5顺序增加灵敏度，逆时针则减小。挡位可在0.2 μs/DIV～0.5 s/DIV间选择，调节时挡位显示在屏幕上。按下此旋钮几秒后，可进行微调。

(3) ×1/MAG：按下此钮，可在×1(标准)和MAG(放大)之间切换。

(4) MAG FUNCTION：当×1/MAG按钮位于放大模式时，有×5，×10，×20三个挡次的放大率。处于放大模式时，波形向左右方向扩展，显示在屏幕中心。

(5) ALT MAG：按下此钮，可以同时显示原始波形和放大波形。放大波形在原始波形下面3DIV(格)距离处。

3. 触发控制

触发控制面板如图F5-4所示。

(1) ATO/NM按钮及指示LED：此按钮用于选择自动(AUTO)或一般(NORMAL)触发模式。通常选择使用AUTO模式，当同步信号变成低频信号(25Hz或更少)时，使用NOMAL模式。

(2) SOURCE：此按钮选择触发信号源。当按钮按下时，触发源以下列顺序改变VERT—CH1—CH2—LINE—EXT—VERT，其中：

VERT(垂直模式)　触发信号轮流取至CH1和CH2通道，通常用于观察两个波形；

CH1　触发信号源来自CH1的输入端；

CH2　触发信号源来自CH2的输入端；

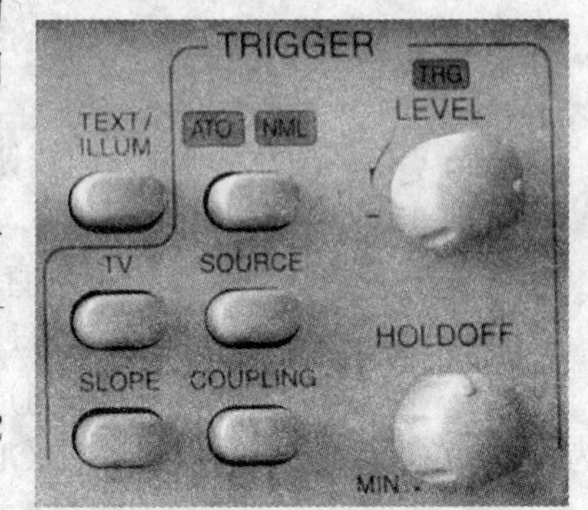

图F5-4　触发控制部分面板

LINE 触发信号源从交流电源取样波形获得；

EXT 触发信号源从外部连接器输入，作为外部触发源信号。

(3) TRIGGER LEVEL：带有 TRG LED 的控制钮。通过旋转调节该旋钮触发稳定波形，如果触发条件符合时，TRG LED 亮。

(4) HOLD OFF：当信号波形复杂，使用 TRIGGER LEV 无法获得稳定的触发，旋转该旋钮可以调节 HOLD - OFF 时间(禁止触发周期超过扫描周期)。当该旋钮顺时针旋到头时，HOLD - OFF 周期最小，逆时针旋转时，HOLD - OFF 周期增加。

4. 显示器控制

显示器控制面板用于调整屏幕上的波形，提供探棒补偿的信号源。

(1) POWER：电源开关。

(2) INTEN：亮度调节。

(3) FOCUS：聚焦调节。

(4) TEXT/ILLUM：用于选择显示屏上文字的亮度或刻度的亮度。该功能和 VARIABLE 按钮有关，调节 VARIABLE 按钮可控制读值或刻度亮度。

(5) CURSORS：光标测量功能。在光标模式中，按 VARIABLE 控制钮可以在 FINE(细调)和 COARSE(粗调)两种方式下调节光标快慢。

(6) SAVE/RECALL：此仪器包含 10 组稳定的记忆器，可用于储存和呼叫所有电子式选择钮的设定状态。按住 SAVE 按钮约 3 秒钟将状态存贮到记忆器，按住 RECALL 钮 3 秒钟，即可呼叫先前设定状态。

由于示波器旋钮和按键较多，其他旋钮、按键及其功能介绍参见仪器使用说明书。

三、使用说明

GOS - 6021 示波器打开电源后，所有的主要面板设定都会显示在 LED 屏幕上。对于不正确的操作或将控制钮转到底时，蜂鸣器都会发出警讯。

示波器的使用较为复杂，在本书涉及实验中常用的操作步骤如下：

打开电源开关，选择合适的触发控制(如：ATO)，选择输入通道(CH1，CH2)、触发源(Trigger Source)和交直流信号(AC/DC)。接入信号后，使用 INTEN 调节波形亮度，使用 FOCUS 调节聚焦，用 POSITION 调节垂直和水平位置，用 VOLTS/DIV 调节波形 Y 轴挡位，用 TIME/DIV 调节波形 X 轴挡位，调节 TRIGGER LEVEL 和 HOLD OFF 使波形稳定。

在用示波器双通道观察波形相位关系时，CH1 和 CH2 要首先按下接地(GND)，调节垂直 POSITION，使双通道水平基准一致。然后弹起 GND，再观察波形相位关系。

四、仪器使用注意事项

1. 为得到使用仪器说明书中所示的技术性能指标，仪器应在环境温度为 0～40℃，且无强烈的电磁干扰的情况下使用。

2. 为防止电击，电源线要接地。

3. 示波器及探棒输入端子所能承受的最大电压如下：

输　入　端	最大输入电压
CH1，CH2 输入端	400 V (DC＋AC Peak)
EXT TRIG 输入端	400 V (DC＋AC Peak)
探棒输入端	600 V (DC＋AC Peak)
Z 轴输入端	30 V (DC＋AC Peak)

6　SG1651A 型信号发生器使用说明

一、概述

SG1651A 型信号发生器是一台具有高度稳定性、多功能等特点的函数信号发生器。能直接产生正弦波、三角波、方波、斜波、脉冲波，波形对称可调并具有反向输出。频率计可做内部频率显示，也可外测 1Hz～10.0 MHz 的信号频率，电压用 LED 显示。

二、面板说明

面板说明参见图 F6－1 及表 F6－1。

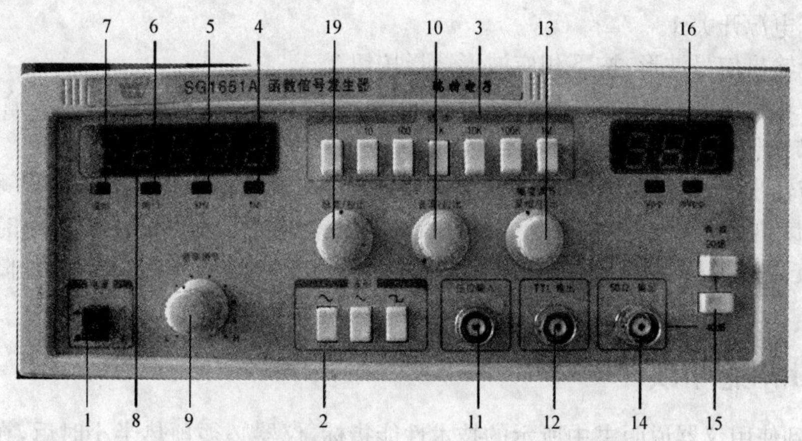

图 F6－1　SG1651A 型信号发生器面板图

表 F6－1　SG1651A 型信号发生器面板说明

序　号	面板标志	名　称	作　　用
1	电 源	电源开关	按下开关，电源接通，电源指示灯亮
2	波 形	波形选择	1. 输出波形选择 2. 与 13，19 配合使用可得到正负相锯齿波和脉冲波
3	频 率	频率选择开关	频率选择开关与“9”配合选择工作频率 外测频率时选择闸门时间
4	Hz	频率单位	指示频率单位，灯亮有效
5	kHz	频率单位	指示频率单位，灯亮有效
6	闸 门	闸门显示	此灯闪烁，说明频率计正在工作
7	溢 出	频率溢出显示	当频率超过 5 个 LED 所显示范围时灯亮
8		频率 LED	所有内部产生频率或外测时的频率均由此 5 个 LED 显示
9	频率调节	频率调节	与“3”配合选择工作频率

续 表

序 号	面板标志	名 称	作 用
10	直流/拉出	直流偏置调节输出	拉出此旋钮可设定任何波形的直流工作点，顺时针方向为正，逆时针方向为负
11	压控输入	压控信号输入	外接电压控制频率输入端
12	TTL 输出	TTL 输出	输出波形为 TTL 脉冲，可做同步信号
13	幅度调节反向/拉出	斜波倒置开关 幅度调节旋钮	1. 与“19”配合使用，拉出时波形反向 2. 调节输出幅度大小
14	50 Ω 输出	信号输出	主信号波形由此输出，阻抗为 50 Ω
15	衰 减	输出衰减	按下按键可产生－20 dB/－40 dB 衰减
16	Vp－p，mVp－p	电压 LED	

三、使用方法

(1) 打开电源开关 **1**。

(2) 选择输出信号波形：按下相应波形选择按钮 **2**。

(3) 调节输出信号频率：①选择频率量程：按下相应频率量程按钮 **3**；②调节输出信号频率：旋转频率调节旋钮 **9**，输出信号频率可由表头 **8** 读出。

(4) 调节输出信号幅值：旋转信号幅值调节旋钮 **13**，调节输出电压，输出值(峰-峰值)$V_{\mathrm{P\text{-}P}}$可由表头 **16** 读出，而输出电压有效值需外接交流毫伏表测量。当输出电压较小时，如 10 mV，可配合使用衰减按钮 **15**，按下按键可分别产生 20dB、40dB 或 60dB 的衰减信号，降低输出信号幅值。

四、仪器使用注意事项

1. 为得到使用仪器说明书中所示的技术性能指标，仪器必须预热半小时后，在环境温度为 10℃～40℃，湿度为≤90％(＋40℃)且无强烈的电磁干扰的情况下使用。

2. 对输出端，TTL 输出端，压控输入端不应输入大于 10 V 的(AC＋DC)的直流电平，否则会损坏仪器。

7　AS2295A 型交流毫伏表使用说明

一、概述

AS2295A 双输入交流毫伏表用于交流电压有效值的测量。仪器采用卧式结构，数值显示采用指针式电表；挡级采用数码开关调节，发光管显示。它具有两个输入端，可通过选择按钮方便地进行通道切换。

该电压表具有测量电压的频率范围宽、测量电压灵敏度高、本机噪声低(典型值为 7μV)、测量误差小(整机工作误差＝3%典型值)的优点，具有相当好的线性度。

为了防止开关机打表，损坏指针，本仪器内部装有开关机保护电路。在开机和通道切换时，挡级将自动切换到 300 V 挡。

二、工作特性

(1) 电压测量范围：30 μV～300 V，分 13 挡级。

(2) 电压频率测量范围：5 Hz～2 MHz。

(3) 电平测量范围：－90 dBV～＋50 dBV，－90 dBm～＋52 dBm。

三、面板功能说明

面板说明参见图 F7－1 及表 F7－1。

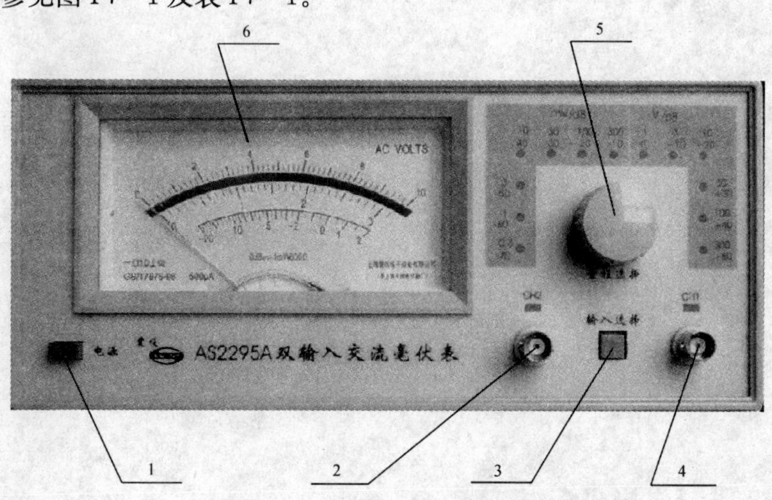

图 F7－1　AS2295A 型毫伏表面板图

表 F7－1　S2295A 型毫伏表面板说明

序　号	功 能 说 明	序　号	功 能 说 明
1	电源开关	4	输入插座 CH1
2	输入插座 CH2	5	输入量程旋钮
3	通道切换按钮	6	表头

四、使用方法

(1) 打开电源开关**1**。

(2) 按**3**选择输入通道,调节**5**选择测量量程,测量时注意红表笔接待测回路中的正向端,黑表笔接地端。如果浮地测量,则需将毫伏表背板后的接地/浮地(GND/FLOAT)开关拨至"浮地挡"。

(3) 读取测量值:根据选择的通道将输入信号由CH1或CH2送入交流毫伏表。读数时应注意,如果量程开关选用电压"0.3,3,30,300"挡,则用表头**6**黑色刻度下排标尺读数,如果量程选用电压"1,10,100"挡,则用表头**6**黑色刻度的上排标尺读数。

五、仪器使用注意事项

(1) 测量仪器的放置以水平放置为宜(即表面垂直放置)。

(2) 仪器在接通电源前,先观察表针机械零点是否为"零",如果未在零位上,应左右拨动表的下方的小孔,进行调零。

(3) 开机或通道切换后,量程自动置于最高挡。

(4) 测量30 V以上的电压时,需注意安全。

(5) 所测交流电压中的直流分量不得大于100 V。

(6) 接通电源及输入量程转换时,由于电容的放电过程,指针有所晃动,需待指针稳定后读取数值。

8 验 电 笔

验电笔的构造如图 F8－1 所示，其外形有的像钢笔，有的像螺丝刀。内部是一只氖泡串联一个阻值大于 1 兆欧的电阻。

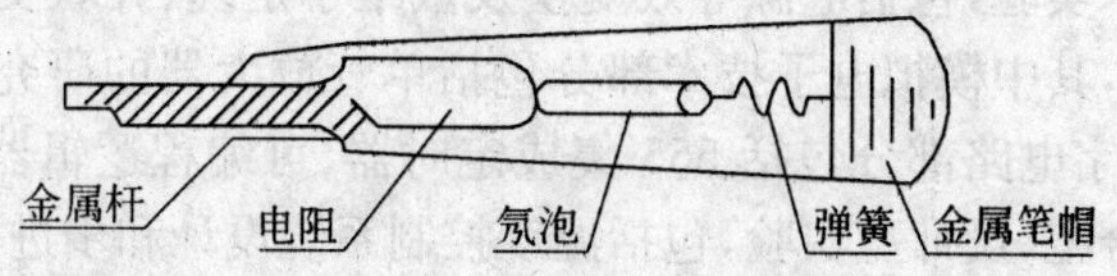

图 F8－1 验电笔的构造

验电笔是一种用来检验电线或电器设备是否带电的常用工具。使用时，将金属杆与待测点接触，手与金属笔帽接触。若氖灯发出红光，说明待测点是相线，否则就是零线。这是因为如果待测点是相线，那么它对地就有一定的电位。电流通过金属杆、电阻、氖泡、弹簧、金属笔帽、人体到地构成回路，使氖泡发光。若待测点无电流通过氖泡，它也就不会发光，说明待测点是零线。

实验室使用的验电笔是常用的低压验电笔，其正常工作电压为 100～550 V，电压超过这个范围就不能使用了，通常在使用验电笔以前先在知道有电的电线上测试，确认氖灯能正常发光后再使用。

内 容 简 介

本实验教程以电工电子实验技能训练为基本目的，侧重实验方法的学习。全书包括三个部分，第一部分是电工技术实验，包括电源等效变换及戴维宁定理、并联交流电路等 8 个实验；第二部分是电子技术实验，其中模拟电子技术部分包括单管放大器的研究、运算放大器的线性应用实验等 10 个实验，数字电路部分包括 555 集成定时器、可编程逻辑器件（CPLD）的应用等 7 个实验；第三部分是综合型、设计型实验，包括温度控制系统设计和步进电机综合控制系统设计两个实验。书中根据每个实验的内容相应地提供了简明的预备知识，包括课堂的理论知识及其应用实例，同时对实验中涉及到的仪器设备和电子元器件进行了工作原理和使用方法的简明扼要的介绍，并在书后给出了相应的附录。

本实验教程适用于本专科院校电工学、电工技术与电子技术、电路及电子技术等相关课程的实验教学。